Himmel voller Schweigen
Julia Gilfert

*Für meinen Vater Achim
und meine Tante Gutrune*

Julia Gilfert

HIMMEL*VOLLER* SCHWEIGEN

Fragmente einer Familiengeschichte

Inhalt

Teil 1

Teil 2

Dieses Buch ist keine Biografie und kein Roman, keine Erzählung und auch keine Dokumentation. Es ist weder Sachbuch noch Belletristik, weder Fakt noch Fiktion. Nur, was ist es dann?

Ich würde sagen, es ist eine Geschichte. Die Geschichte meiner Familie, erzählt in meinen Worten. Also auch irgendwie meine Geschichte. Die privaten historischen Dokumente, die Fragmente also, aus denen sie aufgebaut ist, können in Teil 2 dieses Buches für jedes einzelne Kapitel nachvollzogen werden. Insofern ist es vielleicht doch nicht nur *eine* Geschichte, mit unbestimmtem Artikel. Sondern *Geschichte,* mal bestimmt, mal unbestimmt, in jedem Fall aber erlebt – und konstruiert. Geschichte eben.

Julia Gilfert, Oktober 2021

Teil 1

1 | *Lambsheim, 2010*

*O*pa! Opa!"

Ich sitze am Küchentisch und versuche den Lärm zu übertönen, der die Scheiben zittern lässt.

„Opa, bitte!"

Doch der junge Mann hört mich nicht. Entspannt sitzt er da, mit seinem weißen Hemd und der Hose mit der Bügelfalte, die Fliege unterm Kragen leicht schief. Auf den Lippen ein stilles Lächeln. Dahinter das Heulen der Sirenen und das Pfeifen der Bomben.

„Es ist Krieg, Opa, weißt du das denn nicht?"

Ich fange an zu weinen, und bald höre ich die Bomben nicht mehr. Ich fühle mich wie in Watte gepackt, mein Mund bewegt sich nur noch in Zeitlupe.

„Opa, geh nicht nach Berlin!"

Ich merke, dass ich die Worte nicht mehr hervorbringen kann, dass sie in mir gefangen sind. Dass ich in mir gefangen bin.

Ruckartig wie in einem Stummfilm beugt sich der Mann über den Tisch hinweg zu mir hin und nimmt meine Hand, als wolle er mir sagen, dass alles gut wird. Aber ich weiß, dass es nicht gut wird.

„Opa!"

Mit all meiner Kraft versuche ich noch einmal, die zwei fremd klingenden Silben zu rufen und schmecke den Staub, der auf ihnen liegt. Brüchig wie altes Papier rieseln sie mir aus dem Mund. Denn ich habe keinen Opa.

Ich öffne die Augen und starre ins Dunkel. Für einige Sekunden lausche ich meinem Atem, der mit jedem Herzschlag ruhiger wird. Er hat mich wieder besucht, und ich habe versucht, ihn zu warnen. Doch er konnte mich nicht hören – nicht damals, nicht heute. Denn es ist ja längst zu spät.

Ich stehe auf, mache das Licht an. Unruhig wandern meine Blicke durch den Raum. Klebstoffreste am Kleiderschrank, halb abgekratzte Sticker am Spiegel. Draußen in der Ferne rauscht die Autobahn, wie immer bei Ostwind. Ein Geräusch, das mir Geborgenheit vermittelt, genauso wie die Kirchturmglocke im Dorf oder der Motor der alten Ente, doch die hat mein Vater schon vor Jahren verkauft. Ein Stück meiner Kindheit hat er verkauft, aber ich weiß, dass er es nicht so gemeint hat.

Früher dachte ich immer, dass ich mein Elternhaus nie würde verlassen können. Da war die kleine Birke im Garten, die sich schützend über mich neigte, wenn ich in ihrem Schatten spielte. Und da war der Kirschbaum, der keine Kirschen trug, und den wir alle „Martins Geburtstagsbaum" nannten, weil er immer kurz vor dem Geburtstag meines älteren Bruders blühte. Dann die mächtige alte Standuhr aus dunklem Holz, vor der ich früher immer ein wenig Angst hatte. Wenn mein Vater sie aufzog, hielt ich respektvoll Abstand, und wenn ich nachts wach lag und sie beharrlich bis zwölf schlug, kribbelte mein ganzer Körper und ich achtete genau darauf, dass keine Zehe unter der schützenden Bettdecke hervorlugte. Solange meine Eltern wach waren, musste die Zimmertür geöffnet sein, denn ich fand, dass Schlafen immer ein bisschen wie Totsein war. Ich war mir dessen sogar ziemlich sicher, und das Einzige, was gegen das nächtliche Totsein half, war, das Leben hineinzulassen. Stimmengewirr und dramatische Musik, Applaus, eingespielte Lacher. Das Klirren von Gläsern und Geschirr, Wasserrauschen, das Licht aus dem Nebenzimmer, der süßlich-warme Duft von Pfeifenrauch, der die Treppe hinaufschlich.

Sobald die Eltern aber schlafen gingen, musste meine Mutter die Tür schließen. Musste die andere Dunkelheit aussperren, die sonst meiner eigenen, mit süßem Duft und vertrauten Geräuschen angereicherten Dunkelheit jegliches Leben entzogen hätte.

Das Ticken der Wanduhr reißt mich aus meinen Gedanken. Immer wenn ich bewusst beginne, der Uhr zu lauschen, meine ich plötzlich, Unregelmäßigkeiten zu entdecken, fast als fühle sie sich ertappt. Mein Blick fällt auf einen grauen Aktenordner. *Dokumente von Walter und Luise Frick 1908–1994* steht darauf. Der Ordnerrücken ist mehrfach überklebt, schon viel ist in ihm gesammelt worden. Poster von Bands, Chornoten, vielleicht auch Schulsachen, Rechnungen, Verträge. Und jetzt? *Dokumente von Walter und Luise Frick.* Sechs Worte, zwei Leben. Für jeden drei oder doch nur zwei? Wie viele Worte hat ein Leben? Ich ziehe den Ordner aus dem Regal und klappe ihn auf.

„Was ist eigentlich mit deinem Vater passiert?"

Mit dieser Frage hatte ich ein Sonntagsfrühstück vor wenigen Wochen aufgebrochen wie die Schale meines wachsweichen Eis. An die Mutter meines Vaters, die mit weißen Haaren und ebensolcher Haut in ihrem Rollstuhl gesessen und die mich immer „mein Sonnenschein" genannt hatte, konnte ich mich vage erinnern. Sie starb, als ich etwa vier Jahre alt war. Doch von seinem Vater wusste ich so gut wie nichts.

Der wäre in Berlin in einem Krankenhaus gewesen, sagte mein Vater. Dort wäre er gestorben.

Woran? Das wisse man nicht.

„Aber in einem Krankenhaus", rief ich, „da stirbt man doch nicht einfach so!"

„Damals schon", sagte mein Vater.

Mit einem lauten Klack öffne ich das Metallgestänge des Ordners. Wie laut so ein alltägliches Geräusch sein kann, wenn es Nacht ist. Ich nehme einige Fotografien aus einer Klarsichthülle und betrachte sie nacheinander. *Gemeinsames Musizieren mit Hans 1929. Emma um 1952. Walter als Abiturient. Orchesterprobe Lohengrin 1934.*

Lohengrin. Richard Wagners Oper um den heiligen Gral und den Ritter, den die junge Elsa nur heiraten kann, wenn sie ihn nicht nach seinem Namen fragt. Doch es sollte ihr so ergehen, wie es einige Jahrhunderte zuvor Orpheus bei Christoph Willibald Gluck ergangen war. Der Mensch ist eben schwach. Das Foto zeigt die Streicher eines Orchesters und am Pult einen Dirigenten mit schütterem Haar, sein dynamischer Taktschlag auf Karton gebannt. Mein Opa ist es nicht, denn mein Opa war 32 als er starb. In einem Krankenhaus in Berlin. Das habe ihm seine Tante Hedwig erzählt, sagte mein Vater, nach über vierzig Jahren habe sie das erzählt. *Einsam in trüben Tagen hab' ich zu Gott gefleht, des Herzens tiefstes Klagen ergoss ich im Gebet.* Arie der Elsa, 1. Akt, geht es mir durch den Kopf. Mit einem Ruck stehe ich auf und schalte die Stereoanlage ein. Wie kann man nur vierzig Jahre lang schweigen?

Leise, fast flüsternd setzen die Geigen ein, als öffne sich eine Tür, nur einen Spalt breit. *Lohengrin, Prelude zum 1. Akt.* Diese Musik hat er gehört, so wie ich sie jetzt höre. Seine Zeit ist vergangen, viel zu schnell vergangen. Musik vergeht nicht.

Langsam schwillt der Ton der Streicher an, die Oboe taucht mein Zimmer in unwirkliches Licht. Einsatz der Hörner, Crescendo. Die Tür vor meinem inneren Auge, sie öffnet sich immer weiter, um mich hineinzulassen in diese seine Welt. Es gibt kein Zurück mehr, kein Halten. Die Lohengrin-Ouvertüre, sie ist für mich, wann immer ich sie höre, eine Brücke durch die Zeit. Eine Brücke, von der ich jedes Mal aufs Neue hoffe, dass sie mich trägt.

~

Ein Traum vom lange verstorbenen Opa, Musik als Brücke durch Raum und Zeit. Zu pathetisch für den Beginn eines Buches mit historischem Anspruch? Zu dick aufgetragen für die Frau von 20 Jahren, die ich damals war?

Wenn ich das heute, über zehn Jahre später, so lese, denke ich: Ja, schon möglich. Wenn ich all das frei erfunden hätte – dann wäre das hier mit etwas Glück ein halbwegs gelungener Familienroman geworden. Eine junge Frau findet alte Briefe und deckt ein lange gehütetes Familiengeheimnis auf. Ich mag solche Bücher. Allerdings hätte ich nie gedacht, dass ich selbst einmal zur Protagonistin werden könnte.

Was auf den folgenden Seiten geschrieben steht, habe ich nicht erfunden. Ich habe es erlebt. Und die Menschen, von denen ich schreibe, auch sie haben gelebt und ihre Geschichten sind wahr.

Ich hoffe, ich bin ihnen gerecht geworden. Und zwar in jeder Hinsicht.

2 | *Zweibrücken, 1919*

Das Klackern seiner Sohlen wurde von den Häuserwänden hin- und hergeworfen wie ein Pingpongball. In blankpolierten Stiefeln rannte Walter über das Kopfsteinpflaster. Nicht zu rasch, es geht bergab, mahnte er sich selbst im Stillen. Mit aufgerissenen Hosen und Staub an den Händen konnte er sich unmöglich in der Kirche zeigen. Und zu Hause erst recht nicht. Wie zur Bestätigung traf ihn der vorwurfsvolle Blick eines Mannes, der sich offenbar durch Walters hastige Schritte in seinem würdevollen Abendspaziergang gestört fühlte.

„Verzeihung, Herr – ich meine, guten Abend", rief Walter im Vorbeilaufen und hob unbeholfen die Matrosenmütze zum Gruß.

So wie die alten Herren es immer taten, sollte es aussehen. Der Gegrüßte zog überrascht die Augenbrauen nach oben und murmelte irgendetwas von Gassenjungen und der Jugend von heute. Doch das hörte Walter schon nicht mehr. Längst war er in schnellen Schritten um die Ecke gebogen.

Er hatte die Kirche beinahe erreicht, als die ersten Tropfen vom Himmel fielen. Zuerst war es nur hier und da einer, doch schon bald fielen sie immer schneller. *Accelerando,* schoss es Walter durch den Kopf, *schneller werdend.* Der April, der April, der macht, was er will, das sagten die Erwachsenen manchmal. Und tatsächlich fand Walter, dass kein Monat ein so tolles Regen-Accelerando hinbekam wie der April. Selbst wenn Hedwig und er brav aufgegessen hatten! Doch an so etwas glaubte er schon lange nicht mehr. Das Wetter scherte sich nicht darum, ob er und seine Schwester ihre Teller leergeputzt hatten, und in den letzten Jahren war ohnehin nichts dagewesen, was man hätte übriglassen können. Anfangs hatte Walter noch gedacht, dass die Sonne deswegen so schön scheint, als die Männer in Scharen Richtung Frankreich zogen. Als Hedwig dann gefragt hatte, wann wohl der Vater losgehe, er komme doch sonst zu spät zum Krieg, da hatte es eine Ohrfeige gegeben.

Und Hedwigs Wange hatte noch gebrannt, als Walter fragte, ob der Vater denn den König und das Vaterland nicht liebe. Walter, der seiner großen Schwester hatte zeigen wollen, wie mutig er war und der mit seinen sieben Jahren die Bedeutung der eigenen Worte noch gar nicht kannte.

Wo er denn so etwas herhabe, hatte der Vater gedonnert, und Walter war einen kleinen Schritt zurückgewichen. Unmerklich, doch wachen Vateraugen entgeht nichts.

„Das haben die anderen Buben in der Schule gesagt, nicht wahr?"

Die wiederkehrende Wärme in der Stimme des Vaters hatte sich wie ein Mantel um Walters Schultern gelegt.

„Die sind eben so stolz auf ihre Väter", hatte Walter dann leise begonnen, „aber ... ich bin trotzdem stolz auf dich, auch wenn du beim Krieg nicht mitmachen magst. Neulich auf der Konfirmation bei Rheinheimers, da hast du so ein hübsches Gedicht vorgetragen, und wie da alle Applaus geklatscht haben, Donnerwetter Papa, da war ich stolz auf dich!"

Da war es dann endgültig zurückgekehrt, das Lächeln, das jede Strenge aus den Gesichtszügen des Vaters schwinden ließ.

„Dichten ist doch besser als kämpfen, oder Papa?"

Liebevoll hatte ihm der Vater übers Haar gestrichen und die Worte wiederholt, einmal laut und unzählbar oft noch im Stillen.

„Ja, mein Sohn, dichten ist besser als kämpfen."

Der Krieg begann, der Vater blieb, und erst als so mancher Vater eines anderen Buben nicht wieder nach Hause kam, begriff Walter. Viel verstand er ja noch nicht davon. Aber was es hieß, einen Vater zu lieben, das verstand er. Manchmal wenn er abends im Bett lag und die Gespräche der Eltern sanft nach oben drangen, versuchte er sich vorzustellen, wie es wohl klingen würde, wenn alles still wäre. Still, weil der Vater im Krieg geblieben war und die Mutter versuchte, so zu tun, als sei alles wie immer. Still, weil sie allein am Kamin saß und ein paar Socken stopfte und schwieg. Still, weil sogar die Flammen leiser knisterten, weil sie allmählich zu Totenlichtern wurden. Still, weil die Mutter dann das Stopfen lassen musste, denn sie sah ja nichts mehr im schummrigen Licht.

Wenn die anderen Kinder fragten, ob er mit ihnen Krieg spielen wolle, konnte Walter bald nur noch den Kopf schütteln. Man konnte Klavier spielen oder Ball, oder vielleicht so tun, als sei man das Königspaar. Aber Krieg spielen? Wenn die Großen über die Kämpfe an den Fronten sprachen, beobachtete er immer ihre Gesichter, und wenn er dann alleine war, versuchte er, ihre ernsten Blicke nachzuahmen. Krieg. Er sagte es und betrachtete sein Spiegelbild dabei. *Krieg*. Einmal mit seiner eigenen Stimme, einmal mit der tiefen des Vaters, mit dem harten Nachdruck der Mutter, dann ein bisschen unbeholfen, so wie Hedwig es tun würde. Und je häufiger Walter das tat, desto ernster wurde sein eigenes Gesicht, und irgendwann musste er die Erwachsenen nicht mehr nachahmen. Als sie im

Herbst von Kiel und den Matrosen sprachen, von Revolution und Waffenstillstand, da teilte er aufrichtig ihre Erleichterung. Auch wenn er noch immer nicht jedes ihrer Worte verstand.

Am Portal der Alexanderkirche streckte Walter sich, Rücken lang, Brust raus. Er ging zum Konzert des Männergesangsvereins, also musste er auch so aussehen. Walter tastete nach seiner Eintrittskarte und fand sie. Wie ein magischer Schlüssel lag sie in seiner Hand, doch nach außen hin war sie nur ein blassrotes Stück Papier. Dieses würde er nun abgeben, weihevoll würde er es dem Herrn überreichen, der so gierig die Hand danach ausstreckte. Und dann gewährte man ihm Zutritt zu dem Geheimnis, das man Musik nannte, und das er gleichsam dafür liebte, dass er es nicht ergründen konnte.

Er hatte kaum stehen können, da hatte er schon versucht, die Tasten des Klaviers mit seinen kleinen Fingern zu erreichen. Lachend hatte der Vater ihn auf seinen Schoß gehoben und ihn spielen lassen. Nur Hedwig, die Große, die ein Jahr Ältere, hatte sich die Ohren zugehalten. Doch insgeheim hatte auch sie nur einen Wunsch gehabt: wie der Bruder auf Vaters Schoß zu sitzen, dort zu thronen, um die Welt so zu sehen wie er.

Schau Walter, das ist das C, das gehört dem Daumen, und hier das E, das ist für den mittleren Finger, den langen. Und der klitzekleine Finger hier, der bekommt das G, wenn er brav ist. Hörst du's? Das ist ein Dreiklang, C-Dur.

Ja, Walters Kindheit war in C-Dur, manchmal auch mit ein bisschen A-Moll, doch das gehörte eben dazu, hatte ihm der Vater erklärt. Jede Durtonart hat ihre traurige Parallele, doch Walter fand sie eigentlich gar nicht traurig, eher traurig-schön. Dem Vater konnte er das auch sagen, denn der wusste, was er meinte. Dem Vater konnte er auch anvertrauen, dass er E-Dur nicht mochte, weil es so hart klang, und dass das Ais noch viel schöner klingen würde, wenn es wüsste, dass es eigentlich ein B ist.

Für Mutter Emma war das alles ein großes Rätsel.

„Wenn der Junge halt will", sagte sie immer, fast ein bisschen hilflos.

Dort, wo sie herkam, gab es nur Felder, soweit das Auge reichte. Felder und Farmen und Männer, die in durchgeschwitzten Hemden ihre Ochsen über die Äcker führten, zu Gott betend, er möge die nächste Ernte zu einer guten Ernte machen. Als Tochter des Farmers Johannes, den alle nur John nannten, war Emma Karlina Schumacher in Beechwoods, New York, geboren worden. Die preußische Rheinprovinz, aus der die Eltern stammten, hatte sie nur aus Erzählungen gekannt. Emmas Horizont hatte die ersten fünf Jahre ihres Lebens nur bis an die Grenzen der elterlichen Flur gereicht. Erst der Tod der Mutter öffnete ihr die Welt. Ach, wäre sie doch verschlossen geblieben.

„Die Mutter", hatte ihre Schwester Christina an jenem flirrend heißen Julitag schrill über den Hof gerufen, „um Gottes Willen, die Mutter!"

Die Nachbarsfrau hatte sie gefunden, im Stall, in ihrem Blut liegend. Als John an jenem Abend nach Hause kam, war er Witwer.

Margaretha Schumacher 1849–1879 hatte bald darauf auf einem Grabstein hinter dem Haupthaus gestanden, und wieder hatten sie ein neues Leben beginnen müssen.

Als der Dampfer nach neun Tagen auf hoher See in Bremen eingelaufen war, hatte John, der nun wieder Johannes war, gelächelt und sich die Gischt von den Wangen gewischt, und es war sicher nur die Gischt. Vier Jahre später hatte er dann seiner Tochter Emma ein schwarz eingebundenes Büchlein in die Hand gedrückt.

Dies, liebe Emma, laß ich dir zum fleißigen Gebrauch und du wirst deinen Vater dann nie vergessen, so wie er dich nie vergißt. Bin ich auch weit von dir, im Herzen bist du immer bei mir; Sei deinem Onkel und deiner Tante ein gutes Kind und sie werden dich lieben so wie ich. Mein Schicksal ist hart. Möge dir Gott ein besseres bescheiden.

Onkel Peter war Bäckermeister gewesen, der Geruch nach Lauge und Hefe hatte langsam den Duft von frisch geschnittenem Gras überdeckt, und die Singdrossel hatte sie das Lied der Spottdrossel vergessen lassen. Emma war wieder ein Pfälzer Mädel geworden. Und eines Tages hatte sie dann den Lehreranwärter Hugo kennengelernt, der von Wattweiler nach Zweibrücken gekommen war und ihr nun leidenschaftlich den Hof machte. Aus Emma Schumacher wurde Emma Frick, und wenn sie auf dem Wochenmarkt mit „Guten Tag, Frau Hauptlehrer" gegrüßt wurde, empfand sie fast so etwas wie Stolz.

„Ach, der junge Herr Frick!"

Walter drehte sich erschrocken um, wie immer, wenn er diese Stimme hörte. Er kannte sie wohl, es war die vom Lehrer Schwarz.

„Guten Abend, Herr Lehrer", sagte er brav und zückte wieder seine Matrosenkappe, diesmal etwas überzeugender, wie er fand.

Am Morgen hatte der Lehrer Schwarz ihn gebeten, ein Geigenpult für das Konzert zu holen. Hastig hatte Walter genickt und war hinauf in die Steinhauser Straße gerannt, wo ihm die

Mutter zur Sicherheit gleich zwei Pulte in die Hände gedrückt hatte. Zur Belohnung, hatte der Lehrer Schwarz gesagt, solle Walter zum Buchhändler Rupert gehen, der gebe ihm dann eine Eintrittskarte für das Konzert.

Und nun stand er hier inmitten von Kerzenschein und Stimmengemurmel, roch das Rosenwasser und den Schweiß, den es überdecken sollte. Wie angestrengt die Menschen zu lächeln versuchten, dachte Walter. Als hätten sie bloß Krieg gespielt, vier Jahre lang. Und nun machten sie dort weiter, wo sie damals aufgehört hatten, besuchten Konzerte, tauschten Belanglosigkeiten aus und glaubten, dass ihr lautes Lachen über das hinwegtäuschen könnte, was sie erlebt hatten. So wie der kleine Fritz zwei Häuser weiter, der sich immer gegen die Wand stellte, sich die Augen zuhielt und dann rief: „Walter, such mich!" Aber der Fritz war vier, und Walter war schon zehn.

Die Gespräche um ihn herum verstummten, und Walter sah gebannt nach vorne. Hier ein Hüsteln, da ein Rascheln. Dann kam der Lehrer Schwarz. Beinahe andächtig zog er den feinen, hellen Taktstock hervor. Auch so ein magisches Etwas, dachte Walter. Elfenbein hieß das Material. Was das genau bedeutete, wusste Walter nicht, aber es klang wundervoll, so zart und leicht.

Am Brunnen vor dem Tore, da steht ein Lindenbaum. Ich träumt' in seinem Schatten so manchen süßen Traum.

Walter ließ sich von den vertrauten Klängen tragen. Kraftvoll und dunkel ertönten die Männerstimmen, bis hinauf in den Turm und hinein in die Ecken schienen sie das Kirchenschiff auszufüllen. Sie wanden sich die Treppe zur Empore hinauf und schlüpften in die Orgelpfeifen, sie drangen in die kalten Kirchenmauern ein, nur um wärmend wieder zurückzustrahlen auf die Menschen, die da kerzengerade auf den Bänken saßen. Walter gab sich ganz der Musik hin. Er schloss die Augen, und so konnte er nicht sehen, wie ein paar junge Frauen zur letzten Strophe stille Tränen weinten.

Nun bin ich manche Stunde entfernt von jenem Ort, und immer hör ich's rauschen: Du fändest Ruhe dort.

„Sag, Walter, was hat dir am besten gefallen?", fragte der Vater später am Abend und ließ sich in den großen Ohrensessel am Kamin fallen.

Mutter Emma wippte leicht in ihrem Schaukelstuhl, während sie eine von Walters Hosen flickte. Hedwig blätterte in einer Kunstmappe, die der Vater ihr aus der Schule mitgebracht hatte. Sie wollte möglichst gleichgültig wirken, doch insgeheim war sie neidisch auf den kleinen Bruder. Wie gern hätte auch sie das Konzert besucht! Doch das sollte freilich niemand merken, weswegen sie ihre Enttäuschung zwischen den abgedruckten Gemälden zu verstecken versuchte. So saßen sie oft zusammen am Abend. Ein jedes war bei seiner Sache, ganz ruhig. Nur die Uhr sagte ihr Ticktack und die Flammen knisterten leise vor sich hin. Manchmal, wenn es plötzlich laut im Feuer knackte, dann erschraken sie alle miteinander, um sich wenig später mit einem erleichterten Lächeln wieder ihren Tätigkeiten zu widmen.

„Ach, wenn ich nur wüsste, was am schönsten war", rief Walter schwärmerisch, und im Augenwinkel konnte er sehen, wie Hedwig hinter ihrer Bildermappe eine Grimasse schnitt. „Der Chor, der sang so laut und klar, manches Mal hätte ich aus Versehen fast mitgesungen."

„Und die Geiger, Walterchen, was haben die gespielt?"

„Zuerst ein Duett vom Herrn Mozart", sagte Walter, „das

war zwar ganz schön, aber halt ein bisschen falsch gespielt. Und dann noch Sachen, die ich nicht kannte. Du hättest sie alle gekannt, Papa! Aber, denkt euch, am Schluss, da wollte ich die Geigenpulte holen, und da schüttelten mir die Geiger doch tatsächlich die Hand! Ei, das war ein tolles Gefühl!"

Walters Augen strahlten, als der Vater anerkennend nickte.

„Was meinst du, Papa", fragte er nach einer kurzen Pause und begann die Matrosenkappe, die er noch immer in den Händen hielt, zu kneten, „ob ich wohl auch mal so ein Elfenbein bekomme, wie der Lehrer Schwarz eines hat?"

Hedwig kicherte. „Das heißt Taktstock!"

Walter bedachte die große Schwester mit einem finsteren Blick. Die Antwort des Vaters aber war ein Lächeln. Und als im Kamin wieder ein Holzscheit knackte, da erschraken sie beide nicht.

Hugo Frick und Emma Schumacher 1906. Hinter ihnen am Fenster sind Emmas Pflegeeltern, ihr Onkel Peter und ihre Tante Magdalena, zu sehen.

Familie Frick im Garten 1912.

Walter und Hedwig posieren für ein Foto, 1913. Man beachte, dass Walter größer wirken soll, vermutlich weil er der Bub ist. In Wirklichkeit ist er, der ein Jahr jünger ist, kleiner als seine Schwester.

———

Walter um 1919.

3 | *München, 1921*

Mühevoll bahnte sich die Morgensonne ihren Weg durch die morschen Fensterläden und ließ die Staubkörnchen auf der Stelle tanzen. Die schmalen Lichtbündel schienen die Luft in der Kammer regelrecht in Stücke zu schneiden.

Armin verfolgte sie mit den Augen bis zu dem Punkt, an dem sie auf den Dielenboden auftrafen und auf die wurmstichige Truhe, die neben den beiden Betten das einzige Möbelstück in der Kammer war. Ob ihrer Größe hätte sie der Ausstattung einer ganzen Familie Platz geboten. Hosen, Kleider, Hüte, Schuhe, Hemden – eins für die Woche, eins für den Sonntag und sogar noch zweie zum Wechseln. Randvoll hätte sie sein können, doch ihr einziger Zweck bestand darin, eine Waschschüssel und eine blaue Emaillekanne zu tragen. Bei jedem Schritt, den einer in der kleinen Wohnung tat, schwankte sie, so ausgebeult war der Boden. Die Mutter hätte sie schon längst entsorgt, doch Armin hatte sich vehement geweigert, sie herzugeben. Er hatte um sie gekämpft wie um all die anderen Dinge, die die Mutter von Zeit zu Zeit entfernt hatte. Den kleinen Schemel, auf den er früher immer gestiegen war, um aus dem Fenster schauen zu können – kaum war Armin groß genug gewesen, hatte die Mutter den Schemel verfeuert, zusammen mit dem Schaukelpferd mit der aufgemalten schwarzen Mähne. *Dafür bist du doch jetzt zu alt, Junge, meinst du nicht?*

Das war im dritten Kriegswinter gewesen, und es hatte keine Kohle mehr gegeben. Wortlos hatte die Mutter an den verleimten Stangen gezogen und der Schweiß war ihr von den Schläfen geperlt, als sie das Holz über dem Knie zerbrochen und zusammen mit dem Kopf und der Sitzfläche in den Kohleeimer gelegt hatte. Und Armin war leise in die Schlafkammer gegangen, damit sie seine Tränen nicht sah, denn er war doch schon acht.

Es sollten noch Jahre vergehen, bis er begriff, dass die Mutter die Sachen auch deswegen beseitigt und verfeuert hatte, weil sie Geschenke vom Vater gewesen waren.

„Wir brauchen doch Platz", hatte sie gesagt, „es ist eng genug hier. Denk dir nur, wir bekämen unangekündigten Besuch!" Dabei wussten sie beide, dass niemals Besuch kam. Mit der schmalen Kammer und der kleinen, dunklen Küche konnten sie sich ja noch glücklich schätzen, andere Familien lebten zu fünft oder sechst in nur einem Raum. Für einen Schlafgänger, da wäre die Wohnung ein Schloss, dachte Armin manchmal, doch die Mutter ließ ohnehin niemanden hinein, der auf der Suche nach einem Schlafplatz war.

Die zwei kleinen Räume in einer der zahlreichen Mietskasernen der Stadt waren alles, was sie hatte. Und darum musste alles Unschöne aus ihrem Blickfeld verschwinden, alles, was kaputt war, alles, was rostete, alles, was sie an den Vater ihres Sohnes erinnerte.

Warum sie ihm die Kanne gelassen hatte, wusste Armin selbst nicht genau, aber wahrscheinlich hatte es mit Willy zu tun. Still saß Armin auf seinem Bett, obwohl er wusste, dass er sich eigentlich beeilen sollte. Als er sich nach vorn beugte, um nach seinen Schuhen zu greifen, krabbelte ein kleiner schwarzer Käfer aus einem der Löcher zwischen den Dielen hervor.

„Verflixt und zugenäht", fluchte er und zermalmte das kleine Tier mit der Schuhsohle.

Wenn der Tag schon mit einem Käfer begann! Und überhaupt, würde es jemandem auffallen, wenn er nicht käme? Er schob trotzig die Unterlippe nach vorne, wie er es als kleines Kind immer getan hatte. Die Mutter wäre tödlich beleidigt, aber er hatte sie ja auch nicht darum gebeten, diesen Krüppel zu heiraten. Sie kamen bestens allein zurecht, seit fünf Jahren kamen sie allein zurecht, seit der Vater sie im Stich gelassen hatte. Nie würde er ihm das verzeihen.

„Wenn ich wiederkomme", hatte er damals gesagt, „dann feiern wir ein großes Fest, weil wir die Franzmänner besiegt haben!"

Armin hatte ja gar nicht anders gekonnt als ihm zu glauben, wie er dagestanden hatte mit dem blitzenden Säbel und dem spitzen Helm. Seinem Vater, da war er sicher gewesen, konnte keiner etwas anhaben. Mit wehenden Fahnen sah er ihn auf dem schönsten Wallach gen Westen reiten. Und er würde ja wiederkommen, vielleicht morgen schon. Wie oft hatte er am Fenster gestanden auf seinem Schemel, die Nase so dicht am Glas, dass sein Atem kleine milchige Kreise bildete. *Maikäfer flieg* hatte er gesummt, und bei jeder vorbeifahrenden Kutsche hatte er die Hoffnung gehabt, sie würde anhalten und der Vater würde aussteigen und ihm zuwinken. *Maikäfer flieg.*

Weiter hatte er nie singen wollen. Denn wenn er die schlimmen Worte nicht sang, dann würde vielleicht auch nichts geschehen und der Vater käme wieder. Doch er kam nicht wieder.

Leutnant Andreas Beilhack,
am 31. August 1916 bei Regensburg gefallen.

Von diesem Tag an hatte Armin Käfer gehasst. Zuerst traf es nur die großen, dicken Brummer, die knackten besonders schön, wenn man sie erwischte. Dann folgten die kleineren und dann die Asseln, die Mehlkäfer und die Herrgottstierchen.

Und eines Tages hatte ihn die Mutter zu sich gerufen, ganz fröhlich hatte sie geklungen, und da hatte er schon gewusst, dass etwas nicht stimmte.

„Der Willy und ich, wir werden heiraten."

Und dabei hatte sie nicht ihn angesehen, sondern den Willy.

„Meinst du nicht, wir könnten uns anfreunden?", hatte Willy dann gefragt.

Der Geruch von Tabak und dünner Zwiebelsuppe, der in der Küche hing, war mit einem Mal noch bitterer geworden. Und Armin war ohne zu antworten die Treppen hinuntergerannt. Er hatte zwar gewusst, dass weder die Mutter noch ihr Willy Anstalten machen würden, ihm nachzulaufen, doch der Gedanke, dass Willy ohnehin nicht mehr rennen konnte, gefiel Armin trotzdem. Denn Wilhelm Kaufmann war auch im Krieg gewesen. Und jetzt hatte er ein steifes Bein, die Kugel steckte noch. Wäre der Vater mit einer solchen Verletzung nach Hause gekommen, wäre Armin voller Stolz gewesen, doch bei Wilhelm Kaufmann war er das nicht. Denn der hatte dafür garantiert nicht tapfer gekämpft.

„Armin, bist du soweit?"

Gereizt drang die Stimme der Mutter in die Kammer. Schritte, das Wackeln der Kanne. Armin atmete ein, als setze er zu einer Antwort an, überlegte es sich jedoch anders und stopfte nur missmutig das Hemd in die Hose. Es war ein gutes Hemd, geliehen natürlich. Ausgerechnet vom Kurt, der in der Schule immer einen Bogen um ihn machte, damit ja keiner erfuhr, dass es Armins Mutter war, die ihm das Essen kochte. Armin hätte das Hemd am liebsten auf der Stelle gegen das seine getauscht, das aus fleckigem Leinen.

„Jetzt mit dem Willy, da wird alles besser", hatte die Mutter gesagt, wieder und wieder, als müsse sie sich selbst davon überzeugen. Selig hatte sie ins Nichts gelächelt, und dabei irgendwie verrückt ausgesehen.

„Nur weil er Ingenieur ist, Mutter?"

„Elektroingenieur, Armin."

Der Willy habe es zu etwas gebracht, hatte sie einmal gesagt. Im Gegensatz zum Vater? Das hatte ihm auf den Lippen gelegen. Doch stattdessen hatte er laut „Na und?" gerufen und die Hände in die Luft geworfen. „Das sieht man ihm nicht an!"

Niemand würde ihn auf der Straße als den Herrn Ingenieur ansprechen, nein, die Leute würden nur den Invaliden in ihm sehen und die Gesichter beschämt abwenden, weil der Anblick von Männern wie ihm sie allzu deutlich an die schmerzliche Niederlage erinnerte. „Die Witwe Beilhack hat's nötig", würde es heißen, oder: „Jetzt hat der Beilhack 'nen Krüppel zum Vater."

Armin hatte beschlossen, seinen zukünftigen Stiefvater zu hassen. Für seinen Kriegsschaden, für seine Liebe zur Mutter und für seinen Beruf. Denn dass einer wie Wilhelm Kaufmann an der Technischen Hochschule studiert hatte – etwas, das Armin selbst nie und nimmer erreichen würde und sich doch so sehr wünschte –, das allein war Grund genug, ihn zu hassen.

„Nun komm schon endlich", riss ihn die energische Stimme der Mutter aus seinen Gedanken.

„Arminchen", rief sie, dabei wurde er bald dreizehn, „sag, hörst du mich überhaupt? Wir müssen los, Willy wartet doch schon!"

„Dein Willy läuft uns schon nicht weg", murmelte Armin, gerade so laut, dass die Mutter seine Worte hatte hören können. Doch verstanden hatte sie sie nicht.

Nur knapp ein Dutzend Menschen waren in der Kirche, was die Zeremonie in Armins Augen noch lächerlicher machte. Stumm bewegten sich die Münder der Hochzeitsgäste. Der Klang der Orgel überragte alles, und durch die gähnende Leere im Kirchenschiff mischten sich die Töne zu einem entsetzlichen Gewitter.

Armins Mund bewegte sich nicht. Er beobachtete seine Mutter, wie sie da vorne saß und hin und wieder mit fahrigen Bewegungen die Falten ihres Kleides glattstrich, als wolle sie unangenehme Erinnerungen wegwischen. Ob sie in diesem Kleid auch den Vater geheiratet hatte?

Armin betrachtete Willy, wie er unruhig auf der unbequemen Kirchenbank hin und her rutschte, beobachtete sein schmerzverzerrtes Gesicht. Hatte er nicht gemerkt, wie armselig es ausgesehen hatte, als er mit seiner Lieselotte am Arm an den Bänken vorbeigehumpelt war?

Die Mutter hatte getan, was sie immer tat, und hatte sich nichts anmerken lassen. Sie hatte ihr Lächeln fleißig geübt, damit es an diesem Tag so einwandfrei saß wie ihr Kleid, doch genauso abgenutzt war es auch.

Das Lied war zu Ende und der Priester ließ die Leute aufstehen. Er sprach vom Sakrament der Ehe, von der Treue vor Gott, von guten und von schlechten Zeiten, und die Mutter blickte wieder selig ins Nichts. Aus Lieselotte Beilhack wurde Lieselotte Kaufmann, einfach so. *Was Gott zusammengefügt, das soll der Mensch nicht scheiden.*
Lieselotte trug den neuen Namen voller Stolz. Sie trug ihn neben dem neuen Ring am Finger, und sie trug ihn als Schleife

an ihren neuen Hüten. Er würde die Familie versorgen mit seinem Betrieb, hatte Willy gesagt, die Liesel sollte endlich wieder schöne Kleider tragen, und einen dieser modischen Cloches wollte er ihr kaufen. Armin würde einen neuen Tornister bekommen und Griffel, die schönen mit dem bunten Papier drum herum. Da würden die Noten in der Schule dann wie von selbst besser, nicht?

Doch auch der neue Vater konnte seine Versprechen nicht halten. Denn davon, dass Armin ihn jeden Morgen zu seiner Telefonwerkstatt würde bringen müssen – das könne die Mutter ja nicht machen, was würden die Leute denken –, ja, davon hatte er nicht gesprochen.

„Sei doch so lieb, stell mir den Stuhl hier an die Werkbank, und kannst du mir noch die Kneifzange reichen?"

Da war er zum ersten Mal zu spät zur Schule gekommen, und jedes Mal, wenn der Rohrstock auf seine Handflächen traf, hatte er an Willy gedacht.

„Hörst du, mein Junge–"

„Ich bin nicht dein Junge."

„Nun, kannst du mir diesen Draht noch kurz festhalten, damit ich ihn sicher verlöten kann? – Ja, so ist es gut. Du hast ruhige Hände, mein Junge, das ist wichtig, wenn man mit der Elektrizität hantiert, weißt du?

Aber sag, was ist bloß mit deinen Händen geschehen, warst du unartig in der Schule?"

Mit der Zeit verheilten die Narben an Armins Händen, und neue kamen nicht mehr hinzu.

„Zuerst nimmst du dies hier, das nennt man den Hörer. Siehst du, wie sich die Metallgabel hebt? Nun legst du deinen Zeigefinger hier in die Öffnung mit der Ziffer 5 und drehst so lange, bis es nicht mehr weitergeht."

———

Ratatatatat. Willy sprach von Klinken und Klappen und von den Fräuleins vom Fernsprechamt. Denen habe der Anrufer bislang immer erklären müssen, mit wem er verbunden werden möchte, aber jetzt – ja, jetzt seien neue Zeiten angebrochen! *Dem Ingenieur ist nichts zu schwer, er lacht und spricht: Wenn dieses nicht, so geht doch das,* zitierte er dann manchmal und versuchte dabei vergnügt zu klingen.

Das neue Schuljahr hatte gerade begonnen, als Armin sich zum ersten Mal allein auf den Weg in die Werkstatt machte. Die Pflastersteine glänzten noch vom letzten Schauer, als ihm der Lehrer entgegenkam und ihn nicht grüßte. Es war Anfang Mai gewesen, als der Willy mitten in der Nacht geschrien hatte, so laut und so grässlich, wie er es noch nie zuvor getan hatte. „Mein Bein, mein Bein", hatte er gestöhnt und irgendetwas von der Kugel, und wahrscheinlich sei es entzündet. Die Mutter hatte ein Tuch mit Schnaps getränkt und einen Knoten hineingemacht, auf dem er dann gekaut hatte, und irgendwann war er leise jammernd wieder eingeschlafen.

Der Arzt hatte am nächsten Morgen sachlich erklärt, dass das Bein nicht mehr zu retten sei.

„Warum sind S' denn bloß nicht früher vorstellig geworden?", hatte er gefragt und den Kopf geschüttelt. Und die Mutter hatte ihn angestarrt, die Augen tief in den Höhlen versunken. „Was wird denn nun?", hatte sie dann gehaucht, und am Fenster hatte ein Maikäfer gesessen.

4 | *Zweibrücken, 1929*

Grimmig blinzelte Walter in den Julimorgen, der schon eine Vorahnung der nachmittäglichen Hitze in sich trug. Er hakte die Läden ein, stützte die Unterarme auf die Fensterbank und füllte seine Lunge mit Heimatluft, mit der Erinnerung an die letzte Fliederblüte und mit dem vollen Geschmack der Brombeeren.

Wie gut es tat, wieder einmal zu Hause zu sein, in allem grüßte die Kindheit. In der Linde, deren Blattwerk im Wind so beruhigend rauschte, im Gesang der Amseln, der jetzt seltener und verhaltener wurde, weil bald die Zeit der Mauser beginnen würde. Im beruhigenden Rattern des Spinnrades und im Kratzen der Feder und im Tackern der Schreibmaschine.

Schon um sieben Uhr in der Früh war Walter vom Wecker aus dem Schlaf gerissen worden. Draußen Blätterrauschen, Spatzengezeter. Und am Boden auf einer alten Matratze, da hatte der Hans gelegen und ungeniert gegähnt.

„Wenn ich doch möglich machen könnte, was ich mit meinem Freunde Hans so leise geplant habe", hatte Walter den Eltern vor ein paar Wochen geschrieben, „nämlich ein Zusammenarbeiten mit ihm in den Ferien in Zweibrücken: Gehörbildung, Harmonielehre, Klavierauszugspielen, Melodiediktat. Ich glaube, da könnte jeder von uns mehr lernen als während eines ganzen Semesters an der Akademie. Denn das Musikstudium, wenn man nicht gerade ans Klavierüben denkt, das verlangt ein Zusammenarbeiten von mindestens zweien, die zusammenpassen."

Sie müsse sich keine Sorgen machen und die halbe Welt auf den Kopf stellen, nur weil er noch so einen irrwitzigen Musiker mitbringe, hatte er die Mutter besänftigen müssen, die sich zunächst wenig begeistert gezeigt hatte.

Doch dann hatte sie den Hans gesehen, mit dem sauber gekämmten blonden Haar und dem schüchternen Lächeln im Gesicht.

„Grüß Sie Gott, Frau Frick" hatte er am Gartentor gerufen, die Haut beinahe so sonnenbraun wie das Leder seines Koffers, und da hatte sie ihn auch schon ins Herz geschlossen.

„Hopp, Hansi", hatte Walter am Morgen gesagt, aber mehr, um sich selbst zum Aufstehen zu bewegen.

Empörtes Schnauben war die Antwort gewesen. Laut ächzend hatte Hans sich gestreckt, um unmissverständlich zum Ausdruck zu bringen, dass er derjenige gewesen war, der die Nacht auf dem Boden hatte verbringen müssen.

„Du bisch e Kindskopp", neckte Walter ihn, und beide hatten gelacht. Der eine über die fremde Mundart, und der andere, weil er wusste, dass er nicht weniger albern war.

Unten in der Küche hatte Walter sich dann an zwei Portionen Kaffee zu schaffen gemacht. Richtigem Kaffee. Davon konnten sie in ihren Münchner Zimmerchen nur träumen. Dort gab es wässrigen Muckefuck, wenn das Geld reichte.

„Ernähre dich gut und spare nicht am falschen Platz", hatte der Vater ihm gleich zu Beginn geschrieben, als habe er ihn dabei beobachtet, wie er tagein, tagaus seinen Grießbrei löffelte. Wenn ihn die Waltersküche, wie der Vater es nannte, nicht sättige, dann solle er eben eine Gaststätte aufsuchen, das Geld würde man ihm schon schicken.

„An den Tagen, an denen du zu Hause bist", hatte es weiter im Brief geheißen, „da gehe möglichst um zehn, halb elf Uhr zu Bett. Menschen in deinem Alter müssen mindestens noch acht bis neun Stunden Schlaf täglich haben, da der Körper noch nicht voll entwickelt ist. Kaufe dir öfter mal zur Zwischenspeise Bananen, die sehr nahrhaft und bekömmlich sind. Und gewöhne dir das Milchtrinken an."

Das Milchtrinken! Solche Dinge musste man lesen, wenn man in seiner Münchner Bude saß und versuchte, erwachsen zu werden. Wer seine Kinder in die weite Welt schickte, der vergaß offenbar nur zu leicht, dass sie auch älter wurden, wenn man ihnen nicht dabei zusehen konnte.

Den zweiten Sommer war er nun im fernen München an der Akademie der Tonkunst. Umgeben von feinen jungen Leuten, sagte der Vater. Alles närrische Musiker, sagte die Mutter.

Walter hatte schnell Fuß gefasst in der großen Stadt, und daran war vor allem einer schuld: Hans Löwlein aus Ingolstadt. Beide studierten Klavier, und beide wollten nun die Aufnahmeprüfung fürs Dirigieren machen. Eine bezaubernde neue Welt war das, von einigen praktischen Kleinigkeiten abgesehen. Mitgeschrieben wurde in den Vorlesungen nämlich auf dem Knie, Bänke gab es keine. In den Hörsälen standen kleine Tafeln auf klapprigen Schulgestellen, ganz verloren wirkten sie dort. Und wenn die Dame vom Büffet im Erfrischungsraum wieder einmal heißes Wasser brauchte, dann musste sie durch alle Unterrichtszimmer hindurchlaufen, und das tat sie mit gesenktem Blick, weil sie genau wusste, dass die jungen Burschen noch grün hinter den Ohren waren.

Auch Hedwig war in München, an der Kunstakademie, und zusammen lebten sie bei Frau Schröttinger in der Lotzbeckstraße zur Untermiete. Als Hedwig im letzten Jahr verkündet hatte, sie wolle Künstlerin werden, da war der Mutter beinahe der gute Porzellanteller aus den Händen geglitten, den sie gerade abgetrocknet hatte.

„Oder eben Kunsterzieherin", hatte Hedwig dann betreten hinzugefügt und man hatte zusehen können, wie ihre Hoffnung leise in den Dielenritzen verschwunden war.

Nun wurde sie Lehrerin für Zeichnen und Kurzschrift und der Neid auf den jüngeren Bruder endgültig zu ihrem täglichen Begleiter.

„Gelt, Mama", pflichtete sie der Mutter bei, „der Walter war halt schon immer ein bisschen närrisch." Doch sie glaubte selbst nicht, was sie sagte.

Stunde um Stunde saß Walter fortan am Klavier und übte und komponierte, füllte eine Seite nach der anderen mit Noten. Wie andere Leute Rezepte in ein Kochbuch schrieben, bemerkte Hedwig einmal.

„Das klang doch schön", rief sie manchmal, während sie über ihren Zeichenübungen saß, „was hat dem Herrn denn nun schon wieder nicht gepasst?"

Ach, das sei schwer zu erklären, es gebe da Regeln, man könne halt nicht einfach komponieren, wie einem der Sinn stehe, entgegnete Walter dann.

„So", sagte Hedwig in diesen Momenten nur, und ihre knappe Antwort verriet nichts über ihre wirklichen Gedanken. Hedwig, gerade ein Jahr älter und dennoch unerreichbar fern, und Walter, der ewig kleine Bub, der Träumer. Sie waren einander selbstverständlich, und doch kannten sie sich nicht.

„Frick! Pause beendet."

Hansis energische Stimme holte Walter aus seinen Gedanken. Er schloss das Fenster, drehte sich schnurstracks um zu seinem Freund und setzte ein übertrieben ernstes Gesicht auf.

„Treten Sie an zum Melodiediktat", befahl Hans und schwang sich auf den Klavierhocker, „Tonart Es-Moll, die erste Note ist ein As!"

Ja, um Dirigent zu werden, brauchte es mehr als einen Taktstock, das war Walter schon vor langer Zeit klar geworden, und manchmal dachte er wehmütig zurück an die Stunden auf dem Schoße des Vaters. Es gab viel zu üben, und ohne die Fürsorge der Mutter hätten die Freunde das Essen und den Müßiggang darüber vermutlich vollends vergessen. So aber gab es Apfelkuchenpausen am Hang und Abendspaziergänge im Rosengarten, und einmal hatten sie sogar ein Pferderennen unten am Landgestüt besucht. Auf Anordnung der Mutter hatten sie sich abends im Garten gegenseitig den Staub aus den Haaren geschrubbt, ihre Köpfe wieder und wieder in die Blechwanne mit dem eiskalten Wasser getaucht und dabei gejauchzt wie kleine Buben.

„Denk dir, die Mädels würden uns sehen", hatte Walter geprustet.

„Sehen? Ich hoff' doch, sie würden mitmachen", hatte Hans dann gerufen und breit gegrinst. Und Walter hatte rasch den Kopf in die alte Wanne getaucht, damit der Freund nicht sah, wie rot seine Wangen wurden.

~

Als Walter und Hans mit schnellen Schritten auf das Portal des Odeons zugingen, da stand die Blechwanne schon lange wieder im Schuppen. Die Zugvögel hatten den Sommer mit sich genommen und die Münchner Altstadthäuser warfen lange Schatten. Zum ersten Mal in diesem Jahr mischte sich der Geruch von Brennholz heimlich unter die Leute, die mit wichtigem Gesichtsausdruck ihrer Wege gingen. Es roch nach Aufbruch und zugleich ein wenig nach Abschied. Das konnte nur der September, dachte Walter.

Sie bahnten sich ihren Weg durch das belebte Foyer und durch die altbekannte Mischung aus Puderstaub und Pomade. Walter rieb die feuchten Hände am Sakko – so viele Menschen. Wieder einmal spürte er, dass zwischen der Pfalz und München weit mehr lag als die nicht enden wollende, ruckelnde Fahrt mit der Eisenbahn. Vor einem Jahr, als er zum ersten Mal die lange Reise angetreten hatte, da war er in Zweibrücken als Abiturient in den Waggon eingestiegen.

Und am Münchner Bahnhof, da hatte er dann feststellen müssen, dass 400 Kilometer nicht ausreichten, um erwachsen zu werden. Trotzig war es ihm bis zum Sitzplatz gefolgt und hatte am Fenster schamlos den Eltern gewunken, das Kind in ihm. Es hatte sich zwischen den Noten und in den Hemdsärmeln versteckt, hatte sich am Aufbruchsmorgen hinter den Spiegel geschlichen, hatte im Abteil auf seinem Koffer gesessen und ihm leise Geschichten ins Ohr erzählt.

Geschichten vom Donnersberg, von der Karlstalschlucht und vom Dahner Felsenland, vom Adlerbogen, der zusammen mit den stählernen Herren Bismarck und Moltke hoch über den Baumwipfeln thronte und den Pfälzerwald überwachte, und von all den beschaulichen Weilern, die Landkarte seiner Kindheit.

Und nun, da er mit Hans zusammen zwischen den anderen nervösen Studenten im Odeon stand und versuchte sich zu orientieren, da zupfte das Kind in ihm vorsichtig an seinem Hosenbein. Heimlich nahm er es an die Hand.

„Guck mal, ein Lauscher", flüsterte Hans und stieß Walter leicht mit dem Ellenbogen in die Seite. Sie hatten mittlerweile auf einer schmalen Holzbank Platz genommen und warteten, bis sie mit Vorspielen an der Reihe waren.

Walter grinste. Just nachdem der erste Kandidat das Prüfungszimmer betreten hatte, war ein weiterer hinterhergeschlichen, um angestrengt das Ohr an die Tür zu drücken.

„Obacht, Blattspiel", rief er heiser, und nach einer kurzen Pause, in der er abermals lauschte: „Figaro, die Arie Geschwind, geschwind!"

Eilig rannten nun alle jungen Männer zu ihren Klavierauszügen. Walter blätterte so hastig durch die Noten, dass eine Seite riss.

„*Aprite, presto aprite*", flüsterte er, und seine Finger huschten über unsichtbare Tasten.

Für die Ohren mochte Mozart ja leicht sein, doch wie anders sah das aus, wenn ein Pianist die Klavierfassung einer ganzen Orchesterbegleitung vortragen musste. Die Violinen, die ersten wie die zweiten, Fagotte und Kontrabässe, das Cembalo, alle wollten sie sich zeigen auf den Klaviertasten! Dem Lauscher sei Dank, dachte Walter, als er schließlich mit den Noten unter dem Arm das Zimmer betrat.

„Dann lassen S' mal den Bach hören, Herr Frick", rief einer der Professoren prompt, und seine Stimme klang so eng wie seine Fliege saß.

Walter atmete tief ein und aus. Invention Nummer 15, h-Moll. Er spielte sie so akkurat wie die Walze einer Spieluhr.

Später, als auch Hansis Prüfung absolviert war, füllten sie ihre grimmenden Mägen in der Volksküche. Ein Gang, der Walter von Tag zu Tag vergnügter werden ließ. Das merkte auch der Hans, doch als er ihn nach dem Grund fragte, da zuckte Walter nur mit den Schultern und mied seinen Blick.

„Der Eintopf ist's sicher nicht", scherzte Hans und schnalzte mit der Zunge, und da wusste Walter, dass der Freund ihn wieder einmal zu genau beobachtet hatte.

„Pff", machte er nur. Aber insgeheim hoffte er, dass sie auch heute dort sein würde.

Familie Frick 1926 zusammen mit Onkel Jakob, der aus Amerika zu Besuch gekommen war.

Walter als Abiturient im Jahr 1927.

5 | *Mannheim, 2011*

D u klingst aber auch, als kämst du aus der Pfalz", höre ich mich sagen, und klinge dabei selbst überhaupt nicht, als käme ich aus der Pfalz.

Woher komme ich denn? Aus der Stadt, die in meiner Geburtsurkunde vermerkt ist, weil dort das Krankenhaus steht, in dem ich geboren wurde? Aus dem Ort, in dem ich aufgewachsen bin, weil dort das Haus steht, in das mein Vater in den frühen 1980er Jahren gezogen ist? Das Haus, das keinem von uns wirklich etwas sagt, und das doch das einzige Elternhaus ist, das ich kenne?

Der junge Geigenstudent antwortet mir in dem Dialekt, der mir so vertraut ist wie mein Spiegelbild und den ich doch selbst nicht spreche. Ja, er komme aus der Pfalz, aus Zweibrücken. Zweibrücken? Da komme ich auch her, will ich sagen, meine Familie stammt von dort. Du und ich, will ich dem Fremden sagen, wir haben dieselbe Heimat. Und mehr als das, aber das kann ich zu diesem Zeitpunkt noch nicht wissen.

„Nee, oder?" Ich versuche lässig zu klingen, denn wir sind gerade einmal 20 Jahre alt, und ich glaube, Heimat ist gerade gar nicht so unser Thema.

Ich spreche trotzdem weiter, erzähle ihm, dass mein Großvater aus Zweibrücken stammte.

„Meine ganze Familie kommt aus der Pfalz", sage ich. Aber wen meine ich eigentlich, wenn ich von meiner Familie spreche? Die Familien meiner Eltern sind seit Generationen in der

Pfalz verortet, wahrscheinlich würde ich deswegen so gerne Pfälzisch sprechen. Damit ich ganz dazugehöre? Vielleicht – auch wenn diesen Gedanken wohl keiner aus meiner Familie verstehen würde. Ich kann es, ich kenne es. Aber immer, wenn ich versuche Pfälzisch zu sprechen, dann höre ich nicht mich, sondern eine Fremde.

Der junge Geiger scheint überrascht und erfreut über die Gemeinsamkeit. Je mehr er mit mir spricht, desto mehr scheue ich mich, ihm zu antworten. Auf Hochdeutsch. Wie hat eigentlich mein Großvater gesprochen?

Ich antworte dann doch, erzähle ihm in groben Zügen die Geschichte von Walter, oder besser: das, was ich zu diesem Zeitpunkt über ihn weiß. Zum Beispiel, dass er in Zweibrücken aufgewachsen und begraben ist. Ich erzähle, dass ich gerade alte Postkarten entziffere, um herauszufinden, wo genau er gewohnt hat, und dass ich sein Grab gerne einmal besuchen würde.

Wenige Tage später steige ich in Zweibrücken aus dem Zug, und der Geiger begrüßt mich in seiner Heimat. Und in meiner Heimat. Doch während er hier aufgewachsen ist, sehe ich die Stadt zum ersten Mal. Hier sind also meine Wurzeln. Doch das zu wissen, hilft mir nichts. Es bedeutet nichts, so wie auch Ludwigshafen, die Stadt in meiner Geburtsurkunde, nichts bedeutet.

Auf dem Friedhof merke ich, dass ich eine wichtige Notiz zu Hause vergessen habe. In welcher Gräberreihe ist das Grab meines Großvaters und welche Nummer hat es? Was suche ich eigentlich wirklich, frage ich mich, als ich den Friedhof abgehe. Als würde ich nach einem verlorenen Schlüssel suchen, und vielleicht tue ich ja auch genau das. Ist mein Großvater hier überhaupt begraben? Wenn sein Name tatsächlich auf dem Grabstein steht, was weiß ich dann, was ich vorher nicht wusste? Was fühle ich dann?

Peter Schumacher, Bäckermeister
11.3.1851 – 14.1.1911
Magdalena Schumacher, geb. Kenz
11.6.1864 – 29.5.1917
Hugo Frick, Hauptlehrer
6.10.1881 – 20.12.1929
Walter Frick, Opernkapellmeister
23.10.1908 – 7.8.1941
Emma Frick, geb. Schumacher
16.9.1874 – 25.12.1971

Seltsam, den eigenen Nachnamen gleich mehrfach auf einem Grabstein zu lesen, und noch dazu alt und verwittert. Peter und Magdalena Schumacher waren Tante und Onkel meiner Urgroßmutter Emma. Bei ihnen lebte sie, nachdem ihre eigene Mutter in Amerika ums Leben gekommen war. Emma, das Auswandererkind. Was war ihre Heimat?

Es folgen mein Urgroßvater Hugo, darunter mein Großvater Walter und meine Urgroßmutter Emma. Was für eine traurige Reihenfolge. Unter Emma wäre noch Platz gewesen für einen Namen, doch Walters Schwester Hedwig hat ihren eigenen Stein bekommen, und ich glaube zu wissen, warum.

Ich stehe da und schaue und warte, und ich fühle nichts. Die Grabmiete sei gerade vor kurzem verlängert worden, hat mir das Friedhofsamt mitgeteilt, von einer Frau namens Heidrun. Hedwigs Tochter. Walters Nichte. Seit einiger Zeit bekommt Heidrun immer mal wieder Besuch von meinem Bruder, sie leben in derselben Stadt. Auch meine Tante und mein Vater haben ihre Cousine infolge meiner Recherchen zur Familiengeschichte nach Jahrzehnten zum ersten Mal wiedergesehen. Ich weiß nicht, was sie fühlen, wenn sie einander gegenübersitzen, oder worüber sie sprechen. Ich weiß nur, worüber sie nicht sprechen. Und ich weiß, dass ich Heidrun nicht begegnen kann, denn ich weiß mehr über ihre Eltern als sie, und das, was ich weiß, würde sie nicht wissen wollen. Das sage ich mir jedenfalls. Aber der eigentliche Grund ist, glaube ich, dass ich ihr nicht in die Augen schauen könnte, ohne dass es ihre Eltern sind, die zu mir zurückblicken.

„Nimm das mit. Meine Mutter hat damals gesagt, ich soll das verbrennen", hat sie gesagt, als sie meinem Bruder eines Tages ein Büchlein in die Hand drückte.

Hedwigs Tagebuch. Und ich? Ich habe es gelesen. Ich habe es verschlungen, habe es mir einverleibt, habe den Inhalt der Seiten aufgesogen. Da waren Hedwig, die schrieb, und ich, die las, genau gleich alt, und nie waren wir einander näher. Auch damals nicht, als ich mit zwei oder drei Jahren für ein Foto direkt neben ihr gesessen habe. Neben einer fremden, alten Frau.

Als wir den Friedhof verlassen, habe ich Gräberreihe und Grabnummer schon wieder vergessen. Bevor ich in den Zug nach Mannheim steige, machen wir noch kurz an seinem Elternhaus Halt, der Geiger und ich. Es muss um die Jahrhundertwende gebaut worden sein, eine riesige Linde und eine nicht weniger große Fichte säumen den gepflasterten Weg zur Eingangstür.

Drinnen weißlackierte Holztüren, ein ebensolches Treppengeländer, der Boden mit dunkel gemusterten Teppichen ausgelegt. Oben höre ich ihn mit seiner Mutter sprechen.

Ich stehe allein im Flur. Als ich zwei Schritte gehe, knarzen die Dielen unter dem Teppichboden. Eine halboffene Tür zieht mich an, ich spitzle hinein. Ohne sie zu berühren, denn ich habe das Gefühl, hier schon genug zu berühren.

Altmodische Tapete, hohe Fenster mit Fensterkreuzen. Davor zwei alte Polstersessel und ein kleines, rundes Tischlein mit Spitzendecke, auf dem Boden noch mehr dicke Teppiche. Das Zimmer sieht aus, als wäre in ihm die Zeit stehengeblieben. Über einer kleinen Kommode aus dunklem Holz hängen die Portraitaufnahmen eines Mannes und einer Frau. Mit ernsten Blicken und bleichem, schwarzweißem Teint betrachten sie den stillen Raum. Würden sie im nächsten Moment ihre schweren Holzrahmen verlassen, um auf den Polstersesseln Platz zu nehmen, er vielleicht mit einem Buch und sie mit einer Näharbeit, das schwindende Licht des Nachmittages nutzend, dann würde mich das nicht wundern. Wahrscheinlich würde ich einfach nur respektvoll und leise die Tür schließen. Stattdessen trete ich zurück und es bleibt alles, wie es ist. Nur eine Sache hat sich geändert. Ich fühle mich aus irgendeinem Grund nicht mehr fremd in diesem Haus. Im Gegenteil. Es ist mir mit einem Mal vertrauter denn je.

Als ich abends wieder über den alten Postkarten sitze, fällt mir endlich eine in die Hand, deren Adresse etwas besser zu lesen ist, als es bei den bisherigen Exemplaren der Fall war.

Aufgeregt schicke ich dem Geiger eine Textnachricht: „Mein Großvater hat in der Steinhauser Straße 30 gewohnt."

„Krass, da waren wir heute", schreibt er kurz darauf zurück. „Da wohne ich auch."

Ich schüttle langsam den Kopf, als könnte ich so die Worte wieder loswerden, die sich dort formen. Weil es so etwas nicht gibt, weil so etwas nicht passiert. Aber es nützt nichts.

„Ich wusste es", flüstere ich der Vergangenheit zu.

Das Haus mit der Nummer 30 in der (Alten) Steinhauser Straße in Zweibrücken, Aufnahme schätzungsweise um 1920.

6 | *Pirmasens, 1931*

s muss was Wunderbares sein, von dir geliebt zu werden!
Denn meine Liebe, die ist dein, solang ich leb auf Erden.
Hedwig liebte den Tanzfunk. Oft summte sie leise
zu den Melodien, während sie Wäsche sortierte oder ihren
kleinen Sekretär aufräumte, und wenn sie gut aufgelegt war,
dann sang sie sogar lauthals mit. Nur heute mochte sie die
sehnsuchtsvollen Verse nicht hören, sie würden ihr die Stimmung vollends verderben. Energisch drehte sie am Knopf des
Empfängers. Die schmachtenden Männerstimmen verstummten abrupt und machten dem Knistern und Knacken des kleinen Ofens Platz. Der musste sich heute besonders anstrengen,
um den Wohnraum aus seinem Eckchen heraus zu erwärmen.
Doch auch diese Klänge riefen Erinnerungen in ihr wach, an
früher, an den Vater, an Zweibrücken. Herrje, konnte die Welt
denn nicht ein einziges Mal still sein? Manchmal genügte ein
Geräusch, ein Geruch, ein Gedanke, und ein ganzer Mensch
nahm Gestalt an, stand plötzlich im Raum, füllte ihn aus. Und
man selbst war völlig machtlos, denn so sehr man es auch versuchte, man konnte ihm den Zutritt nicht verwehren. Und vor
ihm fliehen konnte man auch nicht, denn der unabsichtlich
Heraufbeschworene versperrte einem zu allem Überfluss den
Weg nach draußen.

Der knisternde Ofen hatte also dem Vater die Tür geöffnet. So
plötzlich, wie er sie vor etwas über einem Jahr verlassen hatte,

kam er in ihr Herz hinein. Wie sehr hatten Walter und sie sich gefreut, an Weihnachten in die Heimat zu fahren. Mit roten Wangen, vollen Koffern und leeren Bäuchen waren sie in München in den Zug gestiegen und hatten in kindlicher Vorfreude die Stunden gezählt. Doch sie waren nach Hause gekommen, um Abschied zu nehmen.

Nun lag bereits das zweite Weihnachtsfest ohne den Vater hinter ihnen, und noch immer konnte es keiner fassen, dass ihn, den Kämpfer, den Idealisten, im besten Mannesalter eine verschleppte Rippenfellentzündung dahingerafft hatte, vier Tage vorm Heiligen Abend 1929. Schweigend waren sie zum Friedhof gelaufen, vorbei an geschmückten Türen und Fenstern, und sie konnten nicht einmal vor Kälte zittern, so sehr hatte sie der Schmerz gelähmt. Und als der Sarg hinabgelassen worden war, da waren auch ihre Herzen mit in die Tiefe gesunken.

Die Mutter in Zweibrücken, Walter in München und Hedwig seit kurzem in Pirmasens. Das Band, das sie alle zusammengehalten hatte, war der Vater gewesen. Und nun saß sie in ihrer Wohnung, versuchte eine Unterrichtsstunde vorzubereiten und wurde zunehmend wütender — auf ihn und auf sich selbst. Da hättest du einmal einen Grund gehabt, stolz auf deine Tochter zu sein, dachte sie. Lehrerin bin ich geworden, so wie du Lehrer warst.

Oft hatte sie sich ausgemalt, wie es sein würde, wenn sie nach ihrer ersten Schulwoche die Eltern besuchte. Am Bahnhof, da würde sie der Vater abholen, der Vater, den jeder mit *Herr Hauptlehrer* ansprach, den jeder kannte.

Laut würde er rufen: „Dieses Fräulein Frick hier, Lehrerin für Zeichnen und Kurzschrift, das ist meine Tochter, seht sie euch an!" Nur ein einziges Mal hatte sie den Stolz des Vaters spüren wollen, sie ganz allein. Doch nicht einmal das war ihr gelungen.

Mit einem Seufzer ließ Hedwig sich auf den Stuhl vor ihrem Sekretär fallen. Der Ofen hatte sich beruhigt, dicke Schneeflocken schwebten am Fenster vorbei.

Schnee in der Dunkelheit, so friedvoll wie unbarmherzig. Genau die richtige Stimmung, um den Brief an die Mutter zu schreiben, den sie schon den ganzen Tag vor sich herschob. Sie ruckelte an der klemmenden Schublade, in der das Briefpapier lag, und für einen kurzen Moment hoffte sie, sie möge sich endgültig verkantet haben. Seit einer Woche wartete die Mutter auf Antwort — und Hedwig auf die richtigen Worte.

Sie dulde das „sogenannte Freundschaftsverhältnis" mit diesem Soldaten nicht, hatte ihr die Mutter in gestochen scharfen Lettern geschrieben. Nicht einmal die Hochschulreife habe er und noch dazu die falsche Konfession. Hedwig sei ein Mädel im heiratsfähigen Alter, da solle sie sich doch in Gottes Namen nicht mit so einem beschäftigen. Nie würde ihr ein Mann ernsthafte Avancen machen, wenn sie stets in Begleitung eines solchen herumstolziere und frech behaupte, er sei nur ein Freund. Freundschaften zwischen Mann und Frau, das hatte die Mutter unmissverständlich klargestellt, die gab es nicht.

Hedwig klopfte mit den Fingerspitzen auf das dunkle Holz, während sie den Brief der Mutter erneut überflog. Sie war nun beinahe 23 Jahre alt, verdiente ihr eigenes Geld, lebte in einer eigenen Wohnung, hatte ihre eigenen Freunde und eine eigene Zukunft. Die Wohnstube war gut geheizt, sie hatte genügend Mehl und Kartoffeln, es gab elektrisches Licht. Und da wollte ihr die Mutter vorschreiben, mit wem sie verkehrte und in welcher Form?

———

„Der Walter, der macht es richtig", sagte die Mutter oft. Und wenn ihr gar nichts mehr einfiel: „Denk an deinen Vater – wenn du ihn gernhattest, dann hörst du auf mich."

Hedwig tauchte den Federhalter in die Tinte, dass es spritzte.

Liebe Mutter,

ich kann dir nur das Eine sagen: Du hast ein Talent, mich immer so schlecht wie nur möglich hinzustellen. Ich habe gar keine Lust zu heiraten oder mich irgendwie zu binden. Mir ist eine gute Freundschaft viel mehr wert als eine schlechte Ehe. Das sind die natürlichen Folgen unserer Zeit, wir sind doch keine Mädels, die daheimsitzen und Angst haben, keine gute Partie zu machen—wir sind gleichberechtigt mit dem Mann! Es hat so wenig Wert darüber zu reden, denn du bist ja doch nicht gewillt mich zu verstehen. Ich habe Armin nichts versprochen, und er macht sich auch keine Hoffnungen. Wenn du verlangst, daß ich diese Freundschaft beende, dann tue ich es, ganz gleich was man von mir sagt. Ich habe schon Schlimmeres verschmerzt.

Hedwig setzte ab. Mit jeder Zeile war der Geschmack in ihrem Mund bitterer geworden, fast so, als habe sie die Worte dort drinnen bewegt und dann eins nach dem anderen aufs Papier gespuckt. Noch kein einziges Mal hatte die Mutter Armin gesehen, sie wusste nichts von ihm. Nichts, außer dem, was sie gegen ihn verwenden konnte. Und das war in der Tat ein Leichtes, denn Soldaten waren im Hause Frick nun mal nicht gern gesehen. Papa war Patriot und Pazifist zugleich gewesen, dachte Hedwig. Hätte auch er Armin abgelehnt?

Nein, beschloss sie. Der Vater hätte diese Freundschaft nicht verurteilt. Voller Hochachtung wäre er gewesen vor die-

———

sem jungen Mann, der sich aus eigener Kraft hochgearbeitet hatte, vom armen Halbwaisen zum Funktechniker bei der Reichswehr. Gewiss, ein Künstler war er nicht, aber einen Sinn für Kunst, den hatte er allemal — und er konnte tanzen.

Nie würde sie vergessen, wie er sie bei einem der Tanzabende in der Münchner Altstadt aufgefordert hatte. Einfach so, mit einem selbstbewussten Grinsen im Gesicht, war er auf sie zugekommen.

„Darf ich bitten?", hatte er gefragt und Hedwig hatte lächelnd bejaht.

Lächelnd, weil er ihr gar nicht gefiel, so groß und schlaksig und schon mit lichtem Haar. Lächelnd, weil sie ihm eine Chance geben wollte, obwohl ihre Augen jeden Abend einem anderen folgten.

Hedwig mochte es, die Männer zu betrachten und von ihnen betrachtet zu werden. Meist zog sie sich im richtigen Moment zurück und genoss es, wenn sich die Herren wanden wie die Fische an der Angel. Wenn ihr ein Lied gefiel, fand sie immer einen, der mit ihr tanzte, und war es zu Ende, dann ließ sie ihn für gewöhnlich einfach stehen. Doch Armin ließ sich nicht so leicht wieder in den großen Teich der zumeist kindischen Männer zurückwerfen. Und das gefiel ihr.

„Sind Sie denn morgen wieder hier, Fräulein Frick?", hatte er gefragt und dabei viel zu adrett ausgesehen in seiner erdbraunen Uniform.

„Schon möglich", hatte Hedwig knapp entgegnet, als er ihr in den Mantel geholfen hatte.

Sie liebte es, mit Armin zu tanzen, seinen Körper an ihrem zu spüren, ihm so nahe zu kommen, dass sie ihn riechen konnte, eine Mischung aus Seife und Zigarettenrauch. Sie liebte es, wie vertraut sie einander beim Tanzen wurden, und wie sie sich dennoch nicht festhielten. Armin gab ihr die Sicherheit, die sie brauchte, und die Freiheit, die sie wollte.

Aus seinem Interesse an ihr konnte er bald kein Geheimnis mehr machen, und auch in Hedwigs Herzen regte sich etwas, doch beide wollten sich nicht binden. Allein schon deswegen nicht, weil seine Mutter und sein Stiefvater ihn regelrecht mit dem Wunsch nach einer baldigen Verlobung bedrängten.

So musste es sich auf einer Streckbank anfühlen, dachte Hedwig. Die einen wollen sie zu einem festen Verhältnis, gar zu einer Heirat zwingen, damit wenigstens ein Stück ihrer kleinen heilen Welt wieder hergestellt ist, und die anderen wollen sie aus genau demselben Grunde auseinanderbringen.

„Wenn die Hedwig erst einmal in Pirmasens ist, dann wird sie ihren Soldaten schon bald vergessen haben", hatte Walter beim letzten gemeinsamen Heimatbesuch zur Mutter gesagt.

Und die Art und Weise, wie er das Wort „Soldaten" betont hatte, die hatte Hedwig rasend gemacht. Es war nur ein Hauch, eine Nuance, wie ein winziger Bleistiftstrich an der falschen Stelle, der verriet, dass der Zeichner kurz unachtsam gewesen war. Vielleicht hatte Walter es selbst nicht bemerkt, doch Hedwig war die Ablehnung, die auch er Armin entgegenbrachte, nicht entgangen.

„Du also auch", hatte sie gerufen und war vom Stuhl aufgesprungen, begleitet von verschüttetem Kaffee und Gabeln, die an Teller klirrten. Kuchenbrösel flogen und blieben am Stoff ihres Kleides hängen, die Mutter hatte es sofort gesehen.

Erschrocken hatte Walter zu ihr aufgesehen, und allein für diesen Anblick hatte es sich gelohnt, die Fassung zu verlieren. Der würde sich noch wundern, wie schwer es sein konnte, sich jemanden aus dem Kopf zu schlagen, den man liebgewonnen hatte.

„Der kleine Bub will seiner Schwester also die Welt erklären", hatte sie noch geschnaubt, bevor sie festen Schrittes durch die Verandatür hinaus und die Stufen hinab in den Garten gegangen war. Also gut, sie würden sie leiden sehen. Wenn es das war, was sie wollten, das würden sie bekommen.

Mit einer vernichtenden Handbewegung verschloss Hedwig das Briefkuvert. Mittlerweile hatte sich ein kleines Mäuerchen aus Schnee vor ihrer Fensterscheibe aufgebaut, doch ein Sonnenstrahl würde genügen, um es zum Schmelzen zu bringen. Was Armin wohl gerade tat? Besuchte er die Tanzabende nun ohne sie und stattdessen mit einem anderen Mädel? Hedwig atmete hörbar ein, als sie das flaue Gefühl in ihrem Magen bemerkte. Seife und Zigarettenrauch ...

Erneut öffnete sie die Schublade des Sekretärs, diesmal klemmte sie nicht. Vorsichtig holte sie ein kleines, in Leder gebundenes Büchlein hervor und löste mit einem leisen Klick das metallene Schloss.

Pirmasens, den 2. Februar 1931

Ich weiß einfach nicht, welchen Weg ich zu gehen habe. Ja, ich muß weiterkämpfen, dieses Gefühl habe ich heute wieder, obwohl es mir gestern verloren schien. Ich sehe einem furchtbaren Unglück entgegen. Oh Armin, ich soll dich verlieren, soll keine Briefe mehr von dir bekommen dürfen, dich in den Ferien nicht sehen, soll den Freund nicht mehr haben, bei dem ich ausruhen konnte, an dessen Brust ich meinen Kopf legen durfte, dessen Herz ich fühlen konnte – dieses Herz, das mir gehören möchte!

Wenn ich daran denke, kommt eine große Trauer über mich und ich bekomme solche Sehnsucht danach, einige Minuten bei dir sein zu dürfen und dein Herz und deine Liebe fühlen zu können. Und genau das soll ein Verbrechen sein, das ist es, was sich nicht gehört, was ein anständiges Mädel nicht tut! Ach, man würde doch besser auf die vielgepriesene Seele verzichten, wenn man das sorglose Leben einer Pflanze leben könnte!

Haltet euch an die Regeln, ihr Mädels, haltet euch an die guten alten Sitten und sucht euch einen Mann! Fragt ihn aber gleich bei der ersten Begegnung nach der Konfession, der er angehört und nach dem Beruf, den er hat, damit ihr euch nicht unter eurem Stand verliebt! Und wenn er euch küssen will, dann macht diese Stimmung zunichte und fragt ihn, ob ihr auch geheiratet werdet — denn nur unter solchen Umständen kann man sich küssen lassen! Ja, nur wenn ihr in einem festen Verhältnis seid, habt ihr das Recht zu lieben.

Es kommt dann natürlich noch eine Wartezeit von etwa fünf Jahren, denn es fehlt auf beiden Seiten ein wenig an Ausstattung. Wenn man sich bis dahin dann noch nicht hintergangen hat — was ja vorkommen soll — oder sich überhaupt schon satthat, dann kommt der Pfarrer, gibt seinen Segen und alles ist gut. So spricht die alte Sitte. Folge immer und du bist gut, und deine Mutter ist zufrieden.

So quäle ich mich nun schon seit Tagen ab und werde dabei fast verrückt. Aber man kann das nicht für sich behalten, das muß hinausgeredet werden, sonst droht der Kopf zu zerspringen! Meiner Ansicht nach gibt es eine Freundschaft bei Menschen zweierlei Geschlechts. Ich weiß genau, daß es schwere Stunden gibt, Stunden des inneren Kampfes, weil die Natur durchbrechen möchte — was bei Freundschaften gleichen Geschlechts wegfällt – aber wir sind doch immer noch starke Menschen, die sich in der Hand haben! Nein, ich gehe von meinem Standpunkt nicht ab. Was andere sagen ist mir gleich.

Emma und Hedwig auf der Veranda in Zweibrücken, Sommer 1929.

7 | *München, 1932*

"Moment, ich hab's gleich!"

Konzentriert setzte Walter die letzten Vorzeichen und pustete die kleinen Radiererflocken vom Papier. Luise stand am Fenster, die Hände verschränkt, und lächelte verschmitzt. Mit zwei bedächtigen Schritten näherte sie sich dem Klavier, das dumpfe Geräusch ihrer Absätze auf dem Dielenboden ließ Walters Fingerspitzen kribbeln. Er war so sehr damit beschäftigt, sie nicht anzusehen, dass ihr Blick, der auf ihm ruhte, anfing zu brennen wie ein Lichtstrahl auf einer Glasscherbe. Und nicht nur Luise hatte ihre Aufmerksamkeit auf ihn gerichtet.

„So, dann wollen wir mal hören, was der Maestro zu Papier gebracht hat", sagte Hans und ließ sich auf das kleine Sofa fallen, dass die Federn nur so ächzten.

„Ach, geh", rief Meta und lachte wie ein kleines Kind, die Wangen ein bisschen zu rot, weil ihr der Freund offenbar etwas nähergekommen war als beabsichtigt. Meta war eine Freundin von Luise, und sie war Münchnerin, was man sogar hörte, wenn sie lachte.

„Jetzt fangt's an", rief sie, noch immer kichernd, „eure Gäste haben soeben in der Ehrenloge Platz genommen!"

Und als sie das sagte, warf sie Hans einen kaum merklichen Blick zu.

Kannten die beiden etwa das Geheimnis, das Walter seit einiger Zeit zu hüten versuchte?

Luise nickte ihm zu, als Zeichen, dass der gemeinsame Auftritt nun beginnen konnte. Ganz gleich an welchem Ort, sie schafft es, mit einer Würde aufzutreten, die ihresgleichen sucht, dachte Walter. Luise brauchte keine Bühne und keine edlen Roben. Sie trug bereits alles in sich, um überall und jederzeit vollkommen unmissverständlich eine Sängerin zu sein. Sogar in einer warmen und stickigen Bude wie dieser. Bei ihren Hausmusikstunden mussten die Freunde sich meist zwischen frischer Luft und guter Laune entscheiden, man lebte ja schließlich nur zur Untermiete. Und so füllte sich Walters Zimmer auch an diesem frühsommerlichen Abend mit Musik, bis die Fensterscheiben beschlugen, während sich die Nacht von außen dunkelblau und schwer gegen sie lehnte.

„Contenance, die Dame, der Herr“, sprach Walter und verbeugte sich theatralisch vor Meta und Hans. „Es wird zur Aufführung gebracht: Walter Fricks Wiegenlied. Sopran Luise Frölich, am Klavier der Komponist!“

Leise gehet drauß' der Wind, leiser atmet noch mein Kind. Still, ihr Winde, weckt es nicht. Schlafe, schlafe...

Mit fein dosiertem Vibrato nahm Luise diese seine Worte an sich, wiegte sie zärtlich und ließ sie gehen. Wie war es nur möglich, dachte Walter, dass einem ein einzelner Mensch unter so vielen Menschen auffiel und man nicht einmal genau sagen konnte, warum? In der Großstadt München wimmelte es nur so vor jungen Leuten, denen der Wunsch nach Freiheit und Unabhängigkeit in den Adern pochte. Doch gerade weil die Ufer der Isar mit hübschen Damen beinahe ebenso bedeckt waren wie mit den kleinen, weißen Kieselsteinchen, die man so gut auf dem Wasser springen lassen konnte, hatte Walter zunächst keinem der Mädchen Beachtung geschenkt. Wie sollte man denn eine Wahl treffen bei den ganzen bunten

Hüten und schwingenden Röcken, unter denen hier und da ein vorwitziges Knie herausguckte? Ein Teppich aus Röcken, ausgebreitet an den Stränden und Flussauen der Stadt. Und ein Meer aus Hüten, das zum Strudel wurde, wenn die Köpfe darunter sich schwatzend und lachend der Tür zur Volksküche näherten.

Wie jeden Tag hatte Walter sich in jener Mittagspause mit Hans in die Schlange hungriger Studenten eingereiht. Der Geruch von Suppengrün und Kartoffelschalen schlug ihnen entgegen, um die Mittagszeit glich die Volksküche immer selbst einem riesigen dampfenden Topf. Was es wohl heute Gutes gebe, hatte Hans gefragt und dabei bitter gelacht. Und da hatte sie dann plötzlich gestanden, nur wenige Meter vor ihnen, winzige Schweißperlchen auf den Nasenflügeln. Ihre kinnlange Dauerwelle war von einem adretten weißen Hut bedeckt gewesen, an dem eine kleine roséfarbene Stoffblüte befestigt war, die bei jedem Schritt leicht auf und ab wippte. Flüchtig wurde eine störrische Locke hinters Ohr gelegt, dann ordnendes Zurechtrücken des Hütchens, und die Blüte wippte wieder. Und als jenes wirre Gebräu aus Gefühlen und Wahrnehmungen, gewürzt mit einer Note Muskat aus der Küche, in seinem Kopf zu explodieren drohte, da wippte die Blüte ein weiteres Mal und verschwand im Gemenge der anderen Hüte.

„Walter, schau her, i mag dir das Luiserl vorstellen", hatte Meta kurz darauf gesagt, als er sich mit Hans zum Essen an eine der langen Holzbänke gesetzt hatte. Und dabei hatte sie ihm so energisch auf die Schulter gehauen, dass ihm vor Schreck fast der Löffel aus der Hand gefallen wäre. Walter hatte schon in Gedanken die Fettaugen auf seinem weißen Hemd gesehen, und unter anderen Umständen hätte er ihr das forsche Auftreten vielleicht sogar ein wenig übelgenommen.

Doch an jenem Mittag in der Volksküche hatte er dazu keine Gelegenheit gehabt.

„Luiserl, das ist der Walter, der kommt auch aus der Pfalz", erklärte Meta in wichtigem Tonfall, „und Walter, das ist das Luiserl."

Und das Luiserl trug einen kleinen weißen Hut mit rosé-farbener Blüte.

Pfeifend war er an diesem Tag nach Hause in die Lotzbeck-straße gelaufen. Nein, Meta konnte er nun wirklich nicht böse sein. Im Gegenteil, durch sie hatte sich ein Gespräch ergeben zwischen ihm, der andernfalls nur scheue Blicke gewagt hätte, und ihr, der schönen Fremden, der heimlich Betrachteten.

Aus Kaiserslautern kam es, das Luiserl. Aber halt, Luiserl, das sagten ja nur die Münchner. Er solle sie Luischen nennen, hatte sie gesagt, denn Luischen, so würde sie auch zu Hause genannt.

Beide waren sie von ihren Familien ins ferne München geschickt worden, weil man ihr Talent erkannt hatte und för-dern wollte. Dabei war es für das Luischen gar nicht so ein-fach gewesen, den Eltern und vor allem dem älteren Bruder Heinrich Lebewohl zu sagen. Der sei Pfarrer, hatte sie erzählt, und Walter wusste nicht, ob Bewunderung in ihrer Stimme gelegen hatte oder Furcht. Er sei bereits ein junger Mann gewesen, als sie, das Nesthäkchen, zur Welt gekommen war. Und der Heinrich, den alle nur Heiner nannten, der habe recht bald seine Freude gehabt mit der kleinen Schwester, in der er endlich ein Schäfchen zum Behüten gefunden hatte. Doch auch das Luischen war irgendwann erwachsen geworden. Sehr erwachsen sogar, fand Walter. Und während Heiner als Pfarrer im beschaulichen Dahn lebte, war das Nesthäkchen im fernen München, das so voller Bewegung und Musik war, besuchte die Wagnerfestspiele in Bayreuth, übte den *Cherubino* und die *Agathe* und vielleicht sogar bald die *Elsa*. Walter liebte es, mit Luise in die Oper zu gehen, sich selbst ans Dirigentenpult zu träumen und sie auf die Bühne. Und genaugenommen ging er natürlich mit Luise, Meta und Hans in die Oper. Schon bald nahmen sie ganz selbstverständlich so ihre Plätze ein, dass Meta die Reihe anführte, was ihr ohnehin gut gefiel, nach ihr folgte Hans und schließlich Walter und Luise. Eine nur scheinbar zufällige Konstellation, über deren tieferen Sinn ein jeder von ihnen wissend schwieg.

Luischens Stimme hatte abgesetzt, und der letzte Akkord schwebte noch für einen ganz kurzen Moment andächtig im Raum, bevor er sich hinter die schweren Vorhänge zurückzog. Langsam hob Walter die Hände von den Tasten und sah zu ihr auf, die seinen Blick bereits erwiderte. Ihre Augen hatten etwas Geheimnisvolles. Fast so wie die der berühmten Mona Lisa. Aber das würde er ihr natürlich nie sagen.

„Bravo, bravo!"

Meta und Hans sprangen jubelnd auf und zeigten damit eine mindestens ebenso gelungene Darbietung.

„Also bei so einem schönen Liederl, da musst du schon mal keine Angst haben, dass dein Onkelchen das verbietet", stellte Meta fest.

Hans lachte. Der Wilhelm Frick sei doch Minister in Thüringen gewesen und nicht in Bayern, den gehe es gar nichts an, was hier komponiert und aufgeführt würde.

„Aber hier in München haben sie doch auch schon Leuten die Bühne verboten", erwiderte Meta und klang dabei beinahe ein wenig trotzig.

„Aber das waren doch Juden."

„Und Linke!"

„Hört auf damit!", rief Walter und schlug den Deckel über den Klaviertasten zu. Das *Wiegenlied* segelte zu Boden. „Und außerdem ist dieser Wilhelm Frick nicht mein Onkel. Ich weiß nicht einmal, ob er überhaupt mit mir verwandt ist. Möglich ist's schon ... Aber ich möchte gar nicht mit einem verwandt sein, der Leuten die Kunst und die Musik verbietet, nur weil sie ihm aus welchem Grund auch immer nicht passen."

Und keiner der Freunde lachte mehr, als er das sagte. Längst hatten sie alle von diesen Nationalsozialisten gehört, die hier mitten in München in ihrem Braunen Haus saßen und sich in den Kopf gesetzt hatten, das Leben der Republik umzukrempeln, allen voran ein gewisser Adolf Hitler. Seit neuestem hatten sie sogar einen eigenen Kulturverein, den sie „Kampfbund für deutsche Kultur" nannten, was in Walters Ohren mehr nach Krieg klang als nach Muse. Wie gerne hätte er den Vater um Rat gefragt und danach, was er von diesen Spinnereien halte. Zum Beispiel, als ihm neulich mitten in einer Vorlesung der Kragen geplatzt war und er vor aller Augen aufgestanden und gegangen war. Weil er es einfach nicht mehr ausgehalten hatte, wie der Professor da vorne über die angebliche Entartung von Musik schwadronierte. Und über „Kulturbolschewismus", ein Wort, das so viel dissonanter klang als all die Werke, die es verurteilte, zusammen.

„Kultur", hätte der Vater wohl gesagt, „Kultur besitzt man nicht. Also kann man auch nicht um sie kämpfen."

Und in der Tat, die Vorträge, die dieser selbsternannte Kampfbund organisierte, hinterließen Walter zutiefst irritiert. Freilich, manches Werk von Hindemith, Schönberg oder Weill mochte auch Walter nicht gern hören, zu neumodisch war ihm die Attitüde und zu grotesk der Klang. Doch diese Musik als Bedrohung wahrzunehmen, wäre ihm nie in den Sinn gekommen. Man konnte nur hoffen, dass dieser Haufen von Berufspatrioten bald wieder zur Besinnung kam und sich nicht noch weiter vom Kern dessen entfernte, worum es eigentlich ging: um Kunst, und Kunst allein.

„Ach sei's drum", seufzte Luischen endlich, „uns wird schon keiner was verbieten."

Sie strich sich eine Locke aus dem Gesicht, hob das heruntergefallene Liedblatt auf und stellte es vorsichtig wieder aufs Klavier. Und Walter glaubte ihr, einfach weil sie es gewesen war, die der drückenden Stille zwischen den Freunden ein Ende gesetzt hatte.

Luise 1929.

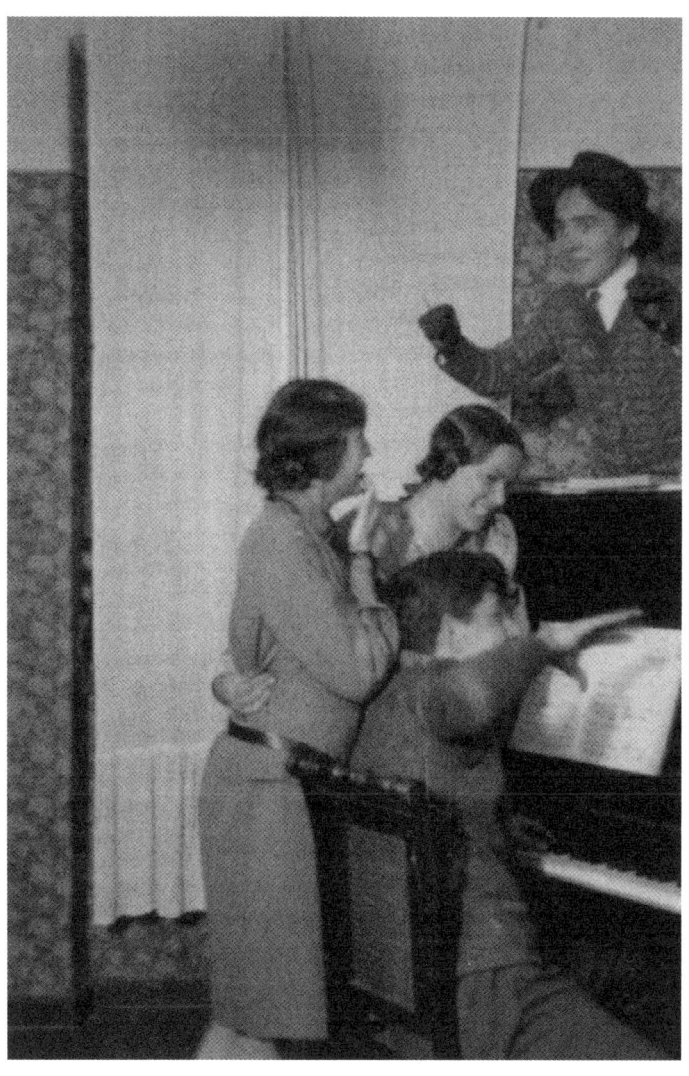

Eine der lustigen Musikstunden in Walters „Bude". Man sieht Meta Röhrig, Luise Frölich, Hans Löwlein (hinter dem Klavier) und Walter.

8 | *Pirmasens, 1933*

Das Jahr war noch jung, als Hedwig sich vorsichtig auf die Kante der schneebedeckten, niedrigen Holzbank setzte, um ihre Schlittschuhe zuzuschnüren. Es hatte gerade wieder zu schneien begonnen. Klein und federleicht tanzten die Flocken durch die Luft, und kaum legten sie sich auf ihrem Mantel nieder, waren sie verschwunden. Der Winter hatte Wort gehalten. Der Pirmasenser Eisweiher machte seinem Namen alle Ehre und war dick und fest zugefroren.

Hedwig richtete sich auf und ging staksend auf die Eisfläche zu. Schon von weitem war das vertraute Schaben der Kufen zu hören, es war viel los an diesem Nachmittag. Die halbe Stadt schien es vorzuziehen, den eisig klaren Tag mit roten Nasen und in dicken Handschuhen zu verbringen, anstatt zu Hause am warmen Ofen zu sitzen. Hoffentlich, ging es Hedwig durch den Kopf, würde sie keine ihrer Schülerinnen oder, noch schlimmer, deren Eltern treffen. Arbeit war Arbeit, befand sie. Doch in einem beschaulichen Städtchen wie Pirmasens war es nicht unwahrscheinlich, dass ihr das eine oder andere bekannte Gesicht begegnen würde. Armin würde sich sicher weigern, das Eis zu betreten, dachte Hedwig und schmunzelte vergnügt. Aber Skifahren, das konnte er. Schon mehrmals hatte er es ihr eindrucksvoll bewiesen, wenn er in sauberen Schlenkern die Hänge in Ruhpolding hinabgeschnellt war. Armin mochte es nicht, wenn er etwas nicht konnte. Entweder er beherrschte eine Sache voll und ganz oder er ließ sie eben bleiben. Du sturer Bub, dachte Hedwig und da stach es ihr plötzlich ein wenig im Herzen. Viel zu lange hatte sie den Freund nicht gesehen, und die Gewissheit ihrer gegenseitigen Zuneigung verblasste mit jedem Tag, an dem sie keinen Brief von ihm erhielt. Vielleicht sollte es so sein. Vielleicht würde er sein Glück anderswo finden. Und sie? Ein wenig mürrisch begann Hedwig ihre Runden zu fahren, die Arme gleichmäßig schwingend. Sie brauchte keinen Mann. Sie mochte ihre Arbeit, liebte den Sport und das Zeichnen – und eben das Eislaufen, denn es machte den Kopf frei. Frei von Kummer, frei von Schulvorbereitungen.

Und frei für neue Begegnungen. War das nicht Französisch, was da gerade an ihr Ohr gedrungen war? Sie hatte an Tempo aufgenommen und zischte immer wieder an den verschiedenen Grüppchen vorbei, die da plaudernd auf dem Eis standen, als seien sie auf dem Wochenmarkt. Ja, dachte sie bei sich, das klang so zärtlich und weich, ein süßer Singsang, viel zu warm für die klirrende Winterluft. Da musste sie schnell noch einmal entlang. Und in der Tat, die zweite Runde bestätigte die Vermutung. Noch dazu war mindestens einer der Sprecher ein äußerst attraktiver Herr mit tiefschwarzem Haar. Zeit für die dritte Runde.

Doch als sie gerade wieder die beiden Herren passierte, rief ein anderer ihren Namen.

„Fräulein Frick, huhu! Wollen wir nicht gemeinsam fahren?“

„Ach nein, der Herr Lützel“, murmelte Hedwig und verdrehte die Augen. Lützel war das Ergebnis von Runde vier oder fünf am Vorabend gewesen. Musste er ausgerechnet jetzt kommen, da sie im Vorbeirauschen bemerkt hatte, dass der schöne Schwarzhaarige auch Deutsch sprach, und zwar mit einem geradezu fabelhaften Akzent? Sie beschloss, vorerst gute Miene zu machen und hielt freundlich lächelnd auf den Verehrer von gestern zu, um mit ihm einige höfliche Runden zu drehen.

Erst als die Dunkelheit hereinbrach, leerte sich der See allmählich. Ob das Fräulein Frick wohl noch auf einen Glühwein mit in die Gaststube komme?

„Gewiss", willigte Hedwig ein, und dabei rieb sie sich die steifen Finger. Insgeheim hoffte sie, dass auch den beiden mittlerweile vom Eis verschwundenen Franzosen kalt genug für einen Glühwein geworden war und nicht nur dem Herrn Lützel.

Die Franzosen froren, das stellte sich zu Hedwigs großer Freude heraus, schon lange nicht mehr. Sie stießen gerade johlend die irdenen Punschbecher aneinander, als sie mit ihrem Begleiter die kleine Gaststube betrat. Jetzt oder nie, dachte Hedwig, und steuerte zielstrebig auf den Tisch zu, an dem die Herren saßen. Lützel folgte ihr verunsichert. Da alle anderen Tische ohnehin restlos besetzt waren, musste sie sich auch keine Gedanken um ihren Ruf machen. Nicht dass sie das ernstlich täte, aber allzu oft hatte sie in Situationen wie dieser die vorwurfsvolle Stimme der Mutter im Ohr. „Ein Mädel wie du", begann sie oft, und dann kam irgendetwas, das sie nicht tat, aber tun sollte, oder etwas, das sie tat, aber besser ließe. Und dabei betonte die Mutter das Wort du, als stochere sie mit dem Schürhaken nach den Glutresten im Kamin.

Du darfst keine Freundschaften mit Männern haben, du darfst dich nicht unter deinem Stand verlieben, du darfst nicht so viel Sport treiben.

Mit diesen ständigen Versuchen, deine erwachsene Tochter zu erziehen, wirst du die Glut in mir nicht tilgen, Mutter, dachte Hedwig entschlossen. Nein, du wirst sie wieder und wieder entfachen.

„Guten Abend, die Herren! Ob wir uns wohl zu Ihnen gesellen dürfen?" Hedwig sah dem schönen Schwarzhaarigen direkt in die Augen.

Aber selbstverständlich dürften sie, sein Name sei übrigens Robert und das sei sein Freund François. Mit wem sie die Ehre hätten?

Der erste dampfende Becher war nicht einmal halb geleert, da stellten sich die Franzosen als Schweizer heraus.

„Wir kommen aus Lausanne", sagte Robert mit sonorer Stimme. Seine Art zu sprechen strahlte eine Ruhe und Wärme aus, der Hedwig sich für immer und ewig hätte hingeben können. Aber vielleicht war es auch nur der Glühwein, der ihr zu Kopf gestiegen war, so genau wusste sie das selbst nicht.

Und während Robert ihr von seiner Heimat am Genfer See erzählte und sie dabei seine lebhafte Mimik und seine sanft geschwungenen Augenbrauen beobachtete, fand sie, dass er ein bisschen wie Armin war. Ernst und fleißig schien er ihr, zurückhaltend, und gerade deswegen so anziehend, weil er nicht gleich alles über sich preisgab.

„Fräulein Frick?" Herr Lützel tippte ihr vorsichtig auf die Schulter und rückte seine angelaufene Brille zurecht.

Etwas beschämt musste Hedwig feststellen, dass sie seine Anwesenheit vollkommen vergessen hatte.

„Ich empfehle mich", sagte er, und sein Blick schwankte unsicher zwischen ihr und seinem kalt gewordenen Punsch, bevor er hastig aufstand und die Gaststube verließ. Das Fräulein würde wohl anderweitig nach Hause begleitet?

Als Hedwig an jenem Abend unter ihrem dicken Federbett lag, betete sie zum ersten Mal seit langer Zeit. Dass das

Eis nicht schmelzen möge, ja, dass dieser Winter nie vorüber-
gehen würde. Viel zu kurz erschienen ihr die noch verblei-
benden Wochen — Robert würde schon bald zurück in seine
Heimat fahren — und viel zu lang der morgige Schultag, den
sie erst würde überstehen müssen, bevor sie um vier Uhr am
Nachmittag mit Robert am Eisweiher verabredet war. Nur mit
Robert.

~

Während Eis und Schnee das Städtchen und den Weiher auch
in den darauffolgenden Wochen fest in ihrem starren Griff
hielten, rann die Zeit nur so dahin. Robert traf sie fast jeden
Tag nach der Arbeit, wobei Hedwig peinlich genau darauf achtete, dass er nie direkt an der Schule auf sie wartete. Denn in
einem Punkt stimmte sie stillschweigend mit der Mutter über-
ein: Es musste ja nicht jeder gleich wissen, mit wem das Fräulein Lehrerin da Arm in Arm durch die Straßen flanierte. Sie
sprachen über Kunst und Malerei, über den Tanz, die neusten
Schlager und über die Berge, die sie beide so liebten. Hedwig
genoss die Stunden mit Robert, aber im Nachgang schmerz-
ten sie beinahe so, wie ihre steifgefrorenen Finger es taten,
wenn sie sie langsam am Ofen aufwärmte. Denn sie wusste,
dass Robert und François wieder zurück an den Genfer See
gingen, sobald der Frühling die Eisdecke auf dem Pirmasenser
Weiher schmelzen lassen würde.

Bis dahin jedoch lehrte Hedwig ihren Robert den Eiswalzer. Und als er sie dann wieder einmal spätabends durch die
spärlich beleuchteten Straßen nach Hause führte, ihren Arm
bei sich eingehakt und die Schlittschuhe an den Schnürsen-
keln über die Schultern geworfen, da zog er sie plötzlich ganz
sanft zu sich heran.

„Meine kleine große Künstlerin", sagte er, und sein Atem prickelte auf ihrer Wange. Er spielte mit ihren Locken, und seine Lippen sahen so weich aus wie die Worte, die sie formten. Da standen sie, vor der Lemberger Straße 19A, und eine dunkle, leere Wohnung beäugte sie von oben. Argwöhnisch schienen die Fenster zu ihnen hinabzublicken. Als wüssten auch sie, dass Robert längst einer anderen versprochen war. Hedwig könnte jetzt hineingehen und dem verbotenen Kuss entrinnen. Sie könnte sich von ihm lösen, ihn von sich stoßen, weil sie wusste, dass er schon bald in den Armen einer anderen liegen würde. In den Armen seiner Braut. Doch sie wollte ihm nicht entrinnen, dem Kuss, dem Mann.

Später, als sie die Wohnungstür leise hinter sich schloss, sein Bild noch vor Augen und seinen Geschmack noch auf den Lippen, da schob sich jedoch ein anderer vor ihn. Es war schon nach Mitternacht, als Hedwig endlich das Briefkuvert verschloss und in einen unruhigen Schlaf fiel.

Lieber Armin,

ich schreibe dir, weil ich nicht anders kann. Nur noch wenige Wochen, und ein schrecklicher Abschied wird kommen, vor dem ich zum Verzweifeln Angst habe. Wie nur soll man die Kraft aufbringen, von einem Menschen für immer zu lassen, den man liebt, wie nichts mehr in der Welt? Denn denk dir, mein Robertchen ist bereits versprochen. Und nun rückt der Tag unerbittlich näher, sich beeilend, als ob er nicht warten könnte, das große Elend zu bringen, grinsend, erdrückend, gemein. Warum ist das Schicksal so grausam mit mir? Warum zwingt es mich zur Liebe, führt mich mit Menschen zusammen, an denen ich hänge, nur um sie mir dann wieder mir nichts, dir nichts wegzunehmen?

Walter und Mama machen mir zurzeit die größten Vorwürfe. Beide können nicht verstehen, daß man sich in einen Menschen verlieben kann, von dem man sich wieder trennen muss.

Versteh, ich wollte davon eigentlich nicht schreiben und werde es auch nicht mehr tun, weil mir doch niemand helfen kann – am allerwenigsten du, weil es dich ja selbst erbarmungslos trifft, wenn ich von meiner Liebe zu Robert spreche.

Oft habe ich das Gefühl, als müßte etwas kommen, was ihn frei macht und ihn mir zurückbringt; und dann finde ich es wieder so frevelhaft, auch nur einen Moment daran zu denken, denn er liebt sie mehr als mich, und sie wird ihn nicht minder lieben. Aber eines steht fest: Seit ich Robert kenne, bin ich mir über das Verhältnis zwischen dir und mir ganz im Klaren. Es kann nur Freundschaft sein und bleiben, weil es zu einseitig ist. Ich bin wohl für dich, was Robert für mich ist. Für ihn könnte ich jedes Opfer bringen – so wie du für mich – ich könnte für ihn meinen Beruf aufgeben, ja sogar hungern. Das ist die richtige Liebe! Wenn ich dieses Gefühl nicht habe, hat es keinen Sinn, und dieses Gefühl habe ich eben nur bei Robert. Verzeih mir die Worte, Armin, mein Kleiner, aber deine Liebe zu mir ist nicht das Richtige für dich, ich kann sie nicht erwidern. Deine Hedwig.

Hedwig 1931.

Hedwig in ihrer Pirmasenser Wohnung Anfang der 1930er Jahre.

Hedwig und Walter. Erst beim Digitalisieren dieses Bildes habe ich bemerkt, dass sie sich an den Händen halten.

9 | *Lambsheim, 2012*

Vorsichtig steige ich die steile Treppe zum Dachboden hinauf, fest entschlossen, einen weiteren Schatz zu bergen. Die Tür knarzt beim Öffnen, dabei ist sie noch gar nicht so alt. Bis vor einiger Zeit hatte mein Vater hier oben seinen Büro- und Hobbyraum, und auch mir ist der Weg auf den Dachstuhl vertraut. Über Jahre war er meine zweite Spielstube gewesen. Während mein Vater Protokolle tippte, richtete ich zum zehnten Mal akribisch die Küche meines Puppenhauses ein, und erst wenn dem Ruf meiner Mutter auch der Duft des Abendessens folgte, konnten wir uns von unseren Tätigkeiten losreißen.

Doch die Jahre vergingen, und die Dachbodenabende wurden Geschichte. Mein Vater zog mit seinem Schreibtisch in den Keller. Und ich zog von zu Hause aus. Dass ich jetzt wieder hier oben stehe, fühlt sich seltsam an. Das Puppenhaus steht noch immer da, verborgen hinter zahllosen Reisekoffern und den Kisten mit der Weihnachtsdekoration. Ein altes Bettlaken ist darübergebreitet, darunter verborgen ist meine Kindheit, still und unverändert, unberührt. Irgendwann einmal mitten im Spiel unterbrochen, gerade noch ein Puppenkind auf den Stuhl gesetzt, bis zum nächsten Mal, ich muss jetzt zum Abendessen, morgen komme ich wieder. Mitten im Spiel, dort, wo alle Kindheiten enden. Wie gerne würde ich nachsehen, einmal unter das Bettlaken spitzeln, ganz heimlich. Aber der Weg ist verbaut, zu viel steht zwischen mir und meiner Kindheit, und zu viel Staub liegt darauf. Würde mich jemand fragen, welche Farbe der Teppichboden hier oben hat, ich könnte sie nicht beschreiben. Hatte er jemals eine Farbe? Der Teppich, die Möbel, die Dinge — der Staub macht sie früher oder später alle grau.

Als ich langsam auf das Regal am anderen Ende des Raumes zugehe, ächzt der Boden unter jedem meiner Schritte. Es riecht hier sogar noch genauso wie damals. Ich schließe die Augen, atme übertrieben tief ein und aus, und tatsächlich, da ist es, das Damals. Genau einen Atemzug lang.

Schweigend betrachte ich die dicken Buchrücken. Ein Wunder, dass das kleine Regal unter der Last all dieser Bücher noch nicht zusammengebrochen ist. Als ich vor einigen Wochen schon einmal hier oben war, da hatte ich es exakt in demselben Zustand vorgefunden wie heute. Natürlich, ein Speicher bringt in der Regel keine neuen Dinge hervor. Er speichert alte, er bewahrt sie. Und er wartet, ohne zu murren, ohne ungeduldig zu werden. Denn das, was unser Leben bestimmt, kennt er nicht: Zeit.

Wie konnte ich nur so naiv sein zu glauben, ich fände noch mehr hier oben, schießt es mir durch den Kopf. Mehr als die Briefe meines Großvaters und seine vollständigen, unverschämt guten Schulzeugnisse. Mehr als die Gedichte meines Urgroßvaters, teils in mehrfacher Ausführung. Mehr als das Poesiealbum meiner Großmutter, in dem zu meiner Überraschung dieselben Verse stehen wie die, mit denen ich in den 1990er Jahren die Alben meiner Freundinnen gefüllt habe. *Rosen, Tulpen, Nelken, alle Blumen welken, nur die eine nicht …*

Ich stutze. Mein Blick bleibt an einem Büchlein mit dunklem Ledereinband haften, das mit einer kleinen Schnalle aus Messing versehen ist. Mit einer geöffneten Schnalle aus Messing. „Tagebuch" steht in goldener Prägung auf dem Buchdeckel geschrieben. Die ebenfalls goldenen Seitenränder, die ich unter der Staubschicht erahne, geben dem Buch etwas Edles, Elegantes. Vorsichtig nehme ich es in die Hand und schlage es auf.

Meiner lieben Schwester zum fleißigen Gebrauch
Heiner, November 1919

Es ist das Tagebuch meiner Großmutter. Und es ist leer. Ungläubig lasse ich die Seiten wieder und wieder an meinem Daumen entlanggleiten. Daumenkino ohne Inhalt, dafür mit Goldrand.

Ich gehe also auf den Dachboden meines Elternhauses, auf der Suche nach weiteren Informationen über das Leben meiner Vorfahren, und alles, was ich finde, ist ein Tagebuch meiner Großmutter Luise, in dem keine einzige Seite je beschrieben worden ist?

Keine der Frauen in den Familienromanen, die ich so gerne lese, würde ein leeres Tagebuch finden. Allerdings, muss ich mir eingestehen, suchen diese Protagonistinnen auch nicht mehrmals an derselben Stelle, hartnäckig hoffend, dass sie doch noch etwas übersehen haben. Im Gegenteil, sie finden einfach etwas. Gerade so im Vorbeigehen, ganz zufällig, finden sie unheimlich wichtige und spannende Dinge, nach denen sie gar nicht gesucht haben, und im Gegensatz zur routinierten Leserin wundern sie sich dann auch noch darüber. Frustriert klappe ich das Buch wieder zu. Es antwortet mit einer kleinen Staubwolke. Muss ja ein spannendes Leben gewesen sein, das meine Großmutter da gelebt hat, denke ich trotzig, als ich das Buch zurück ins Regal lege.

———

„Juli, Essen!"

Die Stimme meiner Mutter reißt mich aus meinen Gedanken.

Ja, gleich, höre ich im Geiste meine Kinderstimme antworten, nur noch kurz. Kurz was? Fertig spielen? Kein Kind hat je fertig gespielt.

Ich betrachte meine vom Staub grau gefärbten Fingerkuppen und muss lächeln. Heute werde ich nicht auf den Essensduft warten. Etwas umständlich stehe ich vom Boden auf und wische meine Hände an der Hose ab. An der Stelle, an der ich eben noch gesessen habe, hat früher der Schreibtisch meines Vaters gestanden. Wie anders der niedrige Raum von hier aus wirkt. Die Kisten mit der alten Elektronik unter der gegenüberliegenden Dachschräge — mein Vater war früher Amateurfunker und besaß direkt die ersten mobilen Hand-Funkgeräte. Neben den Kisten ein leerer Tisch – dort hat er immer „gebastelt", wie er es nannte. In meiner Erinnerung ist der Tisch über und über mit Kabeln bedeckt, irgendwo dazwischen steht ein Lötkolben. Dann der alte Drehstuhl – auf ihm durfte ich erst „trudeln" und später Computer spielen, sofern die Spiele denn liefen auf der alten Kiste. Daneben an der Wand die alten Postkarten.

„Wir essen!", ruft meine Mutter.

Die alten Postkarten.

„Ja, gleich!", antworte ich.

Dann haste ich zu der Wand mit den Karten. Mit Reißbrettstiften sind sie an der Holzvertäfelung befestigt, direkt neben einer Kinderzeichnung meines Bruders. Die Karten, die verblasste, kitschige Motive mit pausbackigen Kindern, Blumenwiesen und verliebten Paaren zeigen. Die Karten, die dort so selbstverständlich hängen, als habe man sie genau für diesen

Zweck angeschafft. Die Karten, die ebenso still und geduldig wie das klapprige Bücherregal seit Jahrzehnten darauf gewartet haben, dass sie vielleicht doch noch einmal jemand wahrnimmt. Zunehmend aufgeregt löse ich eine der Reißzwecken und drehe die dazugehörige Karte um. Vor meinen Augen verschwimmen unzählige, winzige Zeilen. Ein Meer aus Bleistiftwellen. Wer auch immer diese Karten beschrieben hat, er oder sie hatte eine Menge mitzuteilen. Und einen guten Anspitzer. Ich kneife die Augen zusammen, um wenigstens die Anrede zu entziffern:

Mein großes Herzlieb...

Ich muss kichern. Und verstumme wieder, als ich mich der Empfängeradresse zuwende. Kurzentschlossen nehme ich auch die anderen Karten ab und drehe sie herum. Die Adressen sind identisch. Der Name auch.

Herrn W. Frick
Rostock
Burgwallstraße 6

Nein, ein Speicher bringt keine neuen Dinge hervor. Er bringt alte Dinge hervor.

10 | *Rostock, 1934*

Die Post!", schallte es ausgerechnet während Wagners Walkürenritt durchs Treppenhaus, was der Situation einen durchaus dramatischen Charakter verlieh.

Walter lächelte in sich hinein und spielte rasant dem Ende der anspruchsvollen Partitur entgegen. Sein Signal würde erst das Klappern des Briefschlitzes in der Tür sein, und er liebte diesen Moment der Vorfreude. Manchmal zählte er sogar die Schritte des Postboten, was es ihm ermöglichte, der Klappe in seiner Wohnungstür den Einsatz zu geben. Heute aber steckte er mitten in der Arbeit, und das willkommene Geräusch suchte sich absolut treffsicher den Schlussakkord aus.

Walter sprang auf und lief zur Tür, um die ersehnte Postkarte aufzuheben. Auf der Vorderseite war ein kleines Bübchen abgebildet, das sehnsuchtsvoll in die Ferne blickte. Auf der Rückseite hingegen war zwischen den winzigen, dicht gedrängten Zeilen kaum noch ein weißer Fleck auszumachen.

Manchmal schrieb Luise tagelang nichts, sendete dann aber ein Kuvert mit sieben Postkarten, die sie das „Tagebuch der Woche" nannte. Dann wieder schien es ihr schwerzufallen, die Karten liegenzulassen und sie schrieb ihm jeden Tag, ließ ihn wissen, wie es ihr ging, was sie tat und dass sie ihn vermisste.

Denn während Walter mittlerweile als Korrepetitor im fernen Rostock arbeitete, sang sein Luischen noch in München ihrem Abschluss entgegen.

Mein großes Herzlieb!

Nun habe ich eine Stunde meine Hausfrau getröstet, die glaubte, sie sei die Unglücklichste. Aber ich hole mir ja selber immer den Trost bei meiner lieben, guten Mutter. Wenn ich sie vor mir sehe, dann kann die Welt noch so schwarz sein, ein Stern strahlt für mich. Was sollen wir da sagen!? Wir können doch nur hoffen, daß uns die Zukunft etwas Schönes bringt. Jetzt sind wir getrennt, dürfen keine Wünsche haben, als unseren Brief. Obwohl in dem allein ein Menschenglück nicht ruhen soll. Aber wie dieses Kind auf der Karte in die Ferne schaut, machen wir's.

Ich lachte, als ich die Unterschrift auf deinem letzten Brief las: „Von deinem 25-jährigen Mann!" Wie fühlst du dich mit deinem Vierteljahrhundert, du kleiner Bub! Hoffentlich hast du deinen Taktstock niemandem an den Kopf geworfen, daß er zerbrochen ist.

Wie gefällt dir diese Kartenserie? Wenn's dir Freude macht, bekommst du öfter solche. Das Kind auf der anderen Karte war schöner als dieses. Was machst du überhaupt mit meinen Briefchen?

Es regnet hier in Strömen, du lieber Bär. Wirst du immer noch so gehegt? Es klingt noch so. Was machen die Leute sonst mit dir? Sind sie lieb? Schicke mir doch mal eine Karte von Rostock, das Theater oder sonst etwas. Warst du schon am Meer? Du lieber Schatz! Recht herzlich küßt dich dein Luischen.

Langsam ließ Walter die Karte auf den Tisch sinken, wieder und wieder liebkoste er sie mit Blicken. Wofür er mit Sicherheit mehrere Briefseiten gebraucht hätte, das bekam Luischen problemlos auf eine einzige Postkarte. In letzter Zeit war sie allerdings recht launisch, fand er. Aber war er das nicht auch? Während sie sich hin und wieder empörte, dass er ja anscheinend nur schreibe, wenn er selbst Post bekäme, saß er oft stundenlang am Klavier und stellte sich vor, dass jeder Akkord ein Schritt Richtung München wäre, jedes Fortissimo ein Ruf und jedes Legato ein zärtlicher Kuss. Schon mehr als ein Vierteljahr waren sie jetzt getrennt und es schienen Welten zwischen dem großen, lebendigen München und der beschaulichen Seestadt Rostock mit ihren roten Backsteinhäusern und dem Salz in der Luft zu liegen.

Salz in der Luft, Salz im Haar, Salz auf der Postkarte aus München. Er hatte sie noch schnell in die Jackentasche gesteckt, um ein bisschen von Luise dabeizuhaben, als er an diesem Nachmittag mit der Bahn an den Strand von Warnemünde fuhr. Und als er dann dastand, die Zehen in den Sand gegraben, eine Hand in der Jackentasche, an der Postkarte, da stellte er fest, dass es gar nicht so leicht war, erst 25 und schon 25 zur selben Zeit zu sein. Vielleicht würde es helfen, sich den Kopf einmal ordentlich durchpusten zu lassen, dachte er und hielt die Nase in den Wind. Er und dieses Rostock, sie würden sich schon aneinander gewöhnen, oder?

Seit Adolf Hitler und die NSDAP im letzten Jahr an die Macht gekommen waren, sprachen alle von den deutschen Wurzeln und von Erneuerung. Walter fand, dass sich das irgendwie widersprach. Er jedenfalls konnte die Zehen noch so fest in den nassen Sand krallen, festen Stand fand er dort nicht. Seine Wurzeln waren in der Pfalz und sein Herz in München. Und vielleicht konnte man im Sand gar keine Wurzeln schlagen.

Walter erschrak, als plötzlich zwei Silbermöwen neben ihm landeten und sich lautstark um einen Brotkanten zankten. So nah war er diesen riesigen Vögeln noch nie gekommen, der rote Fleck an ihren Schnäbeln faszinierte ihn. In der Ferne konnte er eine Gruppe grau-weißer, kleinerer Vögel dabei beobachten, wie sie über den Strand trippelten, immer im Takt mit den Wellen, die sanft vor und zurück schwappten. Wie ein Tanz sah es aus. Im Gegensatz zu ihm, dachte er, wussten sie genau, was sie taten. Sie waren immer in Bewegung, schienen nie stillzustehen. Sie wussten, auf welchem Grund sie sich bewegten. Er nicht.

Trotz der frühlingshaften Temperaturen begann er zu frösteln, und er wusste nicht, ob die kräftige Brise oder die Ungewissheit der Grund dafür war. Fanfaren und SA-Lieder hatten im letzten Herbst die Spielzeit 1933/34 am Rostocker Stadttheater eröffnet.

„Heil Hitler, Herr Frick", hatte ihn der Generalmusikdirektor Adolf Wach an seinem ersten Tag begrüßt und ihm damit gerade noch die Peinlichkeit eines versehentlichen „Guten Tag" erspart.

Da war sie wieder, diese Erneuerung. Neues Reich, neue Flagge, neue Worte. Und das immer fataler werdende neue Verständnis von Kultur, das Walter schon in seiner Zeit in München beschäftigt hatte. Plötzlich wurden Bühnenstücke, für die man schon zu proben begonnen hatte, einfach abgesetzt, wie neulich die Josephslegende. Einige fragten sich, warum. Doch das brachte nichts, denn sie fragten ja nur sich und nicht die anderen. Auch Walter überlegte im Stillen, was das solle und dass man dann ja den Figaro und die Walküre gleich mit absetzen müsse, wenn es um Unsittlichkeit ginge. Einmal hatte er sich ja sogar getraut, dem Intendanten etwas vorzuschlagen, nämlich dass man in Zukunft den Spielplan doch wenigstens rechtzeitig auf „unpassende" Stücke überprüfen könnte. Und der Intendant hatte genickt, so wie es alle

Menschen um ihn herum in letzter Zeit taten. Sie nickten und schwiegen und hofften, dass es genügte. Hofften, dass sie die Guten bleiben, wenn sie nicken und schweigen, denn kein Wort ist besser als ein falsches.

Und Walter selbst? Er war doch nur ein kleiner Korrepetitor, was würde er schon ausrichten können? Auf ihn würde niemand hören, und am Ende würde es ihn Kopf und Kragen kosten, und seine Anstellung mit dazu. Der Intendant hatte Walter die Anweisung gegeben, die Soloproben für die Josephslegende auf der Stelle sein zu lassen. Und Walter hatte genickt und geschwiegen.

Wie es ihm in der Fremde gehe, hatte Luise gleich im ersten Brief gefragt, und ob seine Schuhe noch ganz seien. Ob er alles habe, was er brauche, hatte die Mutter wissen wollen, sie würde ihm demnächst ein Päckchen schicken mit Eingemachtem, Wurst und warmen Strümpfen. Nur der Vater, dessen Brief, dessen Rat er dringender gebraucht hätte als Essen und warme Socken, der konnte ihm nicht mehr schreiben. Ob auch er nur genickt hätte? Immer wenn Walter abends an seinem kleinen Pult saß, kämpfte die Sehnsucht in ihm mit der Schreibfeder. Ein Kampf, den meist letztere gewann. Es gehe ihm gut, und ja, es sei schön hier, er habe alles, was er brauche, die Schuhe seien noch ganz und er freue sich auf Wurst und Eingemachtes.

Gretel, Elisabeth, Ortrud, Cherubino und die *Christel* von der Post hatten überdies nicht viel übrig für sein Heimweh. Wenn er sich bei jeder Sängerin, die da hineinstolziert kam und ihn mit hohen Tönen piesackte, vorstellte, es sei das Luischen, dann würde es schon gehen, hatte er zu Beginn gedacht. Nur leider war das bei den meisten Damen schlicht unmöglich, denn keine war so gut wie das Luischen und keine so schön. Nur noch ein Jahr. Wenn er dann ein gutes Wort beim Herrn Wach einlegen könnte, es wäre zu schön.

Erst als die Dämmerung sich langsam über den weiten Strand legte, machte Walter sich auf den Nachhauseweg. In seiner Wohnung am Burgwall angekommen, knipste er die kleine elektrische Lampe auf dem Schreibtisch an, deren Summen ihm schon so vertraut geworden war.

Ach, Luischen. Wenn sie jedes Mal einen Brief von ihm in den Händen hielte, wenn er gerade an sie dachte, sie würde in Papier versinken. Und da war sie wieder, die Angst, er könnte sein Mädel verlieren. Für kurze Zeit mochte eine Liebe auf Distanz ja überleben. Doch was, wenn man sich irgendwann mit jedem Tag weiter voneinander entfernte, einander immer fremder wurde? Was, wenn man dann nur noch gleichzeitig, nicht aber mehr gemeinsam lebte? Was, wenn sich die Korrespondenz eines Tages — ganz unbemerkt und doch in gegenseitigem Einvernehmen — nur noch auf gelegentliche Briefe mit leeren, abgenutzten Liebesbekundungen beschränkte?

„Verbrenn diese Karte", hatte sie neulich geschrieben, denn auch Luise packte hin und wieder der Zweifel.

Hastig wühlte Walter in dem kleinen Kästchen, in dem er all ihre Karten gesammelt hatte und zog schließlich die hervor, deren vernichtende Zeilen ihm nicht aus dem Kopf gehen wollten:

Verbrenn diese Karte! Nicht, daß jemand meine häßlichen Gedanken mitbekommt. Ein innerer Zwang ist's, daß ich sie schicke. Dein Gefühlsleben ist kühler als meines. Eigentlich sollte eine Frau nie ihr Herz ganz zeigen, zumal, wenn ein Mann sie nicht ganz verstehen kann. Wen ich gern habe, der hat mein Herz. Da wird nichts verschwiegen und nichts verheimlicht. Für alles hat es Interessen, für jede Kleinigkeit. Bist du überhaupt eine so große Liebe wert?!

Ihre harten Formulierungen hatten in der Dunkelheit des kleinen Holzkästchens nicht an Kraft verloren. Und da wunderte sie sich, wenn er seine Antworten manchmal nur zögerlich aufs Papier brachte? Walter drehte die Karte herum und betrachtete noch einen Moment lang das Bild, das sie zierte. Eine junge Frau saß inmitten blühender Natur, das blonde Haar zu einem Zopf geflochten, der wie ein schmückender Kranz um ihren Kopf lag. Zärtlich küsste sie ein kleines, nacktes Kindlein, das auf ihrem Schoß stand. Sehnsüchtig streckte der propere Kerl die kleinen Händchen nach ihrem Gesicht aus und ließ sich von ihr liebkosen. Doch da war noch etwas. Zwischen dem Namen des Künstlers und dem Titel der Karte standen drei blasse, mit Bleistift geschriebene Worte.

Du! Verbrenne sie!

Emil Ernst Heinsdorff · Frühling

Du! Verbrenne sie!

———

11 | *Steinhöring, 1934*

Armin lehnte mit geschlossenen Augen an der Fassade
und verfluchte den letzten Schnaps. Von drinnen drangen das Gejohle der Kameraden und die verzerrten
Klänge irgendeines Schlagers an sein Ohr, draußen herrsch-
te tiefschwarze Nacht und es roch nach Mist. Es war wieder
einer dieser Abende gewesen, ohne die ihm und den anderen
SA-Männern hier in der bayerischen Einöde schon längst die
Decke auf den Kopf gefallen wäre. München war ja gar nicht
weit entfernt, aber es lagen doch Welten zwischen der Stadt
mit ihren Brauhäusern und Tanzlokalen und dem kleinen
„Haus Hochland", in dem die Nachrichtenschule untergebracht
war. Während München nachts hell erleuchtet war, versank
Haus Hochland jeden Abend im Nichts – außer man besorgte
Schnaps und einen Plattenspieler und lud ein paar Weiber ein.

Armin war mit der Leitung des Ausbildungswesens
betraut, was auch bedeutete, dass er seine Männer bei Laune
halten musste. Und eben nicht nur die. Ob er schon versprochen sei, hatte das Mädel gefragt, und er hatte nur kurz gezö-
gert, bevor er den Kopf geschüttelt und sie an sich gezogen
hatte. Die Wärme ihrer Haut, die Wölbung ihrer Brüste, wie
lange hatte er sich danach gesehnt, endlich wieder einen
Frauenkörper zu spüren.

Als ihre Fingerspitzen dann vorsichtig seine Schläfen
berührt hatten, da hatte ein feines Kribbeln begonnen, sich
in seinem Unterleib auszubreiten, und dann hatten sie es mit-

einander getrieben. Betäubt vom Alkohol in ihrem Blut und vom Rauch, der dunstig im Zimmer schwebte und sie einhüllte, sie absonderte von der ländlichen Idylle, die ihn so entsetzlich langweilte.

Marlene hatte sie geheißen, und Armin hoffte, dass sie sich an seinen Namen morgen nicht erinnern würde. Er hatte sie eingeatmet, sie lustvoll aufgesogen, und nun stand er da hinterm Haus in der Dunkelheit und atmete sie wieder aus. Marlene war nur ein Moment gewesen. Ein Moment in einem Leben, das endlich an Fahrt gewann, das sich nach viel Misslungenem endlich in die richtige Richtung zu entwickeln schien.

Armin zündete sich eine Zigarette an und nahm einen tiefen, erlösenden Zug. Bald zwei Jahre war es nun her, dass ihn die Reichswehr rausgeworfen hatte. An einem klaren Tag im Spätherbst, als die Sonne schon tief gestanden hatte, da hatte er die Kontrolle über das Lenkrad seines Dienstwagens verloren und ein entgegenkommendes Fahrzeug gestreift. Er war ins Schleudern geraten, das Auto erst einige Meter später und im Seitengraben zum Stehen gekommen. Der andere Fahrer war zwar mit dem Schrecken davongekommen und Armin mit einigen leichteren Blessuren, doch natürlich hatte man ihn zur Rechenschaft gezogen. Die Staatsanwaltschaft stellte Strafantrag wegen fahrlässiger Körperverletzung und Armin musste für den beschädigten Wagen aufkommen. Doch das sollte nur der Anfang gewesen sein. Der Anfang vom Ende seiner Zeit bei der Reichswehr. Denn die hatte ihn nach jenem Vorfall mit sofortiger Wirkung entlassen.

Hedwig war ganz außer sich gewesen. Sie habe doch schon immer Angst um ihn gehabt, weil sie seine unvorsichtige Fahrweise kenne. Und ob er denn nicht an seine gute Mutter gedacht habe? Die würde den Tod ihres einzigen Sohnes doch nie verkraften.

Hedwig. Armin fröstelte, und es war nicht nur der Kampf gegen die immer stärker werdende Müdigkeit, der ihn einige verkrampfte Schritte auf der Stelle gehen ließ. Seit er sie das letzte Mal gesehen hatte, waren viele Monate vergangen, und manchmal erinnerten ihn nur ihre regelmäßigen Briefe vorwurfsvoll an das, was zwischen ihnen war. Oder vielmehr gewesen war. Es war doch vorüber?

Nie zuvor hatte Armin ein Weibsbild gekannt, das so viele Widersprüche in sich barg. Hedwig behauptete, sie liebe ihn, doch sie wolle sich nicht an ihn binden. Er dürfe ruhig andere Frauen treffen, sie wisse ja, dass sie einander nie verlieren würden. Aber wenn er welche treffe, dann solle er ihr bitteschön nicht so viel davon erzählen. Ein festes Verhältnis oder gar ein Eheversprechen? Bloß nicht. *Aber sag, Armin, du liebst mich doch noch?*

Sie selbst schüttete ihm seitenweise ihr Herz aus, über all die unbrauchbaren Männer, die sie kennenlernte und in die sie sich dennoch verliebte.

Ich kann mit dem reinsten Gewissen sagen, ich liebe ihn mit jeder Faser meines Körpers.

Solche Zeilen schrieb sie ihm dann. Wohl wissend, dass jedes einzelne ihrer Worte für ihn ein Schlag ins Gesicht war, denn so hatte man mit ihm nicht umzugehen. Ja, er hatte einst aufrichtige Gefühle für die junge Lehrerin aus der Pfalz gehabt. Aufrichtigere als jetzt für Marlene jedenfalls. Wenn sie Zeit miteinander verbracht hatten, beim Skifahren oder beim Tanzen, dann hatte er sie sehr liebgehabt und auch gerne geküsst. Doch wenn sie einander dann am Bahnhof wieder Lebewohl gesagt hatten und sie ihm mit ihrem Taschentuch zuwinkte, dann war auch immer eine seltsame Anspannung von ihm abgefallen. Dann war er wieder frei für sein Leben gewesen.

Ob er Hedwig liebte? Ja, vielleicht nannte man das so, vielleicht auch nicht. Er dachte noch immer gerne an sie und an die Zeit, die sie miteinander verbracht hatten, doch meist genügten ihm die Erinnerungen daran und die Bilder, die sie hervorriefen, die ihn hie und da kurz aufwärmten, ihn auflachen ließen, ihm Geschichten zum Erzählen gaben. Doch sich an Hedwig binden, sie voll und ganz in sein Leben lassen, das wollte auch er nicht.

Sie war ihm fremd geworden, mit jedem Brief ein Stückchen mehr. Wenn ihn noch etwas mit ihr verband, dann war es vor allem die Unfähigkeit, sich aufeinander festzulegen. Und das würde wohl auch so bleiben, solange sie es aushielten. Solange sie sich aushielten. Denn um mehr ging es in Beziehungen doch ohnehin nicht, man hielt einander aus. Wenn es nach den Eltern ginge, dann natürlich mit Trauschein. Als würde das etwas ändern! Deutschland war im Aufbruch begriffen, alles würde neu und strahlend werden. Sie, die jungen Leute, waren doch schon lange dabei, aufzustehen und für sich einzustehen. Während die Alten noch immer krampfhaft versuchten, das Leben der Jungen nach ihren antiquierten Ideen auszurichten und es zu verbiegen, bis es brach. Doch er ließ sich nicht verbiegen, und er würde auch nicht brechen. Er würde standhaft bleiben, da konnten noch so viele Briefe zwischen Hedwig und seiner Mutter hin- und hergehen. Denn das taten sie, und allmählich fragte Armin sich nicht nur, wieso zur Hölle sie einander schrieben, sondern vor allem, wie lange schon.

„Armin, sie ist wie eine gute Freundin für mich", hatte Lieselotte Kaufmann gekränkt erklärt, als er einmal zufällig einen an Hedwig adressierten Brief auf ihrem Sekretär hatte liegen sehen.

Da war ihm dann klar geworden, warum die Mutter immer so hektisch die Post sortierte und kleine, fein säuberliche Stapel bildete, wenn er zu Besuch kam.

„Ach Armin, welche Freude, ich habe gar nicht mit dir gerechnet", sagte sie dann immer, während sie nebenbei einen Poststapel für ihn und einen für sich selbst zurechtschob. Und so rasch und beifällig, wie sie ihre Kittelschürze abstreifte, legte sie dann die eine Hälfte der Briefkuverts auf ihrem Sekretär ab und glaubte wohl, es würde ihm entgehen.

Seine Mutter pflegte also eine Freundschaft zu einer Frau, die weit über zwanzig Jahre jünger war als sie selbst — und mit der er eine Liebelei hatte. Ob sie nicht auch finde, dass das eine höchst unpassende Verbindung sei, hatte Armin bemerkt, als der heimliche Briefwechsel aufgeflogen war. Doch die Mutter hatte ihn nur fragend angesehen, mit diesem Ausdruck kindlicher Ratlosigkeit in den Augen, den Armin seit jeher verabscheute.

„Deine Mutter und ich halten Hedwig im Übrigen für eine durchaus geeignete Ehefrau", hatte sich Willy Kaufmann zu allem Überfluss auch noch eingemischt.

Und er hatte dabei geklungen, als ob er feststellte, dass das Mehl zur Neige ging. Wenn Armin wirklich zur SS wolle, dann würde es langsam Zeit, sich nach einer passenden Frau umzusehen.

Natürlich wusste er, dass sein Stiefvater auf Himmlers Heiratsbefehl für die Angehörigen der Schutzstaffel anspielte. So nannten jedenfalls alle das Dokument, das schon während Armins Zeit in der Reichswehr in Umlauf geraten war. Es verpflichtete SS-Anwärter zwar nicht zur Heirat, wie man zunächst hätte meinen können. Aber wenn sie zu heiraten gedachten, dann hatte die Braut bestimmte Anforderungen zu erfüllen. Von nordischer Rasse musste sie sein. Und erbgesund. Deutsch eben. Überdies brachte es offenbar Vorteile mit sich, ein verheirateter SS-Mann zu sein. Das hatte Armin jedenfalls so gehört, wenngleich er nicht genau wusste, welche Vorteile das im Einzelnen wären.

Er hatte es bisher tunlichst vermieden, sich mit dieser Sache zu befassen, und überhaupt lag das alles ja noch im Argen. Aber SS hin oder her, ein nicht deutsches, nicht erbgesundes Mädel würde er ohnehin wohl kaum auswählen. Später an jenem Tag, als die Mutter noch einmal für Einkäufe das Haus verlassen hatte und Willy auf dem Schaukelstuhl eingeschlafen war, da hatte Armin dann doch noch ganz vorsichtig die Schublade des mütterlichen Sekretärs geöffnet.

Liebste Hedwig,

ich kann die Zweifel, von denen du in deinen letzten Briefen geschrieben hast, verstehen. Eine solche Verbindung muß wohl überlegt sein. Und um es dir nochmals zu versichern: Du sollst nicht glauben, du müßtest dich an Armin gebunden fühlen. Meine liebste Hedwig, würdest du einmal einen Mann lieben, bei dem du alles fändest, was du willst und brauchst, dann wäre ich die letzte, die dir nicht alles Glück der Welt wünschte. Nur, weil ich dich so gut zu kennen glaube und weil ich weiß, welch wertvoller Mensch du bist, darum möchte mein Mutterherz dich für Armin wünschen. Unsere und deine Freundschaft zu Armin soll immer fortbestehen! Ich kann mir nicht helfen, ich habe dich halt einfach sehr lieb.

Deine Lieselotte

Dann hatte er dagestanden im Halbdunkel der Stube, während Willy leise im Schlaf schnaubte. Und Armin hatte nur noch Verachtung für seine Mutter empfunden.

Mit steifen Fingern schnippte er den Stummel seiner letzten Zigarette zu den anderen auf den Boden und stieß sich mit einem Ruck von der Hauswand ab. Wie gern wäre er jetzt in einer Stadt wie München oder gar Berlin. Orte, die nachts lebendiger waren als am Tage, und die einen so gut vergessen ließen. Aber man musste halt Opfer bringen, wenn aus einem etwas werden sollte.

Wie oft war er früher mit den Kameraden am Abend losgezogen, wenn das geschäftige München seine Fensterläden geschlossen und die Fräuleins dahinter Sticknadel gegen Zigarrenspitze eingetauscht hatten. Wenn die Keller angefüllt waren mit Zigarrenrauch und verschwitzte Musiker in viel zu engen Fracks bis tief in die Nacht hinein ihre Schlager gespielt hatten, dort wo die Beine der Mädchen deutlich länger gewesen waren als ihre Röcke. Und dann die kecken Blicke, wenn die Männer in ihren Uniformen hineingekommen waren – ja, an diesen Abenden war es Armin gut gegangen. Da wurden keine Fragen gestellt, keine Wünsche geäußert und keine Verlobungen beschlossen. Und spätestens, wenn die Gespräche um ihn herum dann mit der Musik und der schwer gewordenen Luft verschmolzen waren und sich wie ein Schleier über ihn gelegt hatten – spätestens dann hatte er auch eine Hedwig Frick vergessen.

Hier im Haus Hochland gestaltete sich das alles etwas schwieriger, auch das mit dem Vergessen. Mit festen Schritten stapfte Armin wieder um das Haus herum zur Eingangstür. Und dabei bewegte er ein weiteres Mal die Worte in seinem dröhnenden Kopf, die er Hedwig früher oder später würde schreiben müssen.

Du fragst mich, ob ich wüßte, was ich wolle. Ja, ich will mir das Leben so angenehm machen, wie es noch zu machen ist. Keine Konventionen, ein wenig Vernunft und ganz wenig Moralität. Und ob ich dich heiraten will? Wenn ich mich wirklich ernstlich mit dem Gedanken beschäftige, dann muß ich sagen, daß ich zumindest keines von den anderen Mädels heiraten würde, die ich noch kenne. Aber ob wir glücklich werden könnten? Man kann gut zusammenleben und nett zu einander sein. Dann wäre man vielleicht auch glücklich.

Hedwig und Armin 1931. Es ist das einzige Foto in unseren privaten Foto-
alben, auf dem Armin zu sehen ist, hier in Reichswehruniform gekleidet.
Jahrelang wussten wir nicht, dass er der Mann auf dem Foto ist.

12 | *Rostock, 1934*

„Jetzt gilt es."

Walter drückte mit dem Zeigefinger auf den kleinen runden Knopf. Das metallene Scheppern der Türklingel durchstach die Stille des Treppenhauses und ließ ihn zusammenfahren.

„Jetzt gilt es", flüsterte er ein weiteres Mal.

Und während er sich vor Anspannung kaum weiterzuatmen traute, dachte er, dass er eigentlich gar nicht hier sein sollte. Weil es sich nicht gehörte, als einfacher Korrepetitor vor der Wohnungstür des Generalmusikdirektors zu stehen, als sei man zum Kaffeekränzchen verabredet.

Was, wenn er gar nicht zu Hause war? Diesen Gedanken hatte Walter bislang erfolgreich verdrängt. Sein bestes Hemd hatte er angezogen und die schwarze Fliege mit den weißen Punkten umgebunden. Denn er wollte direkt aus dem Munde des Generalmusikdirektors Adolf Wach hören, was ihm der Kapellmeister Örtling neulich so beiläufig erzählt hatte. Das Fräulein Frölich könne nicht zum Vorsingen für die neue Spielzeit geladen werden, hatte er gesagt. Viele neue Stücke würden aufgenommen werden und mindestens ebenso viele würden gestrichen. Der Herr Direktor müsse da eben wirtschaftlich denken und Zeit und Geld sparen. Das hatte Örtling gesagt, und Walter hatte sich gefragt, wie es jemandem wohl gelingen möge, Zeit zu sparen. Das war doch gerade das Kostbare, das Wunderbare, das Teuflische an der Zeit. Dass sie sich zwar messen und ablesen ließ, einen aber gleichzeitig dazu zwang, ihr beim Zerrinnen zuzusehen. Nur wenn man ungeduldig war, wenn man auf etwas, auf jemanden wartete, dann wandte die Zeit einen ganz besonderen Kniff an. Dann nämlich schien sie stehenzubleiben. Sie jedoch ansparen, das konnte man nicht, auch nicht der Herr Generalmusikdirektor.

Wenn Walter das wünsche, dann könne er ja ein gutes Wort für ihn beim Herrn Direktor einlegen, das würde schon irgendwie werden, mit seinem Fräulein Frölich. Das hatte Örtling noch gerufen, doch dabei war er schon längst weitergelaufen und hatte Walter gar nicht mehr angesehen.

Nun, wenn das Schicksal ihm schon nicht entgegenkam, dann würde er eben dem Schicksal entgegenkommen. Und da stand er nun vor einer Tür, die sich nicht öffnete, und das Schicksal wartete dahinter. Gerade als Walter im Begriff war zu gehen und auf die Begegnung mit dem Schicksal zu verzichten, da drehte sich von innen ein Schlüssel im Schloss.

Im Wohnzimmer von Adolf Wach roch es nach trockenen Zimmerpflanzen und altem Zigarrenrauch, überlagert vom intensiven Duft der Minze. Er muss seit Wochen nicht mehr gelüftet haben, dachte Walter, die Privatheit der Gerüche verunsicherte ihn.

„Was führt Sie zu mir, Herr Frick?", fragte Wach und sah dabei auf eine so ehrliche Weise ahnungslos aus, dass es Walter beinahe amüsierte.

Er begann dann vorsichtig, dass es um die neue Spielzeit ginge und um die Möglichkeit, eine talentierte Sängerin der Münchner Akademie vorsingen zu lassen.

„Fräulein Frölich ist eine wirklich herausragende dramatische Sopranistin", erklärte Walter und versuchte dabei, Adolf

Wach in die Augen zu sehen, „ihr Lehrer ist der Kammersänger Paul Bender."

Walter meinte, einen Hauch von Anerkennung in Wachs Augen wahrzunehmen, als er den Namen Benders erwähnte. Der Direktor zog die Augenbrauen zusammen, als mustere er Luise in seinen Gedanken, dabei kannte er sie ja gar nicht.

„Nein", antwortete Wach nach einer schier endlosen Pause und Walter zuckte zusammen. „Nein, das ist bedauerlicherweise nicht möglich, Herr Frick, es tut mir leid."

Ein hoher Pfeifton drang aus der Küche und ließ Wach ruckartig aufstehen. Als er kurz darauf mit zwei Tassen zurückkam, wurde der Minzgeruch geradezu betörend. Und noch bevor er wieder saß, begann Adolf Wach seine Absage mit nahezu denselben Worten zu erklären, wie es auch der Kapellmeister Örtling getan hatte.

„Das verstehen Sie doch, Herr Frick", schloss er seinen Vortrag und ließ feinen, weißen Zucker in seine dampfende Tasse rieseln. Ob sein Gast auch Zucker wolle?

„Nein, nein danke. Ich trinke meinen Tee ungesüßt."

Walters Stimme zitterte. Es war ein minimales, kaum hörbares Tremolo, doch er wusste, dass Wach seine Nervosität längst bemerkt hatte. Wie um das eben Gesagte zu beweisen, nippte Walter an seiner Tasse, bevor er weitersprach.

„Ich verstehe Sie natürlich, Herr Direktor, aber Luis... also, Fräulein Frölich würde die neuen Partien bestimmt mit Leichtigkeit und zu Ihrer vollsten Zufriedenheit einstudieren. Sie ist wirklich sehr fleißig und gewissenhaft und wird auch bestens vorbereitet durch ..."

„... Kammersänger Paul Bender, das sagten Sie bereits."

Walter schluckte, und das nicht nur, weil der Tee bitter nachschmeckte. Er spürte, wie seine Wangen zu glühen begannen. Mit seinem unreifen Redefluss hatte er seinem Vorgesetzten mehr als deutlich gezeigt, wer sich in welcher Position befand. Er selbst war ein einfacher Korrepetitor, der noch keine dreißig Lenze zählte. Luischen war eine von vielen hundert Absolventinnen an den Musikuniversitäten des Reiches. Adolf Wach hingegen bestimmte. Über ihn, über Luischen, über das Orchester – und zusammen mit dem Intendanten Ernst Immisch letztlich über das ganze Theater.

„Nun, Herr Frick, wenn es doch noch irgendwie infrage kommen sollte, dann werde ich an Sie denken."

Wachs Mund formte ein Lächeln, seine Augen nicht. Als er sich erhob, tat Walter es ihm gleich.

„Und was Sie angeht – Sie bleiben mal ruhig noch zwei bis drei Jahre hier. Sie machen Ihre Sache doch bisher gut. Jetzt, da erfreulicherweise auch hier in unserer Hansestadt ein neuer, frischer Wind weht, da brauche ich Leute wie Sie. Wir werden den Spielplan grundlegend umgestalten, ihn von einigen – wie soll ich mich ausdrücken – unliebsamen Namen befreien. Stattdessen werden wir viele Werke Richard Wagners ins Programm aufnehmen, deren Partituren sind Ihnen ja sicher bereits vertraut. Leben Sie wohl für heute."

Wachs Worte geleiteten Walter nicht zur Tür, sie schoben ihn hinaus. Mit hängenden Schultern ging er die Stufen des Treppenhauses hinab, die beim Gehen lauter zu knarzen schienen als beim Kommen. Was für ein Narr er doch gewesen war! Wie ein Bittsteller musste er ausgesehen haben, als er da auf der Kante der Chaiselongue gesessen und beim Sprechen immer wieder verlegen auf seinen Tee geschaut hatte. Während Wach den seinen in großen Zügen geleert hatte, hatte Walter nur hin und wieder seine Lippen damit benetzt, so heiß war er gewesen und so bitter. Nun würde der

Tee langsam abkühlen und sich in die anderen abgestandenen Aromen des Wach'schen Wohnzimmers einreihen, und Wach selbst würde den Kopf darüber schütteln.

Unten an der Straße wurde Walter von einem Herbststurm empfangen, der die Passanten noch eiliger und die Möwen noch angriffslustiger zu machen schien. Walter zog den Kragen seines Mantels hoch und reihte sich ein in den Strom aus ernsten Gesichtern, die unter ihren Schirmen und Hüten immer nur knapp aneinander vorbeiblickten.

~

Noch mit den trüben Gedanken des Vortages kämpfend, betrat Walter am nächsten Morgen die Bühne des Rostocker Stadttheaters. Nur mit einem Flügel bestückt wirkte sie unpassend groß, und das elektrische Licht ließ die zahllosen Staubkörnchen auf dem dunklen Boden glitzern. Wie ungewohnt der Blick auf die leeren Zuschauerreihen war. Unten in der Wanne, wie der Orchestergraben hier von einigen genannt wurde, fühlte Walter sich deutlich wohler. Bisher hatte er sich zwar nur dort aufgehalten, um einige Cembalopartien zu übernehmen. Aber wenn es stimmte, dass Wach durchaus Hoffnungen in ihn setzte, dann –.

Walter straffte die Schultern. Nicht weiterdenken. Gleich sollte das Vorsingen beginnen. Er würde Sopranistin um Sopranistin am Flügel begleiten, und in den Rängen würde niemand sitzen.

In der ersten Parkettreihe hingegen schon. Nur zu gern würde er die dort versammelte Prüfungskommission fragen, warum ein Fräulein Utermarck und ein Fräulein Hasselbach – und wie sie nicht alle hießen! – zum Vorsingen geladen wurden, aber ein Fräulein Frölich nicht.

Während sich die Herren noch rege hinter der Bühne zu schaffen machten und ihr Gemurmel durch die geöffneten Seitentüren quoll, begann Walter den Klavierauszug zu studieren. *Ännchens Romanze* aus Carl Maria von Webers *Freischütz* stand als erstes an. Eine Soubrette würde also den Auftakt machen. Kraftvoll spielte Walter die ersten Takte der spannungsgeladenen Arie an, um seine Finger zu lockern, als er plötzlich seinen Namen hörte.

„Sie, Herr Frick!"

Walter erhob sich hastig.

„Herr Direktor Wach! Ich hab' Sie gar nicht kommen hören."

„Ja, ja", lachte Wach übertrieben gelöst, „ins Spiel vertieft, nicht wahr? Gut, gut, dann werden Sie gleich noch viel lieber spielen! Ich habe just heute Morgen einen Brief von Kammersänger Paul Bender erhalten, und er hat mir wirklich glänzend geschrieben über Ihr Fräulein Frölich. Immisch und ich haben beschlossen, dass wir sie doch vorsingen lassen werden."

Und als die Soubrette wenige Minuten später in einem langen, nachtblauen Kleid die Bühne betreten und Wach zwischen dem Intendanten und dem Ersten Opernkapellmeister Platz genommen hatte, da spielte Walter, wie er noch nie zuvor gespielt hatte. Er legte sein Leben hinein in die schwungvollen Tremoli, und Takt für Takt entfernte er sich weiter von dem aufgeregt singenden Ännchen. Denn für ihn war es Luischens Romanze, die er spielte.

Mein allerliebster Schatz!

Heute hat der Intendant (durch Wachs Willen natürlich) genehmigt, daß du zum Vorsingen eingeladen wirst! Eingeladen heißt: auf Kosten des Theaters. Wie das kam?

Nun, es wollte doch Örtling für dich sprechen, und weil er viel verspricht und wenig hält, darum ging ich an meinem freien Vormittag schnurstracks zu Wach in die Wohnung. Er war sehr nett und schilderte mir die Verhältnisse, daß es nicht infrage käme, weil im nächsten Jahre viel mehr Werke dazukämen und die Hauptfächer daher mit Repertoiresängerinnen besetzt werden müssten, weil zum Neueinstudieren zu wenig Zeit bliebe. Da war es dann erst mal aus mit mir, ich lag furchtbar daheim herum.

Doch heute Mittag, als ich um 12 Uhr auf der Bühne bereitsaß, hier das Klavier mit Licht hergerichtet, alles zum Vorsingen bereit, da kam Wach auf mich zu und erzählte mir von Benders Brief und sagte, daß er dich doch vorsingen lasse! Ja, und direkt danach ging es los — gespielt habe ich Madama Butterfly, das Ännchen und die Agathe (Freischütz), zweimal die Hallen-Arie aus dem Tannhäuser, die Pagen-Arie (Figaro), und dann mußte ich zum Tanzprobenspiel. Dieses Vorsingen geht nun immer weiter — und bald wird auch mein Schatz dabei sein! Örtling sagte ich danach ins Ohr: „Da werde ich nochmal so schön spielen." – „Das glaube ich!", sagte er.

Mein lieber Bär, auf in den Kampf! Bei Arien mußt du etwas schauspielern und Schwung und Temperament loslassen. Ich kann dir sagen, die Agathe und die Hallen-Arien übertriffst Du mit 100 km Abstand. Das war schön gepiepst und von Temperament keine Spur. Ich sage das nicht, um dich anzufeuern, sondern weil es eine Tatsache ist. Mein Schatz kann mit Stolz in der Brust auftreten und loslegen und muß nicht schüchtern von sich reden. Aber ich sehe dich ja vorher, mein Gott, ich hätte es fast vergessen, so unwahrscheinlich klingt es. Geht es dir nicht auch so? Schatz, wir sehen uns und haben uns!! Hörst du? Ja, ich hole dich ab und du kommst lieber einige Wochen vorher, nicht wahr?

Laß die Akademie sausen, die hilft dir einen Dreck, dort hast du ausgelernt.

Aber das Eine muß gesagt werden: Benders Brief an Wach hat gewirkt. Der hat es gemacht. Dein Schatz war zu schwach, um das zu erreichen – er ist ja auch kein Kammersänger Bender – doch hat er es sicher inniger und 1000x herzlicher gemeint und durchsetzen wollen. Bringe ruhig alle Empfehlungen, die du sonst noch auftreiben kannst, mit und die Kritiken.

Und nun siehst du, wie ich mich vorbereitet habe: Hier, mein Goldschatz, sind 20 Reichsmark, ich habe sie gespart für dieses Wiedersehen in Rostock. Du kannst sie gut gebrauchen zur Fahrt, denn die ist lange und beschwerlich, und vielleicht mußt du auch noch etwas haben, einen Hut vielleicht? Ich bin dir sowieso noch einen schuldig – nicht lachen!

Nein, ich will deinen Eltern nicht ins Handwerk pfuschen, auch deinem lieben Bruder Heiner nicht, da bin ich ja noch viel zu schwach und klein, aber du mußt es nehmen! Es ist mir eine Genugtuung und große Freude, weil ich es aus eigener Kraft hervorgebracht habe. Es lag schon einige Wochen in der Schublade und schien seine Bestimmung nicht zu erreichen. Doch jetzt wird es losgelassen – ja, wir sehen uns! Das steht fest! Ich lasse dich nicht mehr fort. Nein, du mußt gleich dableiben.

Also, du Liebes, rüste dich in jeder Beziehung für Rostock. Mitteilung bekommst du wahrscheinlich durch Bender, und dann telegraphiere an mich, wann du kommst.

Tausend Küsse, Dein Bub.

13 | *München, Heiligabend 1934*

Die Glut im Kamin war fast erloschen. Andächtige Ruhe lag über der Stube, vermischt mit der Schwere heißen Paraffins und nur hin und wieder unterbrochen vom Klappern der Teller, die Lieselotte nebenan in der Küche schweigend abtrocknete.

„Bist du glücklich?" Armin starrte auf die heruntergebrannten Christbaumkerzen.

„Oh ja, das bin ich", flüsterte Hedwig. Ihre Hand suchte im Halbdunkel die seine.

Noch vor ihrer bescheidenen, kleinen Bescherung hatte Armins Stiefvater Willy es ganz unerwartet verkündet, und Armin hatte den schlichten Goldring an Hedwigs Finger gesteckt. Lieselotte hatte ganz rote Wangen bekommen und schnell ein Fenster geöffnet, es sei doch recht stickig im Raum. Dabei hatte sie Hedwig verstohlen angesehen. Die wiederum hatte schnell die Augen niedergeschlagen, hatte so getan, als sei sie verlegen, und vielleicht war sie es ja auch ein klein wenig. In einem Moment wünschte sie sich fort, fort von Lieselottes bestätigenden Blicken, und im anderen Moment, da wollte sie die ganze Welt umarmen und die mütterliche Freundin gleich dazu. Stattdessen umarmte sie Armin, der sie einen Moment lang ganz festhielt, nur um sie kurz darauf noch abrupter wieder freizugeben. Noch eine ganze Weile hatte sie seine Umarmung gespürt, hatte wieder und wieder seinen Blick gesucht, doch er sah jedes Mal genau dann in eine andere Richtung, wenn sie zu ihm blickte. Neckte er sie? Oder war es Unsicherheit, die ihn ausweichen ließ?

Später hatten sie dann gegessen, ohne dabei viele Worte zu verlieren. Und worüber hätten sie auch reden sollen an diesem Heiligen Abend? Diese Verlobung hatte zunächst so wenig mit ihnen zu tun gehabt wie mit dem armen Karpfen auf der Festtagsplatte, der mit leeren Augen darauf wartete, verspeist zu werden. Doch als der Abend fortgeschritten war und der Wein die Stimmung ein wenig gelöst hatte, da waren zumindest Hedwigs Zweifel nach und nach verschwunden, und an ihre Stelle war ein vorsichtiges Glücksgefühl getreten. Sie war hungrig nach Armin, verzehrte ihn mit Blicken, und der Gedanke, er würde womöglich heute Nacht bei ihr bleiben, nachdem er sie zurück in ihre Pension gebracht hatte, steigerte dieses Verlangen nach ihm und nach seiner Gegenwart ins Unermessliche. Nun konnte ihn ihr niemand mehr nehmen, nun gehörte er ganz ihr – und sie gehörte ihm.

„Und du", fragte sie mit sachter Stimme, und endlich sah er sie an, „bist du auch glücklich?"

„Ja, Kleines. Es ist nur ..." Armin fuhr sich mit der Hand übers Gesicht und stockte.

„Ich war vielleicht genauso überrascht wie du. Versteh mich nicht falsch", sprach er hastig weiter, als er sah, wie Hedwigs Unterlippe leicht zu beben begann, „ich hab' dich sehr lieb, unbeschreiblich lieb. Aber ich habe noch bis vor kurzem nicht ernstlich gedacht, dass du den Willen haben könntest, mich zu heiraten. Der Gedanke ist so neu, und, nun ja, es ist für uns beide auch eine große Verantwortung."

„Das ist mir bewusst."

Hedwigs Stimme hatte einen leicht trotzigen Unterton. Sie griff nach der kleinen Soldatenfigur aus Wachs, die Armin ihr geschenkt hatte, und fing an, sie zwischen den Handflächen zu reiben und zu rollen, als wolle sie etwas Neues aus ihr formen.

„Du weißt, dass auch ich mir diese Entscheidung nicht leicht gemacht habe, aber nun ist sie getroffen", sagte sie langsam. „Wir gehören zusammen, Armin! Und bald dürfen es endlich alle wissen."

„Da hast du Recht." Armin schwang sich so plötzlich aus dem Schaukelstuhl auf, dass Hedwig überrascht zusammenzuckte. „Noch vor dem Jahreswechsel will ich's den Kameraden sagen. Die werden Augen machen!"

Und als er das sagte, zog er Hedwig zu sich heran und wirbelte sie im Kreis herum.

„Denk dir, wie sie schauen werden, wenn ich zum nächsten Tanzfest mit meiner Frau, meiner Hedwig Beilhack einmarschieren werde!"

Jetzt klang er stolz, mächtig stolz, dachte Hedwig, und gar nicht mehr unsicher oder verlegen. Erleichtert legte sie den Kopf an seine Schulter und atmete seinen Duft. Ja, der Gedanke war wundervoll – Hedwig Beilhack, so würde sie dann heißen. Und wenn alles gut ging, dann würden sie und Armin ins große, wilde Berlin ziehen, wo er in die SS aufgenommen würde. Doch bis dahin lagen noch so einige Hürden vor ihnen, denn nach dem Weihnachtsfest würde Armin erst einmal nach Steinhöring zurückkehren und sie in die Pfalz. Und dann müssten sie damit beginnen, all die Dokumente für den Ahnenpass zusammenzubekommen, die Geburts-, Heirats- und Sterbeurkunden mehrerer Generationen. Um zu beweisen, dass sie reinen deutschen Blutes waren. Aber so waren die Gesetze eben, und was sollte ihnen beiden schon im Wege stehen? Sie waren keine Juden, und sie waren alle gesund. An die Urkunden würden sie schon kommen. Ein wesentlich schwierigeres Unterfangen würde es sein, Walter und die Mutter davon zu überzeugen, dass diese Heirat das Richtige für sie war.

Nie würde Hedwig den Moment vergessen, als Armin und Walter sich zum ersten Mal gegenübergestanden hatten. Förmlich hatte Walter ihm die Hand gereicht und seinen Namen gesagt wie einst in der Schule, und Armin hatte sich schnell aus dem Händedruck gelöst, fast als habe er sich verbrannt. Im Frühjahr vor zwei Jahren war das gewesen, da hatten sie sich alle gemeinsam bei der Mutter in Zweibrücken getroffen, Walter, Luise, Armin und Hedwig. Und Emma Frick hatte das Festtagsgeschirr aus dem Schrank geholt, für ihre Tochter hatte sie das getan. Seit dem Tod des Vaters hatte sie es nicht mehr benutzt. Und dann hatten sie im Schatten der großen Linde gesessen bei Kuchen und Tee, und aus dem Koffergrammophon hatte Lee Parry „Ein bisschen Liebe für dich" gesungen. Es hätte so schön sein können. Doch die Abneigung zwischen Walter und Armin hatte man beinahe mit Händen greifen können, so sehr sie sich auch darum bemüht hatten, mit belangloser Konversation über die neuesten Errungenschaften der Technik darüber hinwegzutäuschen. Emma und Luise hatten indes gute Miene gemacht, doch Hedwig waren die gelegentlichen Blicke der beiden Frauen nicht entgangen. Blicke, die ihr sagen wollten, dass dieser Mann hier nicht hingehörte, dass sie ihn besser aus dem idyllischen Garten ihres Elternhauses entfernte, so wie man lästiges Unkraut jätete. Ja, hatte Hedwig gedacht, vielleicht gehört Armin hier wirklich nicht hin. Vielleicht gehörte sie hier nicht hin. Zu ihrem feinen

Herrn Bruder, der mit dem Kopf nur noch in seinen Opern-
partituren steckte und davon träumte, ein großer Dirigent zu
werden, und zu seinem braven Luischen, das die gepuderte
Nase für Hedwigs Gefühl mittlerweile ein wenig zu hoch trug.
Und zu ihrer armen Mutter, die jeden Abend vorm Zubettge-
hen durch die leeren Räume des viel zu großen Hauses ging,
nur um festzustellen, dass sich alles noch an seinem Platz
befand.

Sie alle gehörten hierhin, an den Kaffeetisch unter der
Linde, doch Hedwig war nicht mehr Teil von ihnen. Sie gehörte
nun zu Armin. Und er würde, er durfte sie nicht enttäuschen.
Zwar hatte er in seiner Zeit als Ausbildungsleiter bei der
SA mit dem einen oder anderen Mädel eine Liebelei gehabt,
aber da waren sie einander ja auch noch nicht versprochen
gewesen. Im Gegenteil, sie waren einfach nur Freunde gewesen. Jetzt würde alles anders werden, jetzt, da sie so richtig
zueinander gehörten. Sie heirateten weder, weil Armins Mutter das wollte, noch heirateten sie, weil Hedwigs Mutter es
nicht wollte. Sie heirateten, weil sie einander liebten! Gewiss,
Frauen konnten unabhängig sein von den Männern, das hatte
sie sich selbst ja in den vergangenen Jahren bewiesen. Aber
war es nicht doch von Natur aus die Bestimmung der Frau,
einen Mann zu finden, ihm Kinder zu schenken und den
gemeinsamen Haushalt zu führen? War es nicht viel schöner
und behaglicher, jemanden an seiner Seite zu haben? Jemanden, für den man sich aufopfern und für den man alles geben
würde? Für den man sich hingeben würde? Hedwig jedenfalls
war zur Hingabe bereit.

Sie lächelte und drückte ihren Kopf noch ein wenig fester an
Armins Brust. Ja, mit ihm erfüllte sich endlich die reine, tiefe

Liebe, von der sie immer geträumt hatte. Es war wohl Schicksal, dass sie nach all den Irren und Wirren und Eifersüchteleien nun doch endlich zueinander gefunden hatten. Und ja, ans Schicksal glaubte sie fest.

„Komm, Kleines, ich bring dich in die Pension."

Armin fasste ihre Schultern und schob sie sanft von sich. Beinahe förmlich reichte er ihr den Mantel, und da wusste sie, dass er in dieser Nacht nicht bei ihr bleiben würde. Die Erkenntnis schmerzte kurz, doch es lagen ja noch so viele gemeinsame Nächte vor ihnen. Und bis dahin würde sie tapfer und treu auf ihn warten.

Dass Treue einfacher war als Tapferkeit, sollte sie jedoch schon beim nächsten Abschied spüren. Denn als der Jahreswechsel sie zum einstweiligen Lebewohlsagen zwang, da weinte sie sehr. War sein Abschiedskuss nicht viel zu beiläufig gewesen? Warum hatte er nur so kurz gewunken, warum so wenig gesprochen? Doch halt, da war doch das Ringlein an ihrem Finger. Der goldene Beweis seiner Liebe, der über alle Zweifel hinweg zu glänzen vermochte.

Zweibrücken, 7.1.1935

Mein süßer, kleiner Bräutigam!

Hier sitze ich nun wieder allein, voll Trauer, vor mir liegen die letzten Bilder, die ich von dir gemacht habe, daneben mein nettes Soldatenkerzlein. Unsere treue Haushälterin hat mir ja alles so gemütlich hergerichtet und Feuer gemacht, daß es wirklich traulich ist in meinem Elternhaus, aber etwas fehlt mir halt, mein liebes Männel. Wie herrlich müßte es sein, wenn du nun als mein Mann hier wärst. Aber es ist noch nicht so und so muß ich mich nun trösten. Mein Lieb, ich bitte dich vielmals um Verzeihung, daß ich dir den Abschied so schwer gemacht habe. Aber ich konnte nicht anders, es war mir so furchtbar zu Mute. Ich habe dich ja so wahnsinnig lieb und kann mir ein Leben ohne dich nur noch sehr schwer vorstellen, weil ich nur durch dich und bei dir das wahre Leben in mir habe. Wie werde ich mich auf einige Zeilen von dir freuen! Und du wirst mir, wenn du ein wenig Zeit hast, viele liebe Dinge schreiben, all das was du gerne gesagt hättest und nicht fertigbrachtest. Deine Abschiedsworte, soweit ich sie in meiner Verzweiflung aufnehmen konnte, waren ja so lieb und in all dem Schmerz so hoffnungsvoll klingend. Du wirst mich verstehen, denn es war dir ja im Grunde nicht leichter als mir.

Ich friere jetzt schrecklich, obwohl ich das dicke Kleid im warmen Zimmer trage. Es ist die Übermüdung und der Abschiedsschmerz, der immer noch so stark in mir steckt. Ich habe so schrecklich Heimweh nach dir, mein Leben, mein Lieb. Und ich möchte es jedermann erzählen, daß ich nun mit dir verlobt bin, und wage es doch nicht, weil ich das Interesse und das Gerede nicht so sehr auf mich ziehen möchte. Liebster, ich möchte dir 1000 liebe Worte schreiben, aber du weißt ja schon alles, weil ich es dir erst gesagt habe vor einigen Stunden. Ich schicke dir jetzt keine Küsse, denn noch spüre ich die echten zu sehr auf meinem Mund.

Deine Hedwig.

14 | *Warnemünde, 2017*

Der Himmel ist wolkenverhangen, als ich mich zusammen mit einigen anderen Touristen durch die Eingangstür des alten Leuchtturms an der Warnemünder Bucht schiebe. Eigentlich ist es der Wind, der mich schiebt, mich hineindrückt, als wolle er mir die Richtung weisen.

„Einmal Studentin, bitte", sage ich.

Einen Euro soll sie kosten, die Reise in die Vergangenheit meiner Familie. Oder muss ich doch einen höheren Preis dafür zahlen?

Ich solle die Geschichte ruhen lassen. Das haben Walters und Luises Neffen gesagt, als ich vor nunmehr sieben Jahren damit begonnen habe, Walters Lebensgeschichte zu erforschen. Meinem Vater haben sie das gesagt, sicher ist sicher, ich war da schließlich erst 21 und da weiß man ja noch nicht, was man tut. Ich ließ meinen Vater damals freundlich ausrichten, dass ich die Geschichte nicht ruhen lassen würde. Dass ich das gar nicht könne, denn sie ruhte ja gar nicht, im Gegenteil. Manchmal, wenn ich von Walter träumte – Träume, in denen er um Hilfe rief oder mich einfach nur schweigend anstarrte, bis ich aufschreckte –, da war ich versucht, die Geschichte zu bitten, dass sie mich ruhen ließe. Dass sie mich mein Leben leben lassen solle und nicht seines. Aber sie lässt mich nicht. Er lässt mich nicht. Und ich kann ihn nicht lassen. Noch nicht.

Langsam gehe ich die ersten Stufen im Inneren des Leuchtturms hinauf.

Um 9 Uhr traf ich beim Bräutchen ein. Das Zimmer wurde gerade gestöbert und ich konnte nicht warten, bis der Putzteufel draußen war. Die Ringlein sprachen selbst; es waren Zettelchen daran befestigt mit einem Spruch darauf.

Zeilen meines Großvaters, die er kurz nach seiner Verlobung mit Luise an seine Mutter geschrieben hatte. Ostern 1935 ist das gewesen, das weiß ich, nicht nur durch seinen Brief. Auch die kleine weiße Muschel hat es mir verraten, die ich in Luises Schmuckschatulle gefunden habe. „Ostern 1935" hat jemand in diese Muschel hineingeschrieben, vor über 80 Jahren.

Ich betrachte die rotbraunen Backsteine, aus denen der Leuchtturm gebaut ist. Im schummrigen Licht erkenne ich es erst nicht, doch als ich genauer hinsehe, muss ich ein überraschtes Lachen unterdrücken. Inschriften. Die Backsteine sind über und über voll mit Inschriften. Hans und Irma, 1925. Werner und Trudi für immer, 1919. Langsam schaue ich nach oben. Eine Familie kommt gerade die gewundene Treppe hinunter, ihre Regenjacken rascheln beim Gehen, Stimmengewirr, dumpfe Schritte. Ich schaue zu dem bärtigen Herrn an seinem kleinen Tisch, der bereits den nächsten Gästen Zutritt gewährt. In einer halben Stunde würde er den Turm schließen. Dann sind sie hier drinnen wieder unter sich, denke ich, während ich langsam weiter hinaufgehe. Hans und Irma, Werner und Trudi – und, das glaube ich sicher zu wissen, auch Walter und Luise.

Ostermontag rückten wir dann aus in die Heide. Das war schön, und welch strahlendes Wetter. Den Heimweg nahmen wir von Graal nach Warnemünde, den Strand entlang. Man läuft im Wald und schaut ins Meer hinab.

Es ist wieder Ostermontag, denke ich, als ich auf einer Zwischenebene des Turmes angekommen bin, auf der ich kurz verschnaufe. Ostermontag 2017, und auch ich bin zusammen mit meinem Verlobten hier. Durch eines der kleinen Fenster werfe ich einen Blick nach draußen, der Himmel ist mittlerweile dunkelgrau. Da hatten Walter und Luise offenbar mehr Glück, damals, vor über 80 Jahren.

„Was kostet die Welt?" steht auf der Rückseite einer Fotografie, die Luise am Warnemünder Strand zeigt. Der Wind bläht ihren Mantel auf wie ein Segel, den Hut hält sie in der Hand, aus gutem Grund, wie ich heute selbst feststellen musste, und vielleicht schien in dem Moment, den Walter mit der Kamera eingefangen hat, wirklich die Sonne. Die Zeilen meines Großvaters lassen es vermuten, doch das Schwarzweißfoto schweigt darüber, so wie es alle Schwarzweißfotos tun. Das, was sie erzählen, ist immer nur die halbe Wahrheit, die andere Hälfte muss man selbst herausfinden. Zum Beispiel, indem man die gemauerte Wand eines alten Leuchtturms nach einer Signierung seiner Großeltern absucht, die Jahrzehnte vor einem diese Treppe emporgestiegen sind. Das sind sie doch, oder? Mit jeder Stufe spüre ich, wie sehr ich es mir wünsche.

Ich denke daran, wie ich die kleine Muschel mit der eingeschriebenen Jahreszahl gefunden habe. Es war einer dieser Momente gewesen, die man nicht erzwingen kann. Sie kommen oder sie kommen nicht, und wenn sie kommen, dann führen sie einen im ungünstigsten Fall zu einem leeren Tagebuch. Mit etwas Glück führen sie einen zu einer randvollen Schmuckschatulle. Mit ihrem Bezug aus tannengrünem Kunstleder stammt das Exemplar, um das es geht, vermutlich aus den 1970er Jahren. Dementsprechend hat es mir zunächst einmal einen hoffnungslos in sich verknoteten Querschnitt der Schmuckindustrie des letzten Jahrhunderts offenbart. Und ich weiß noch, dass ich mich bei diesem Anblick einmal mehr gefragt habe, wie es Ketten eigentlich schafften, sich ohne menschliches Zutun derart umeinander zu winden. Wollten sie am Ende etwas verbergen? Wie zur Bestätigung meiner dahergedachten Prosa kam dann eine kleine, unscheinbare Schachtel zum Vorschein und wurde von mir aus den Fängen der vergoldeten Kettenglieder befreit. In ihr hat die Muschel gelegen, gerade einmal fingerkuppengroß. Ostern 1935. Und als ich dann vorsichtig über die beiden Vertiefungen in der mit orangefarbenem Samt ausgekleideten Schachtel gestrichen habe, sind meine Fingerspitzen auch noch auf zwei kleine gefaltete Zettelchen gestoßen.

Du liebes Ringlein, güldenfein,
binde mir dies Herzelein;
schließ' es fest ans meine an,
niemand mehr kann rütteln dran.

Worte meines Großvaters an meine Großmutter. Worte aus einer anderen Zeit, die jahrzehntelang in Vergessenheit geraten waren. Worte, die im Dunkeln lagen, als ein Bombenangriff 1943 das Rostocker Stadttheater für immer zerstörte. Worte, die im Dunkeln mit nach Pirmasens zogen, wo Luise noch einmal ganz von vorn begann. Worte, die irgendwann Anfang der 1990er Jahre im Dunkeln den Weg zu meiner Mutter fanden.

Ob Luise wusste, dass sie die Worte ihres Mannes von sich gab, als sie ihrer Schwiegertochter die Schmuckschatulle vermachte?

Als die Worte dann weitere 20 Jahre später in einem kleinen Ort in der Vorderpfalz endlich wieder ans Licht kamen, da wussten sie nicht, wie ihnen geschah, und immerhin das hatten sie mit mir gemeinsam.

Ich komme endlich auf der Aussichtsplattform an. Wind, alles hier oben ist Wind. Gedanken sind Wind, Worte sind Wind, Erinnerungen sind Wind. Ich weiß schon lange nicht mehr, wie mir geschieht, denke ich, und lasse mir den Kopf durchpusten. Haben sie auch hier oben gestanden, Ostern 1935, eine Hand am kalten Geländer, und eine, die mit dem Ringlein, verborgen in der wärmenden Hand des anderen?

Es ist Punkt 18 Uhr, als ich die Wendeltreppe hastig hinuntersteige. Enttäuscht lehne ich mich von außen gegen den Turm, aber vielleicht ist es auch wieder nur der Wind, der mich an ihn drückt.

Was kostet sie denn nun, die Welt? Luise hat sie alles gekostet. Doch davon wusste sie noch nichts, an Ostern 1935.

Luise am Strand von Warnemünde 1935. Auf der Rückseite des Bildes steht: „Was kostet die Welt... Warnemünde 5.5.35".

15 | *Warnemünde, Ostern 1935*

H uch, wo kommen die denn auf einmal her?"
Luise schüttelte sich. „Ach, lass sie doch, die bringen
bestimmt Glück." Vorsichtig ließ Walter einen der kleinen Marienkäfer von Luischens Kleid auf seine Hand spazie-
ren, und da hielt sie endlich inne. Eben noch war da das Rauschen der Wellen gewesen, das Schreien der Möwen und das
Jauchzen einiger Kinder, die weiter unten am Strand spielten.
Jetzt waren da nur noch er und sie – und ein paar kleine rote
Käfer mit schwarzen Punkten. Sieben an der Zahl, wie pas-
send, dachte Walter.

Sieben Jahre kannten sie sich, sieben Türme hatte Rostock,
also hatten sie sich genau jetzt und hier verloben müssen.
Schon früh am Morgen hatte er tags zuvor, am Ostersonntag,
vor Luises Tür gestanden. Ein bisschen verlegen war er dann
doch gewesen, als er bemerkt hatte, dass dort noch fleißig
geputzt wurde. Man hatte ihn kurzerhand vor der Zimmertür
stehen lassen, was seiner Nervosität nicht gerade zuträglich
gewesen war. Und als er es dann gar nicht mehr ausgehalten
hatte und einfach an der Haushälterin vorbei ins Zimmer
gelaufen war, da war Luise die Verlegene gewesen. Insbesondere, da kurz nach Walters reichlich frühem Erscheinen ein
Bote vor der Tür gestanden hatte, um ihr einen prächtigen
Blumenkorb zu überreichen. Und dann waren da ja noch die
beiden Ringlein mit den Zettelchen daran, auf die Walter zwei
selbstgedichtete Verse geschrieben hatte.

Später am Abend hatte er Luise dann ausgeführt, in Heldts Wintergarten hatten sie gesessen und gespeist und sich zumindest für diesen einen Moment gefühlt wie Könige. Gut gesättigt waren sie anschließend zum Theater gegangen, wo *Parsifal* auf dem Programm gestanden hatte, wie immer an Ostern. Walter war dieses Mal für die Einstudierung der Chöre zuständig gewesen, immerhin, er war vom Solorepetitor zum Chorrepetitor aufgestiegen. Doch in Wirklichkeit wollte er nach wie vor nur eines, und zwar das Orchester dirigieren. Die Musik mit den eigenen Händen, ja mit dem ganzen Körper formen, spüren und ausdrücken.

„Sie haben entschieden das Zeug dazu, ein guter Dirigent zu werden", hatte ihm sein ehemaliger Professor und Mentor aus München, Hugo Röhr, vor einigen Monaten geschrieben. Ja, Röhr hatte ihm immer das Gefühl gegeben, jemand zu sein, oder mindestens jemand sein zu können. Als der Vater gestorben war, da war er, der – wie der Zufall es wollte – sogar den Vornamen mit ihm teilte, endgültig zum väterlichen Freund geworden. Hugo Röhr glaubte an ihn und sein Talent, und er förderte ihn. Was hatte Walter sich groß gefühlt, groß und ach so weit gekommen, als er München verlassen hatte, die Seestadt Rostock mit ihrem berühmten Theater schon vor Augen. Vor allem für seine Inszenierungen von Wagneropern war das Rostocker Stadttheater bekannt, manch einer hatte es in der Vergangenheit gar das „Bayreuth des Nordens" genannt. Entsprechend klein war Walter dann auch geworden, als er sich vor dem eindrucksvollen Bau nahe dem Steintor wiedergefunden hatte. Da war ihm klargeworden, dass er doch erst ganz am Anfang stand von allem.

Und während er am gestrigen Tage auf seinem Platz im Zuschauerraum gesessen hatte, dem Gesang seiner frisch Verlobten lauschend, die zum ersten Mal eines der Blumenmädchen gab, da hatte er sich erst recht in den Orchestergraben gewünscht. Alleine schon, weil er ihr dort näher gewesen wäre.

Komm, komm, holder Knabe! Komm, komm, lass mich dir blühen, hatte sein Luischen zusammen mit den anderen Blumenmädchen gesungen, um den jungen Parsifal zu umgarnen. Und Walter, dankbar im Dunkel des Zuschauerraums verborgen, hatte ganz heiße Wangen bekommen, weil er wusste, dass Luises Schmachten an diesem Abend nur ihm alleine galt.

Ehe Walter sich's versah, hatte der kleine Käfer die Flügel ausgebreitet, um sich vom Wind davontragen zu lassen. Die verbliebenen Gesellen erklommen beharrlich die Grashalme, mit denen die Düne bewachsen war, auf der er mit Luise saß. Herrgottstierchen nannte man die kleinen Käfer in ihrer Heimat, der Pfalz. Oder war ihre Heimat nun Rostock? Während hier die Thingstätte, eine große Freilichtbühne, kurz vor der Einweihung stand und glanzvolle Abende im Geiste der Erneuerung und des Aufbruchs in eine neue Zeit versprach, hatte seine Mutter gerade das Haus in der Steinhauser Straße verkauft. Zu viel Staub, zu viel Stille, und gleichzeitig zu viel Raum für das laute Echo des alten Lebens. Des Lebens mit dem Vater, das von jeder Wand widerhallte. Ob es ohne das Haus überhaupt noch ein Nach-Hause-Kommen geben würde, hatte Walter gefragt, als Hedwig ihm die Nachricht vom endgültigen Verkauf überbracht hatte.

Ein Nach-Hause-Kommen, das habe es doch schon seit Vaters Tod nicht mehr gegeben, hatte Hedwig trocken entgegnet, und da hatten sie beide einen Moment lang denselben Stich im Herzen gespürt. Wenn er nun also kein Zuhause mehr in Zweibrücken hatte, dann musste es Rostock sein. Ja, bald würde sich alles zusammenfügen, daran glaubte Walter fest, zumindest an diesem sonnigen Nachmittag am Warnemünder Strand. Noch wohnte er in der Orleansstraße beim Fräulein Hinz zur Untermiete und Luischen hatte ein Zimmer in der Alexandrinenstraße direkt um die Ecke. Damit waren sie einander schon bedeutend näher gerückt, verglichen mit der Distanz, die zwischen München und Rostock gelegen hatte. Und im nächsten Jahr, wenn sie geheiratet hatten, dann würden sie so richtig beieinander ankommen – und in Rostock.

Ob auch Hedwig bald dieses Glück vergönnt sein würde, den Verlobten zu heiraten oder wenigstens in seiner Nähe zu sein? Walter wusste, wie sehr die Schwester unter der Ungewissheit und der ständigen Trennung von Armin litt. Seit er ihr geschrieben hatte, dass auch Luise und er sich verloben wollten, klammerte sie sich an den Gedanken, alle vier könnten im Sommer eine große Doppelverlobung in Berlin feiern, denn dort habe Armin die Arbeit hin verschlagen. Walter wäre der Letzte gewesen, der seiner Schwester nicht von Herzen wünschte, glücklich zu werden. Aber vielleicht hoffte er gerade deshalb manchmal und ganz im Geheimen, dass Armin Beilhack es sich doch wieder anders überlegen würde. Die Gerüchte, sein potenzieller Schwager habe sich bei der SS beworben, bereiteten ihm Bauchschmerzen, und die hatte er ohnehin schon oft genug. Hedwig, die Eigensinnige, die Freigeistige – als Ehefrau eines SS-Soldaten? Was würde das für sie bedeuten? Walter wusste nicht viel von diesen Dingen, und bisher hatten sie ihn auch nicht interessiert. Armin hatte ihn nicht interessiert. Nur eines wusste er, nämlich dass Hedwig einen besseren Mann verdient hatte. Erst hatte sie gar nicht heiraten wollen, und nun ausgerechnet ihn? Er sei kein Umgang für eine Frau wie sie, war auch die Mutter anfangs nicht müde geworden zu betonen. Doch irgendwann wurde sie müde, und sie sagte es leiser und leiser, bis sie schließlich verstummte. Oder war es Hedwig gewesen, die immer lauter geworden war? Ihn, Walter, den kleinen Bruder, hatte sie jedenfalls erfolgreich zum Schweigen gebracht. Schweigen und Zustimmung nicken, das musste man in diesen Tagen ja ohnehin lernen, wenn man weiterkommen wollte. Vielleicht hatten sie einander auch deswegen nichts zu sagen, er und Armin, weil Schweigen heute zum guten Ton gehörte. Trafen sie doch einmal aufeinander, schafften sie es jedenfalls auf seltsame Art und Weise, sich dennoch nicht zu begegnen. Man scherzte, man aß, man trank – man schwieg. Doch während Luise und Hedwig sich zumindest Mühe gaben, all das *miteinander* zu tun — man würde ja bald zur Familie gehören -, da taten Walter und Armin es höchstens nebeneinander. Wie damals in einem Münchner Biergarten, als Armin ihm so forsch zugeprostet hatte. „Zum Wohl, Kamerad", hatte er gerufen, und alle hatten gelacht, weil nur Walters Bierkrug übergeschwappt war. Dieses seltsame gegenseitige Einvernehmen, es war kein friedliches.

„Du schaust schon wieder so nachdenklich." Luise riss Walter aus seinen Gedanken. „Es wird schon werden."

„Was wird schon werden?" Walter fühlte sich ertappt, sie kannte ihn zu gut.

„Na alles. Es geht doch aufwärts, in Rostock, am Theater, im ganzen Reich. Denk nur an die *Götterdämmerung* letzten Monat, die Kritiken waren fabelhaft!"

„Du. Du warst fabelhaft, als *Gutrune*."

Luise kräuselte die Lippen und schaute ihn nicht an.

„Gu-tru-ne", sagte sie langsam. „Ein schöner Name wäre das."

Und da lächelte Walter und schob seine Finger zwischen ihre, spürte den kleinen Goldring, den sie seit heute trug.

„Wie viele?", platzte es aus ihm heraus. Er musste auf andere Gedanken kommen.

Luise lachte, und es war ein ehrlich überraschtes, ein perlendes Lachen.

„Wie viele was?" Sie wusste genau, worauf er anspielte. Aber es gehörte sich nun mal nicht, jetzt schon darüber zu sprechen.

Sie bekam, was sie wollte, denn Walter blickte nur verlegen aufs Meer hinaus, anstatt ihr zu antworten.

„Zwei", sagte sie nach einer Weile und biss sich dabei auf die Unterlippe. „Und wenn eines davon ein Mädchen wird, dann soll es Gutrune heißen."

Jetzt blickten sie beide aufs Meer, gedankenverloren. Er noch immer etwas verunsichert, und sie? Was mochte in ihr vorgehen? War er doch zu forsch gewesen? Bisher waren sie ganz selbstverständlich den Konventionen gefolgt, dem, was ihre Eltern und Großeltern ihnen vorgelebt hatten. Sanft und doch bestimmt hatten sie sich von einem Schritt zum nächsten leiten lassen – während Hedwig jeden einzelnen dieser Schritte infrage gestellt hatte. Kennenlernen, zaghafte Bande knüpfen, das Einverständnis der Eltern holen und sich dann verloben, wenn man beruflich auf sicheren Füßen stand. So machte man das eben, weil es alle anderen vor einem auch so gemacht haben. Doch seit einiger Zeit drang die Politik immer mehr ins Privatleben der Leute vor, um all die sorgfältig gehüteten ungeschriebenen Gesetze zu kippen und an ihre Stelle neue geschriebene Gesetze zu stellen. Dass man diese besser nicht infrage stellte, konnte auch eine Hedwig nicht leugnen. Angeblich musste man sich jetzt sogar der Begutachtung eines Arztes unterziehen, um zu heiraten. Das hatte Hedwig jedenfalls neulich behauptet, und sie musste es ja wissen.

„Du", begann Walter, „glaubst du, Armin geht zur SS?"

„Nein." Luise richtete sich etwas auf. „Er ist bereits bei der SS."

Als hätte sie genau diese Frage erwartet, dachte Walter. Woher sie das wisse, fragte er hastig. Zu hastig, doch Luise sprach ganz ruhig. Hedwig habe gestern überraschend bei ihrer Vermieterin angerufen, sie habe sich Sorgen um Walter gemacht, weil er ihren Brief von vor vierzehn Tagen noch immer nicht beantwortet hatte.

Der Brief, schoss es Walter in den Kopf, der Brief, den er noch nicht hatte öffnen können, weil er Tag und Nacht die Cembalostimme zu Händels Oper *Julius Cäsar* übte, die im Mai Premiere feiern würde. Der Brief, den er in Wahrheit noch nicht hatte öffnen wollen, weil er Angst vor den Zeilen hatte, die dort auf ihn warteten.

Warum sie es ihm nicht gleich gesagt habe, fragte er weiter, und da nahm Luise seinen Kopf zwischen ihre Hände und sah ihm in die Augen.

„Weil es nicht von Bedeutung ist. Nicht hier, nicht heute, und nicht für uns."

Und dann saßen sie wieder schweigend nebeneinander auf der kleinen Düne und betrachteten Menschen, Möwen und Wellen.

Meine Schwester heiratet einen SS-Soldaten. Die Worte formten sich nur langsam in Walters Kopf, langsam und zaghaft, als müsste er sie erst noch lernen. Stimmte es, dass die Ahnenpässe der SS-Leute noch viel weiter zurückreichen mussten als die gewöhnlichen? Vielleicht würde es sich dann doch lohnen, mit Minister Frick Kontakt aufzunehmen. Ein

Gedanke, der Walter nicht neu war, den er bislang aber immer sorgfältig verdrängt hatte. Wilhelm Frick, vor ein paar Jahren noch Minister in Thüringen und jetzt als Reichsinnenminister ein Duzfreund des Führers. Der stammte tatsächlich wie er aus der Pfalz. Wenn der Vater damals richtig gelegen hatte mit seiner leidenschaftlich betriebenen Ahnenforschung, dann hatten Hedwig, er und der Minister tatsächlich gemeinsame Vorfahren. Dass diese Erkenntnis einmal wichtig werden könnte, hätte aber wohl auch der Vater nicht für möglich gehalten. Wichtig war sie natürlich auch nur für Hedwig – oder könnte die hohe Verwandtschaft am Ende auch Luischen und ihm einen Vorteil verschaffen? Schließlich würde man auch sie vor ihrer Hochzeit mustern wie ein vermeintlich wertvolles Schmuckstück.

„Komm", flüsterte ihm Luise nach einer Weile ins Ohr, „lass uns in den Teepavillon gehen. Und danach hoch auf den Leuchtturm, ja?"

Und während sie sich den Sand von den Kleidern klopften, hob Walter noch schnell eine kleine weiße Muschel auf und ließ sie in seine Hosentasche gleiten.

Walter und Luise 1935.

Die Ringschachtel mit der Muschel und den beiden Zettelchen darin.

16 | *Berlin, 1937*

Wie eine lebendig gewordene Wolke wuselte der Fliegenschwarm vor ihr her, den schmalen Trampelpfad entlang in Richtung Amselhof, wie manche die Bräuteschule auf der Insel Schwanenwerder nannten. Die Luft roch durch und durch nach Sommer, nach saftigem Grün, nach wilden Beeren und nach dem kurzen, aber heftigen Regenguss, der Hedwig auf ihrem Morgenspaziergang überrascht hatte. Sie hatte es regelrecht genossen, als sich die dicken Regentropfen auf ihrer Haut mit frischem Schweiß vermischten und ihr von den Haaren auf die Schultern perlten. Hedwig liebte es, die kleine Insel zwischen Havel und Wannsee auf eigene Faust zu durchstreifen. Die Neugier lockte sie hie und da ins Dickicht, dann erwischten Dornen die nackten Schienbeine, Zweige wurden zur Seite geschoben, umgestürzte Bäume überwunden. Und nun war da dieser Schwarm winziger Fliegen. Wie viele Dutzend mochten es wohl sein? Einem inneren Gesetz folgend bewegten sich diese Tierchen auf und ab, bald hierhin, bald dorthin, lautlos, zielsicher, als wären sie eins. Ein Körper aus vielen kleinen Körpern, die alle genau wussten, was sie zu tun hatten. Was wäre wohl, wenn doch einer aus der Reihe tanzte? Hedwig hob entschlossen den Arm, um auszuholen. „Wollen wir doch mal sehen", murmelte sie und schlug im Gehen mit ihrer flachen Hand einmal quer durch den Schwarm. Die winzigen Fliegen stoben auseinander, doch nur wenige Sekunden später hatten sie ihre

Plätze wieder eingenommen und setzten ihren Flug unbeirrt fort. Ein Körper aus vielen kleinen Körpern.

Als das Gebäude der Bräuteschule in Sicht kam, begann Hedwig etwas schneller zu laufen, denn sie glaubte, die energischen Rufe von Vera bereits zu hören. Die war kaum älter als sie selbst, hatte aber bereits drei Kinder und machte mit den Mädchen und Frauen hier die tägliche Gymnastikeinheit. Hoffentlich ist sie heute gut aufgelegt, dachte Hedwig und wischte sich mit dem Handrücken über die Stirn. War sie es nämlich nicht, dann konnte der Sport auch bei hochsommerlicher Hitze durchaus mal in der prallen Sonne stattfinden. Sei's drum, entschied Hedwig, es wäre mitnichten ihr erster Sonnenbrand, im Gegenteil. Oft dachte sie an die Skitouren zurück, die sie als junges Mädel unternommen hatte, vor allem die nach Arolla vor drei Jahren war ihr noch in lebhafter Erinnerung. Was hatte sie da ihren Körper gequält, und wie gut hatte sich das angefühlt. Jede einzelne Sehne, jeden Muskel hatte sie gespürt, während sie sich auf ihren Skiern unter stahlblauem Himmel durch Eis und Schnee in Richtung Gipfel vorgekämpft hatte. Und wenn sie dann am nächsten Morgen trotz dreier Kleidungsschichten und mehrerer Wolldecken steifgefroren in der Berghütte aufgewacht war, hatte doch wieder alles in ihr danach gelechzt, die Skier bereitzumachen und den nächsten Berg zu erklimmen.

Doch das war Vergangenheit. Die Hedwig, die jetzt auf der Insel Schwanenwerder in Berlin an diesem auffallend heißen Julimorgen zurück zur Bräuteschule lief, war zwar genauso braungebrannt wie damals in Arolla, doch es war eine neue Hedwig in einer neuen Zeit, in der größten Zeit, die die Menschheit je erlebt hatte. Manchmal, wenn sie abends im Bett lag und den fremden Geräuschen lauschte, den Wildgänsen, deren Rufe plötzlich anhoben, um dann in der Ferne langsam zu verklingen, und den Käuzchen, die von verborgener Warte aus ihr Hu-huh sanft in die Schwärze der Nacht legten, dann kam ihr das alles unwirklich vor. Viel zu schön, um wahr zu sein.

Erst vor wenigen Wochen hatte sie noch in Pirmasens das Schuljahr zu Ende gebracht. Das letzte Schuljahr ihres Lebens war es gewesen, denn das Fräulein Frick, das gab es nun nicht mehr. Seit Weihnachten trug sie den Namen Beilhack, seinen Namen. Ohne die geringste Spur von Wehmut hatte sie ihrer kleinen Wohnung in der Lemberger Straße den Rücken gekehrt, war ein letztes Mal vorbeigegangen an der Hauswand, an der einst ein Schweizer namens Robert ein Herzel für sie hingemalt hatte, ein Herzel, das schon lange überstrichen war. Auf der Zugfahrt nach Berlin, da hatte sie sich das Liegeabteil mit einem anderen Mädel in ihrem Alter geteilt. Und bei jedem Soldaten, der mit schweren Stiefeln den Waggon betreten hatte, da hatten sich die beiden jungen Frauen vielsagend zugelächelt, bis sie nach zwölf Stunden und einer ruhigen Nacht endlich in Adlershof angekommen waren und Hedwig von den Armen ihres Soldaten umschlossen worden war. Als Funkmeister eines Nachrichtensturmbannes der Verfügungstruppe hatte Armin im Frühling vor zwei Jahren dort begonnen. Jetzt war er schon als Oberscharführer bei den SS-Totenkopfverbänden, und bald würde er sicher zum Untersturmführer befördert werden.

Sein Stolz war auch ihr Stolz, und sie konnte es kaum erwarten, Seite an Seite mit ihm durch die Straßen Berlins zu flanieren, denn die schwarze Uniform stand ihm ganz fabelhaft. Sie wollte, dass er Karriere machte, auch wenn sein Aufstieg bedeutete, dass er immer weniger Zeit für sie haben würde. Denn es war seine Bestimmung, und so, wie er die seine erfüllte, würde sie die ihre erfüllen. Kaum im neuen Heim angekommen, hatte sie dann auch schon die Koffer für die Bräuteschule gepackt. Fernab vom Lärm der Stadt, stattdessen umgeben von herrlicher Natur, unterrichtete man sie dort in Haushaltsführung, Brauchtumspflege, Säuglingspflege und Kindererziehung. Ja, sogar die Reichsfrauenführerin Gertrud Scholtz-Klink selbst war vor Ort und stimmte sie und die anderen auf ihre Zukunft als SS-Ehefrauen und Mütter ein. Eine Woche war nun schon ins Land gegangen, fünf weitere würden folgen, dann wäre die Mütterschulung beendet und Hedwig wäre bereit, ihre Pflichten zu erfüllen. Für Armin, für den Führer, ja, für das ganze deutsche Volk.

„Du, warte mal!"

Ein zierliches Mädel war hinter Hedwig aufgetaucht. Ihr Gymnastikanzug war so strahlend weiß, dass es blendete, die langen Zöpfe schlugen ihr immer wieder um die Schultern, als sie eilig auf Hedwig zulief.

„Heil Hitler! Bist auch auf dem Weg zur Vera, stimmt's? Wie heißt du?"

Mit ihren blonden Haaren und den wachen, blauen Augen sah sie aus, als wäre sie geradewegs einer Ausgabe der Frauenwarte entsprungen.

„Heil Hitler ... Hedwig heiß ich."

Eigentlich stand Hedwig gar nicht der Sinn nach einer Unterhaltung, doch das schien ihre neue Bekanntschaft nicht zu bemerken.

„Ich bin die Ilse", fuhr sie munter fort, „ich bin ganz aufgeregt, bin doch gestern erst hier angekommen. Es ist doch wie im Paradies, nicht?"

„Ja, ist schön hier", entgegnete Hedwig knapp, doch ein bisschen neugierig war sie schon auf die andere, die so unschuldig, so kindlich wirkte.

„Wie alt bist du, Ilse?"

„Och, was glaubst du?" Ilse schaute sie herausfordernd an. „Na gut, ich verrat's dir, ich bin 21! Mein Verlobter, der ist schon 27, aber meine Eltern finden, das macht nichts. Er ist schließlich Hauptsturmführer bei der SS, da ist der Altersunterschied gleich, und überhaupt, ich werd schon bald 22. Aber sag, wie alt bist du? Ich denke, du könntest schon bald 30 sein?"

Hedwig presste die Lippen aufeinander und zwang sich dazu, dem Plappermaul wenigstens ein kleines Lächeln zu schenken. Ja, sie sei in der Tat 29.

„Ui, na da wird es ja Zeit zu heiraten, nicht?"

Und als Ilse das sagte, kicherte sie dermaßen albern, dass Hedwig langsam an sich halten musste, nicht unhöflich zu werden.

„Schau, da vorne, das ist meine Schwester Lore!"

Ilse zeigte in Richtung einer Frau, die ihr zum Verwechseln ähnlich sah, die aber etwa in Hedwigs Alter sein musste. Die beiden winkten einander.

„Und die ist noch nicht verheiratet?", fragte Hedwig, doch Ilse schien den Seitenhieb gar nicht zu verstehen.

„Nein, Dummerchen", lachte sie, „sonst wäre sie ja nicht hier! Weißt du, das kam so: Die Lore hatte einen Verlobten, den Anton, der war auch ganz fesch und sehr nett. Aber ..."

Ilse stockte und schaute sich um.

„Aber?"

„Aber der war ... sehr krank, und ..."

Ilse sprach nun bedeutend leiser, was sie prompt etwas vernünftiger wirken ließ.

„Also, er hatte solche Anfälle, dass er ständig umgefallen ist, und danach wusste er davon nichts. Ich glaube, man nennt das Fallsucht."

„Oh ..."

Hedwig wurde das Gespräch allmählich unangenehm und sie fing an, ihren Sportanzug immer wieder zurecht zu rücken, um Ilse nicht ansehen zu müssen.

„Sie haben ihn dann ...", Ilse flüsterte jetzt und ihre Schritte verlangsamten sich, „also die Lore hätte ... keine Kinder mit ihm bekommen können. Verstehst du?"

Natürlich verstand Hedwig. Man hatte den armen Anton gewaltsam unfruchtbar gemacht. Aber vermutlich war das besser so gewesen, sonst hätten seine Kinder ja am Ende auch die Fallsucht gehabt.

Noch bevor Hedwig etwas entgegnen konnte, sprach Ilse weiter, und dabei flüsterte sie nicht mehr. Die Lore habe dann zum Glück einen erbgesunden Deutschen gefunden. Jetzt würden sie beide noch ihre Ahnenpässe fertigstellen, was für eine mühselige Arbeit das sei – ob Hedwig denn eine lückenlose Ahnenreihe habe?

Dieses neugierige Ding! Hedwig dachte gar nicht daran, mit einem fremden Mädel zu tratschen, als seien sie schon gemeinsam zur Schule gegangen. Zum Glück hatten sie die Gymnastikgruppe mittlerweile erreicht. Vera war gnädig und ließ die jungen Frauen im Schatten der großen Linde zusammenkommen. Ilse gesellte sich zu ihrer Schwester. Zu Lore – einer Frau, von der Hedwig schon deutlich mehr wusste, als ihr lieb war. Ein bisschen tat sie ihr ja leid. Man sah ihrem Gesicht an, dass sie eine schwere Zeit durchlebt hatte. Aber was hatte sie sich auch den Falschen rausgesucht. Sie, Hedwig, hätte sich bestimmt nicht in so einen verguckt. Sie hatte Armin, den stolzen, klugen Armin in seiner fabelhaften schwarzen Uniform, der jeden anderen überstrahlte, und der sie auch das Ärgernis mit den Ahnenpässen immer wieder erfolgreich verdrängen ließ.

Ja, Hedwig und Armin hatten letztlich eine fast lückenlose Ahnenreihe nachweisen können, aber eben nur fast. Armin hatte nicht verheimlichen können, dass sein Großvater väterlicherseits ein uneheliches Kind gewesen war, und in Hedwigs Familie hatte es – abgesehen von dem frühen Tod des Vaters – vor einiger Zeit einen durchaus rätselhaften Todesfall gegeben. Ihre Großmutter Margaretha war so alt gewesen wie sie jetzt, als sie infolge eines Sturzes verblutete.

Gemeinsam mit Mutter Emma, die zu jenem Zeitpunkt gerade fünf Jahre alt gewesen war, hatte Hedwig mühsam zu rekonstruieren versucht, was geschehen war. Denn was geschehen war, durfte unter keinen Umständen auf eine Erbkrankheit hindeuten.

Pirmasens, 3. November 1936

Johannes Schumacher wohnte mit seiner Frau und 4 Kindern auf einer Farm in Beechwoods, NY. Am Tage des Unfalls war Johannes Schumacher mit seinem jüngsten Kind zu dessen Pate in die Stadt Callicoon gegangen.

Eine Kuh, die ein Kälbchen hatte und deshalb nicht wie die anderen Kühe im Freien blieb, wollte die Frau hineintreiben, trotz Verbots des Mannes. Die Kuh wurde bösartig (was bei Kühen oft der Fall ist, wenn sie Kälbchen haben), ging auf sie los, sie wollte davonlaufen, stolperte und fiel auf einen spitzen Stein, wodurch sie sich in der Seite schwer verletzte. Und weil niemand in der Nähe war, hat sie sich verblutet in der Zeit, bis ½ Stunde später

eine durch die Nachbarsfrau gerufene Hilfe kam. Die Frau war
dabei noch schwanger, was sicher den Unfall verschlimmerte.
   Die Richtigkeit dieser Angaben versichern:
   Hedwig Frick
   Frau Emma Frick.

Man akzeptierte die Erklärung. Nicht unwesentlich dazu beigetragen hatte allerdings auch eine Entdeckung, die Walter
als glücklichen Zufall bezeichnete. Der kleine Bruder hielt
nicht viel vom Schicksal, aber für Hedwig war die Sache klar:
Die nachweisbare Verwandtschaft mit Reichsinnenminister
Wilhelm Frick war ein Wink des Schicksals.

   Sie hatten wahrlich nicht schlecht gestaunt, als sie damals,
kurz vor Walters Verlobung, wieder einmal die Stammbäume
durchgesehen hatten, die der Vater einst erstellt hatte. Denn
nicht er, Hugo Frick, war das Bindeglied zu dem in Alsenz
geborenen Wilhelm Frick, sondern Mutter Emma! Alsenz lag
unweit von Duchroth in der Nordpfalz, und von dort stammten offensichtlich nicht nur Emmas Vorfahren. „Nr. 52 ist
Ururgroßvater des Innenministers Frick und meiner Mutter",
vermerkte Hedwig dann im Dezember letzten Jahres sieges-
sicher in ihrer Ahnentafel.

   Spätestens da war dann auch Walter auf den Geschmack
gekommen. Er wolle dem Minister persönlich einen Brief
schreiben, hatte er getönt. Ob er sich das wirklich getraut hatte,
wusste sie nicht, wie sie so vieles nicht wusste über ihren Bruder.

   Manchmal kam es ihr vor, als sei die Nr. 52, der Ackerer
Johann Nickolaus Frick, der 1750 in Duchroth geboren worden war, das Einzige, was sie noch mit Walter verband.

   Die Gymnastikstunde verging wie im Flug, und die Übun-
gen waren lächerlich, verglichen mit dem Sport, den Hedwig

gewöhnt war. Sie solle es nicht übertreiben, hatte die Mutter immer gewarnt, und sich nicht aufführen wie ein Mann. Auch Walter hatte nie Verständnis gehabt für die wochenlangen Skitouren. Natürlich nicht, er hätte ja sonst der Mutter widersprochen. Und Armin? Der hatte ihr einmal ganz unverblümt geschrieben, dass sie auch in seinen Augen zu viel Sport treibe und dass ihm solch knabenhafte Figuren wie die ihre gar nicht mehr gefielen. Und jetzt stand sie hier im viel zu weiten Gymnastikanzug, der Rundungen verhüllte, die sie nicht hatte, und machte Leibesübungen, die ihren Namen nicht verdienten.

Nachdem Vera die Stunde beendet hatte, hakte sich Ilse ungefragt an Hedwigs rechter Seite unter. Die viel zu hübsche Ilse, neben der sie sich älter fühlte denn je. Und zu ihrer Linken berührte hin und wieder zaghaft Lores Arm den ihren. Lore, die ein Schatten ihrer selbst war, aber vielleicht schien das auch nur so, weil man neben Ilse eben nur ein Schatten sein konnte.

„Sag, Hedwig, hast du auch Geschwister?", fragte Ilse, als sie gemeinsam zum Speisesaal gingen.

Und Hedwig schwieg.

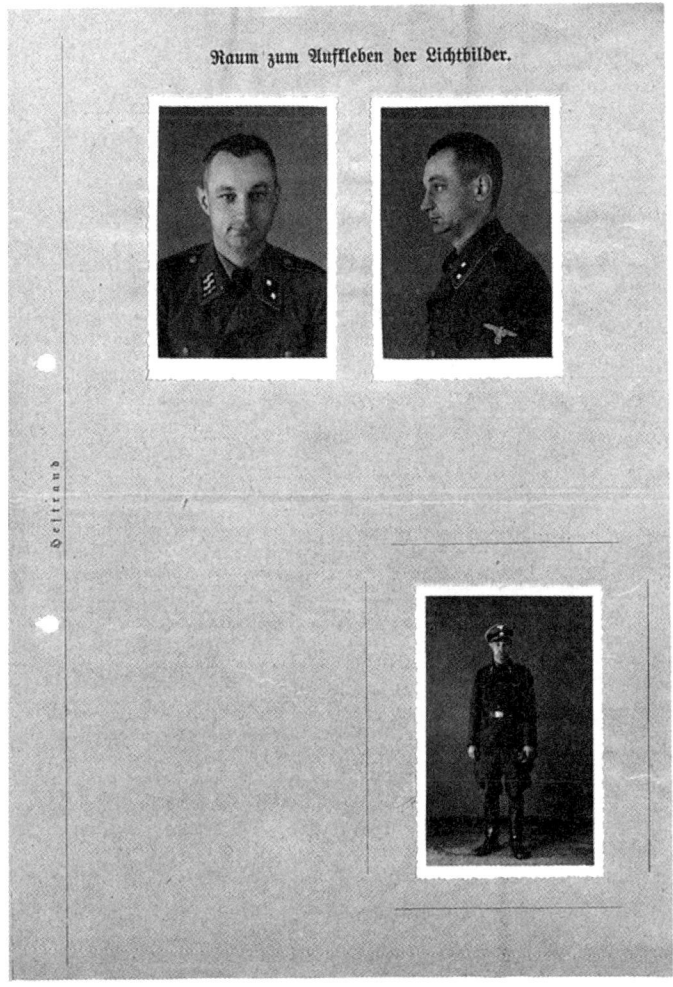

Raum zum Aufkleben der Lichtbilder.

(Kopie aus dem Bundesarchiv)

Armin Beilhack. Die Fotos entstammen den Unterlagen des
Heiratsgesuchs.

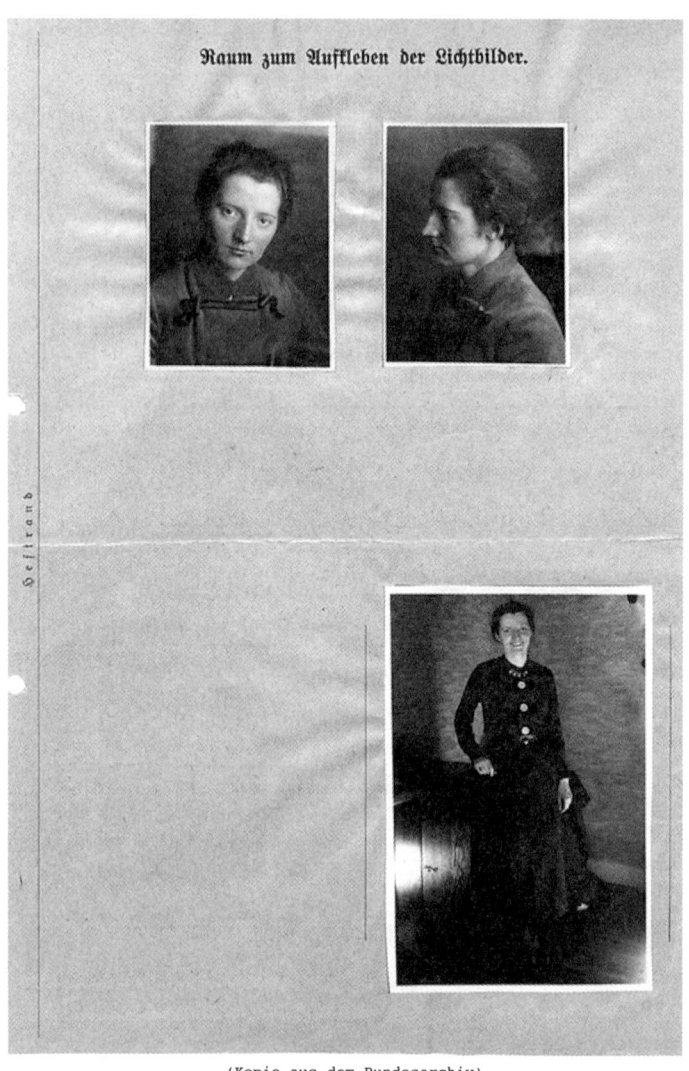

Raum zum Aufkleben der Lichtbilder.

(Kopie aus dem Bundesarchiv)

Hedwig Frick. Auch diese Fotos entstammen den Unterlagen des Heiratsgesuchs.

17 | *Rostock, 1939*

Die spärlich beleuchteten Straßen zogen an Walter vorbei, vom Steintor über den Neuen Markt und den Blücherplatz bis zum Kröpeliner Tor, und von dort hinaus aus der Altstadt und weiter in Richtung Werft und Güterbahnhof. Man hätte das regelmäßige Rütteln der Straßenbahn sicher auch als beruhigend empfinden können, als Nachhall des Applauses oder als behutsames Wiegen in den Schlaf, den er und Luischen bitter nötig hatten. Walter beruhigte das Rütteln und Ruckeln jedoch nicht, im Gegenteil. An diesem Abend hatte er das Gefühl, der klapprige, zugige Wagen würde *an* ihm rütteln.

Sie waren wie so oft die einzigen Fahrgäste in der Linie 2, die bis zur Endhaltestelle am Lübecker Platz mitfuhren. Mit jeder Station wurde es stiller in dem kleinen Bähnchen, ein Gespräch, das plötzlich verstummte, ein Räuspern, das nicht mehr zu hören war. Und mit jedem fehlenden Geräusch wurde die eigene Anwesenheit, wurden die eigenen Gedanken lauter.

Luischen hatte den Kopf gegen die Scheibe gelehnt und schien eingedöst zu sein. Darum konnte sie nicht sehen, dass auch Walter die Augen schloss, als sie den Neuen Markt passierten. Nie würde er vergessen, wie die Bahn dort letztes Jahr an einem Vormittag im November ins Stocken geraten war. Sie hatte die Menschenmenge, die sich johlend dort versammelt hatte, kaum durchdringen können. *Schlagt sie tot! Schlagt sie tot!*

Und als Walter das Foyer des Theaters betreten hatte, da hatten die Rufe noch immer nachgehallt, ob jedoch in Wirklichkeit oder nur in seinem Kopf, das hätte er nicht sagen können. Wenige Tage zuvor hatten SA-Männer die Synagoge in der Augustenstraße in Brand gesetzt, am helllichten Tage. Die Unruhe war bis zum Theater zu spüren gewesen, und von den Rauchschwaden angelockt, waren sogar einige Ensemblemitglieder hingelaufen. Manche von ihnen waren irritiert zurückgekommen, andere bestürzt. Die meisten jubelnd. Sie sprachen von zerschlagenen Fensterscheiben und jüdischen Familien, die aus ihren Wohnungen heraus auf die Straße gezerrt worden waren, von geplünderten Geschäften, von Schlägereien und davon, dass den Feuerwehren der Stadt das Löschen der Brände untersagt worden sei.

Walter hatte nichts von alledem gesehen. Er war den ganzen Tag mit einer Orchesterprobe für den *Wildschütz* beschäftigt gewesen. *Auf des Lebens raschen Wogen fliegt mein Schifflein leicht dahin, keine Wolk' am Himmelsbogen trübet mir den heitern Sinn.* Arie der Baronin, 1. Akt. Luischens Arie. Im Orchestergraben gab es keinen Rauch, keine berstenden Fensterscheiben, keine Schreie. Und auch keine Juden.

Als Walter an jenem Tag im November 1938 mit der Linie 2 nach Hause gefahren war, da hatte er zum ersten Mal am Neuen Markt die Augen geschlossen, weil er nicht sehen wollte, was dort geschah. Weil er nicht wollte, dass es vor seinen Augen geschah. Und weil er nicht in die Gesichter von Menschen blicken wollte. In die Gesichter von Menschen, die er kannte.

Heute war niemand mehr auf den Straßen unterwegs, als die letzte Linienfahrt des Tages tapfer ihre kleinen Lichtkegel vor sich herschob. Die wenigen Menschen, die ausstiegen, wurden schnell von der Nacht verschluckt.

„Endstation!"

Die Stimme des Schaffners schnitt in Walters Gedanken wie eine stumpfe Schere. Luischen schreckte hoch. Kurz darauf überließ die alte Bahn auch ihre letzten Gäste der klirrenden Februarkälte. Walter legte einen Arm um Luischens Schultern. Hatte sie nicht gerade ein Hüsteln unterdrückt? Vielleicht hatte sie der Abend doch überlastet. Es grenzte ohnehin an ein Wunder, dass sie beide nicht schon längst darniederlagen. In Rostock ging, wie andernorts auch, wieder einmal die Grippe um. Noch konnten sie sich mit Roha-Salz-Tabletten, Traubenzucker und Rotwein mit Ei bei Kräften halten, aber Luischen war bedeutend blasser geworden und wirkte oft abgespannt.

Die vergangenen Monate und Jahre hatten ihnen viel abverlangt, aber auch so manches erfreuliche Ereignis mit sich gebracht. Eines davon, das schönste Ereignis, würde hoffentlich friedlich schlummernd in seinem Bettchen liegen, wenn sie gleich die Wohnung beträten, dachte Walter, als sie auf den Wohnkomplex am Wilhelm-Gustloff-Platz zuliefen. Im Sommer 1937 hatte Luischen dort die kleine Gutrune zur Welt gebracht, für eine Geburt im Krankenhaus war das Geld zu knapp gewesen. Nach einer kurzen Erholungspause hatte Luischen dann direkt wieder auf der Bühne gestanden, für Gutrune wurden Kindermädchen eingestellt. Im letzten Frühjahr hatte dann die Intendanz des Theaters beschlossen, einige Teile des Gebäudes aufwendig neu zu gestalten, was natürlich zur Folge hatte, dass vor Ort keine Aufführungen stattfinden konnten. Auf die Bühne in der sogenannten Wilhelmsburg und in die Philharmonie auszuweichen, war sicher besser gewesen, als den Betrieb auszusetzen. Es hatte aber auch gehörig an den Nerven gezehrt, zumal an denen junger Eltern. Seit der Wiedereröffnung mit Wagners *Tannhäuser* im September schien die Arbeit nun endgültig nicht mehr abzureißen. Viel schlimmer noch als die dauernde Überlastung war jedoch der plötzliche Tod Adolf Wachs gewesen – und dessen personelle Folgen.

Immerhin eine kleine Genugtuung war es gewesen, dass Wachs Nachfolger am heutigen Abend hatte mitansehen müssen, wie er, Walter, buchstäblich die Lorbeeren geerntet hatte. 25 Vorhänge hatte es nach der *Wildschütz*-Premiere gegeben! Als Walter beim siebten Vorhang auf der Bühne erschienen war, hatten ihm seine treuen Chorherren doch tatsächlich einen Lorbeerkranz überreicht. *Unserem lieben, verehrten Kapellmeister Walter Frick als bleibende Erinnerung, Seestadt Rostock, den 3. Februar 1939.* Das hatte auf der Schleife gestanden, und Walter hatte gar nicht gewusst, wie ihm geschah. Immer wieder hatten sie ihn mitsamt seinem Kranz vor den Vorhang gezerrt, der Applaus war auf ihn niedergeprasselt, und oben in der Loge, da hatte der Neue gesessen, und er hatte aushalten müssen, wie Walter gefeiert und geehrt wurde.

Heinz Schubert war sein Name, und er war durch die Fürsprache keines Geringeren als Wilhelm Furtwängler an den Posten des Rostocker Generalmusikdirektors gekommen. An den Posten, den Walter hätte haben sollen. Er, der seit 1933 hier arbeitete. Er, der sich vom Korrepetitor hochgearbeitet hatte bis zum 2. Opernkapellmeister, ohne Fürsprecher, dafür mit Pflichtbewusstsein, Herzblut und Fleiß.

Und dann hatte da auf einmal Schubert gestanden. Strohblond, runde Hornbrille, sein Jahrgang.

„Walter, na, das ist ja eine freudige Überraschung", hatte er gerufen und dabei gelächelt, als habe er gerade in ein Stück Zitrone gebissen. Da war er wieder. Heinz, der Streber, der viel zu höfliche, viel zu geschniegelte, viel zu korrekte Heinz. Sie hatten in München zusammen bei Hugo Röhr studiert, und schon damals hatte seine bloße Anwesenheit Walter zutiefst verunsichert. Denn das Einzige, was man Heinz Schubert vorwerfen konnte, war, dass man ihm nichts vorwerfen konnte.

Was ihn denn nach Rostock führe, hatte Walter dann gefragt, dabei kannte er die Antwort bereits. Sie war seinem Gegenüber deutlich ins Gesicht geschrieben. Dem Studienkameraden, der keiner mehr war, weil er jetzt über ihm stand und in Rostock immer über ihm stehen würde. Walters großes Ziel, auf das er so lange hingearbeitet hatte, es war plötzlich unerreichbar geworden. Und immer, wenn er Schubert sah, wurde er schmerzlich daran erinnert.

Heute aber hatte er sich ihm zum ersten Mal überlegen gefühlt, und daran hatte nicht einmal der Umstand etwas geändert, dass er von der Bühne aus zu ihm hatte aufblicken müssen. Doch dann waren mit jedem Besucher, der nach der Vorstellung das Foyer des Theaters verlassen hatte, auch Walters Stolz und seine Zuversicht geschwunden. Was blieb, war der Geruch von Pomade und Damenparfum und die drückend laute Stille, die er so gut kannte und die stets Kummer und Selbstzweifel mit sich brachte. Friedrich Wacker, der Intendant, er würde seinen Vertrag noch einmal, vielleicht zweimal verlängern. Aufstieg ausgeschlossen. War es da nicht angeraten, den Schneid zu besitzen, das Engagement aus freien Zügen zu verlassen? Er war schließlich nicht ohne Hoffnung, und die Chance auf eine neue Verpflichtung kam noch dazu ausgerechnet aus der Heimat. An der Pfalzoper in Kaiserslautern war die Stelle eines Opernkapellmeisters vakant, und der dortige Intendant hatte ihm für März ein Gastspiel versprochen. Puccinis *La Bohème* würde es werden. Ob die tragische Liebesgeschichte zweier mittelloser Studenten in ihrer jetzigen Lage wohl die rechte Beschäftigung für ihn wäre, hatte Luischen gescherzt, aber Walter konnte darüber nicht lachen. Stattdessen hatte er kurzfristig über seinen Agenten ausrichten lassen, dass sich, sollte es noch mehr Kapazitäten geben, auch Luise gern nach Kaiserslautern empfehlen lassen würde. Das sollte doch ein Leichtes sein, schließlich stammte sie von dort, war die Tochter eines angesehenen Werkmeisters.

Doch was, wenn nicht? Was, wenn sie ihn engagierten, aber Luischen nicht? Und woher wollte er wissen, dass sie ihn überhaupt engagierten?

Als Walter die Wohnungstür aufschloss, stand Trudi bereits dahinter. Das junge Mädchen passte neuerdings auf Gutrune auf, wenn er und Luischen gemeinsam Vorstellung hatten.

„Guten Abend, Herr Kapellmeister", sagte sie und knickste leicht.

Ob Gutrune denn gut eingeschlafen sei, fragte Luischen, während sie Mantel und Hut an die Garderobe hängte.

„Oh ja", antwortete Trudi schnell, „wir hatten unseren Spaß miteinander, und nach kurzem Gemaule ist sie dann doch recht schnell eingeschlafen. Da konnte ich sogar meine Näharbeit für die Mädelschaft noch beenden!"

Und als sie das sagte, lag in ihrer Stimme so viel kindlicher Stolz, dass es Walter fast schmerzte.

„Schubert war heute da", sagte er, während Luischen noch am Fenster stand und Trudi hinterhersah, die eilig und ein bisschen wackelig auf ihrem viel zu großen Fahrrad in der Nacht verschwand. Zum Glück hatte sie es nicht weit.

„Natürlich war er da, er hat Wacker vertreten."

Luise klang, als habe sie keinen blassen Schimmer, worauf Walter hinauswollte.

„Ich mag es nicht, wenn er da ist, das weißt du."

Walter leerte sein Likörglas in einem Zug, woraufhin ihm zumindest Luises ungeteilte Aufmerksamkeit sicher war.

„Er ist der Musikdirektor, Walter, das wirst du leider nicht mehr ändern können."

Sie hatte sich ruckartig umgedreht und sah ihm direkt in die Augen, und der Ernst, mit dem sie das tat, hatte etwas Beunruhigendes.

„Entweder du lernst, damit umzugehen, oder ..." Luischen schüttelte hilflos den Kopf.

Oder wir gehen fort, beendete Walter ihren Satz in Gedanken. Fort von Rostock, das war es doch, was sie sagen wollte. Aber sie sagte es nicht, weil sie glaubte, es müsse nicht gesagt werden. Fort. Nach Kaiserslautern, wo sie ein glückliches und erfolgreiches Leben führen würden, Walter und Luise Frick, das Pfälzer Musikerehepaar, das nach Jahren im „Bayreuth des Nordens" endlich wieder den vertrauten Boden der Heimat unter den Füßen spürte. Oder doch fort nach Heidelberg, in die wunderschöne Stadt am Neckar, auf deren Opernhaus Walter seinen Agenten schon lange angesetzt hatte? Oder gar fort nach Berlin, ins große, geschäftige Berlin, von dem Hedwig so schwärmte? Vielleicht könnte man sich auch eine Zeit lang mit Unterrichten über Wasser halten. Aber was, wenn nicht? Da waren sie wieder, die Zweifel. Wie ein Stein lagen sie in Walters Magengrube, die Zweifel, die Angst zu nennen er niemals wagen würde. Nicht vor Luischen, nicht vor Hedwig, und erst recht nicht vor Armin. Walter wollte, er durfte keine Angst haben. Und wovor auch? Seit der Hochzeit hatten sie es doch praktisch schwarz auf weiß, bei ihren Vorfahren gab es keinerlei Hinweise auf jüdisches Blut oder Erbkrankheiten. Außerdem waren sie Parteigenossen, nahmen regelmäßig an „Kraft durch Freude"-Abenden teil oder organisierten sie sogar selbst. Sie hatten beide glänzende Empfehlungen vorzuweisen, irgendein Theater musste sie nehmen!

„Herr Frick ist sehr fleißig und strebsam und in rein menschlicher Beziehung ein außerordentlich anständiger Charakter", hatte Hugo Röhr damals nach dem Abschluss über ihn geschrieben. Einen „ausgezeichneten Musiker" hatte Adolf Wach ihn in seiner schriftlichen Empfehlung genannt und dabei vor allem die Exaktheit seiner Einstudierungen hervorgehoben. Doch die beiden Empfehlungsschreiben waren nichts mehr als erstarrte Zeugen, die mit der Zeit rissig geworden waren, und die nur das preisgaben, was die zwei Herren an ihren Schreibmaschinen in sie hineingehämmert hatten, als sie noch lebten. Röhr war kurz vor Gutrunes Geburt durch einen Schlag gestorben, Wach im Jahr darauf. Seitdem galt es, aus eigener Kraft weiterzumachen. Weiter, einfach nur weiter, vorbei an Verboten angeblich entarteter Musik, vorbei an gesäuberten Spielplänen, vorbei an Heinz Schubert, vorbei an brennenden Synagogen, vorbei am Neuen Markt und vorbei an dem dumpfen Gefühl in der eigenen Magengrube. Denn bei allem, was um ihn herum geschah, durfte Walter den einen Glauben auf keinen Fall verlieren. Den Glauben daran, dass all das mit ihm nichts zu tun hatte.

Familienglück. Dieses Foto stammt – so steht es auf der Rückseite – aus der Zeit, in der die Fricks in besagter Wohnung am Gustloff-Platz lebten.

Viele Jahre meiner Kindheit habe ich mich gefragt, wer die Prinzessin auf diesem Foto ist. Luise als Elisabeth in Richard Wagners Oper Tannhäuser. Die Aufnahme wurde Ende der 1930er Jahre gemacht.

Das mittlerweile wohl am häufigsten veröffentlichte Portrait Walters. Die Aufnahme wurde ebenfalls Ende der 1930er Jahre gemacht.

18 | *Berlin, 2016*

Ich laufe durch Berlin-Charlottenburg. Ich halte Ausschau, verweile, fotografiere. Und ich suche. Nichts unterscheidet mich von den anderen Menschen, die sich mit mir zusammen in die U-Bahn quetschen, die durch Unterführungen hetzen, in der Schlange beim Bäcker stehen oder für das perfekte Foto auf einer der Brücken über der Spree posieren. Ich weiß nicht, wen oder was sie suchen, auf welchem Weg sie gerade sind, was sie bewegt oder was sie denken, während sie wie ich durch die Straßen streifen. Was ich weiß, ist, dass mein Großvater vor vielen, vielen Jahren einer von ihnen war.

Cauerstraße 34/I links steht auf dem Notizzettel in meiner Hand. Als ich auf das Straßenschild zulaufe, werden meine Knie noch weicher, als sie es ohnehin schon sind. Hat er auch an dieser Ecke gestanden und die Straße hier überquert? Wie hat die Kreuzung, wie hat die Straße 1940 ausgesehen? Was hat er gedacht? Er, den auch nichts von den anderen Menschen um ihn herum unterschieden hat, wenn er die Berliner Cauerstraße entlanglief, nach Hause in die Nr. 34, 1. Stock, linke Tür.

Nach Hause, in die „Bude mit Klavier", die er sich in Charlottenburg suchen würde, wie er in einem seiner letzten Briefe an die Mutter schreibt, es wäre ja nur für kurze Zeit.

Mein Zimmer werde ich ab morgen auch nachts bewohnen. Heute fuhr ich nochmal heraus, da Armin über Nacht nicht da ist

und Hedwig nicht gerne allein ist. Nun muß ich halt mal sehen,
wie ich als „Selbstversorger" zurechtkomme. Ich muß es erst wie-
der lernen.

Vor einem rötlich verputzten Haus bleibe ich stehen. Während die Bauten links und rechts davon fünf Geschosse haben,
hat das Haus mit der Nr. 34 nur vier, ist dabei aber genauso
hoch. Ein Altbau.

Ein Altbau, der den Krieg überlebt hat. Im Gegensatz zu
manchem seiner Bewohner. Im Erdgeschoss befindet sich ein
Friseursalon, mich stört seine gelbe Plastikmarkise. Sie passt
nicht in das Berlin, das ich suche, durch das ich gehe, und
vielleicht unterscheidet mich ja doch etwas von den anderen
Menschen um mich herum. Zum Beispiel, dass ich auf der
Suche nach dem Jahr 1940 bin. Ich weiß, dass es hier ist, das
Jahr 1940 und die Jahre davor und danach. Sie lauern ganz
offensichtlich in der alten Dovebrücke und auch im ein oder
anderen Pflasterstein.

Und wenn man kurz innehält und sich darauf einlässt,
dann bemerkt man eben auch, wie sie einen regelrecht anglot-
zen, mit ihren Altbaufensteraugen, die längst vergangenen
Jahre. Wie sie die kleinen Menschlein, die tagtäglich an ihnen
vorbeilaufen, argwöhnisch beäugen, weil sie glauben, alles zu
wissen, dabei wissen sie nichts. Bleibt dann doch mal einer
stehen, so wie ich, dann muss er der Vergangenheit Rede und
Antwort stehen. Dabei wollte ich doch, dass sie, die Vergangenheit, mit mir spricht.

Wie oft mag er durch diese Tür gegangen sein? Wo war
das Telegraphenamt, auf dem er am 9. November 1940 das
rührende Telegramm für Luise und den tags zuvor geborenen
Sohn, meinen Vater, aufgab?

Aus: 77 BERLINCHARLOTTENBURG /1 10 8 1902
Nach: FROELICH, LANDAUERSTR 64 PIRMASENS

Was ging in ihm vor, als er dieses Haus im März 1941 zum letzten Mal verlassen hat, ohne zu wissen, dass er nie wieder zurückkehren würde? All das will ich wissen, und doch schweigen wir — die Vergangenheit, das Haus und ich.

Ich studiere die Klingelschilder und versuche mir vorzustellen, dass auf einem von ihnen einst *W. Frick* gestanden hat. Ich stelle mir vor, wie es wäre, wenn ich klingelte und er würde aufmachen. Mein eigener Großvater würde aufmachen, mitten in Berlin, 75 Jahre bevor ich hier stehe und klingle. Ich stelle mir vor, ich könnte ihm erzählen, was passieren wird. Und ihn dann davor bewahren.

Ich nehme all meinen Mut zusammen und drücke die Klingel der linken Wohnung im 1. Stock. Ich weiß, dass er nicht zu Hause sein wird. Ich klingle nicht bei Walter Frick im Jahr 1940, sondern bei einer wildfremden Person im Jahr 2016. Einfach, weil ich durch diese Tür gehen will. Während ich darauf warte, dass sich jemand über die Sprechanlage meldet, verfluche ich meine Abenteuerlust. Was soll ich der Person denn sagen, wenn sie fragt, wer ich sei und was ich wolle?

„Hallo, ich heiße Julia Frick und habe bei Ihnen geklingelt, weil mein Opa im Zweiten Weltkrieg hier gewohnt hat, und da wollte ich mir mal seine, also praktisch Ihre Wohnung anschauen?" Klar.

Ich bin mir nach wie vor nicht sicher, ob ich an so etwas wie Schicksal glaube, aber nachdem in der linken Wohnung des 1. Stocks zum Glück niemand zu Hause zu sein scheint, kommt bald darauf ein Mann aus der Haustür – und hält sie mir freundlicherweise auf.

Die beeindruckende Stuckdecke im Eingangsbereich nimmt mir die letzten Zweifel. Dieses Haus stand auch in den 1940er Jahren schon hier, und mein Opa damit vermutlich mehrmals unter dieser Stuckdecke. Ich gehe die Treppe nach oben, eine Hand an dem abgegriffenen hölzernen Handlauf. Und ich begreife, dass unter den vielen Händen, deren Berührungen dem Holz mit den Jahren den Glanz genommen haben, einst auch seine gewesen ist. Ich bleibe stehen, vor der linken Tür im 1. Stock.

Braun lackiert ist sie, milchschokoladenbraun, und irgendwie sieht sie aus, als habe man sie wieder und wieder überstrichen. Was wahrscheinlich auch genauso geschehen ist im Laufe der Jahrzehnte. Um Makel, um Schäden, um Kratzer zu überdecken. Braun, braun und wieder braun, eine Farbschicht dicker als die andere, Hauptsache die Oberfläche glänzt.

Dann fällt mein Blick auf die Briefklappe. Durch sie, oder durch die Öffnung, die sich damals an dieser Stelle befunden hat, gelangte auch der Brief in Walters Wohnung, der alles veränderte. Den er las, wieder und wieder las, bevor er ihn hastig in die Tasche seines Mantels steckte, um mit dem nächsten Zug nach Oranienburg zu fahren, zur einzigen Person in seiner Nähe, der er vertraute, weil er sie schon sein Leben lang kannte.

Ich gehe sehr langsam nach unten, will mich nicht lösen von diesem Haus mit der Stuckdecke und dem hölzernen Handlauf, auf dem nun auch ich meine unsichtbaren Spuren hinterlassen habe. Es hat also doch mit mir gesprochen, wortlos, so wie Häuser das eben tun. Als ich wieder auf der Straße stehe, neben dem Friseursalon mit der gelben Markise, da ist der paradoxe Wunsch, mein Großvater würde in seinem feinen Frack um die Ecke kommen, so groß und so schmerzhaft wie nie zuvor. Paradox, wie das berühmte Großvaterparadoxon, das zum stehenden Begriff geworden ist, und das leider besagt, dass Zeitreisen nicht möglich sind. Weder für mich noch für Walter.

Angenommen, jemand würde in die Vergangenheit reisen und dort den Tod des eigenen Großvaters verursachen, dann würde damit die Kausalkette unterbrochen, die die eigene Existenz erst ermöglicht hätte – und so weiter und so fort.

Um Himmels willen! Ich will nicht, dass mein Großvater stirbt. Ich will, dass er lebt. Dass er gelebt hat. Dass er länger gelebt hat als ich, dass er alt geworden ist. Ich will, dass er mitbekommt, wie er Opa geworden ist.

Aber ich weiß, dass mein Wunsch nicht nur die Grenzen von Logik und Zeit, sondern auch die Grenzen der Sprache längst erreicht hat. Er selbst aber, der Wunsch, ist dabei grenzenlos geblieben.

19 | *Oranienburg, 1940*

Es pochte und pochte in seinem Kopf. Armin rieb sich die Schläfen mit den Fingerspitzen, die Ellenbogen auf dem Esstisch abgestützt. Konnte dieses Kind nicht einmal still sein?

Mit einem Ruck stand er auf und schlug auf den Tisch, Kaffee schwappte über den Tassenrand, Armin fluchte. All das ließ das Plärren im Hintergrund nur noch lauter werden.

„Was schimpfst du denn schon wieder so?" Hedwig hatte gerade die kleine Heidrun gewickelt und kam nun mit dem Kind auf dem Arm ins Esszimmer.

„Schau, da ist der Papi, sag ihm fein Lebewohl, gleich fährt er wieder fort." Sie nahm Heidruns Händchen hoch und deutete mit ihnen ein Winken an.

Armin tupfte sich mit der Serviette den frischen Kaffeefleck von der Hose und beachtete seine Tochter kaum. Er schnappte sich Zündhölzer und Zigaretten, und als Hedwigs vernichtender Blick ihn traf, hielt er nur kurz inne. Mit einem Zischen entflammte er das Hölzchen und Heidrun schaute ganz gebannt auf das flackernde Licht. Hedwig hasste es, wenn er im Haus rauchte.

„Wann kommst du wieder?"

Armin zog genüsslich an seiner Zigarette, der erste Zug war immer der beste.

„Wenn Feierabend ist", antwortete er und grinste schief. Er sah, wie Hedwigs Augenwinkel kaum merklich zuckten.

Es war ein klarer, kalter Novembermorgen, und schon auf Höhe des Appellplatzes geriet seine kurze Fahrt zum Nachrichtenzeugamt ins Stocken. Eine größere Gruppe Häftlinge überquerte auf ihrem Weg zum Klinkerwerk die Straße. Wie zufällig kurbelte Armin das Fenster seines Wagens hinunter, um den noch glimmenden Zigarettenstummel hinauszuschnippen, während er durch die Menge fuhr. Am Kasino standen einige Jungs von der Nachrichtenabteilung und hoben die Hand zum deutschen Gruß, als sie ihren ehemaligen Ausbilder im Auto erkannten. Am Kraftfahrdepot traf Armin dann auf Heinrich Westphal, dessen gute Laune auch im Vorbeifahren nicht zu übersehen war.

„Wir ham den Engländer platt gemacht, Beilhack!", brüllte er über den röhrenden Motor hinweg, „Southampton liegt in Schutt und Asche!"

„Sieg Heil!" Armin lachte schallend und begann zu hupen.

Westphal lachte mit, während er ein paar Schritte neben dem Wagen herrannte, um dann in Richtung Werkstätten abzubiegen. Ab der kommenden Woche würde Heinrich Westphal das gesamte Kfz-Depot samt Werkstätten leiten. Eine weitere gute Entscheidung aus Berlin, dachte Armin. Fast so gut wie die, ihn selbst zum Leiter des Nachrichtenzeugamtes zu machen. Des einzigen Zeugamtes für Funk- und Nachrichtengeräte im gesamten Deutschen Reich! Ihn zum Chef dieser Institution zu machen, war aber genau genommen keine Entscheidung gewesen, sondern eine Selbstverständlichkeit, denn schließlich hatte er das Zeugamt aufgebaut. Alle Dienststellen und Nachrichteneinheiten der SS, ob in den Lagern oder an den Fronten, wurden nun von hier aus mit der neuesten und besten Funk- und Fernsprechausrüstung versorgt. Ein paar Häftlinge hatte man ihm auch schon gebracht. Hoffentlich stellen die sich nicht allzu blöde an bei der Arbeit, dachte Armin. Ob er einem Juden oder einem der Asozialen überhaupt ein Funkgerät zur Wartung überlassen sollte? Er würde kleinere Fehler womöglich verzeihen, zumindest wenn er gut aufgelegt war. Die Hochfrequenztechnik selbst aber wäre unbarmherzig und würde den Kerlen schnell die Knochen sortieren, wenn sie nicht spurten.

Ja, er war ein harter Hund geworden. Zufrieden lehnte Armin sich in seinem Fahrersitz zurück und fuhr ein paar Schlangenlinien, vorbei an Dutzenden geparkten PKW und Transportern, die da in Reih und Glied auf dem Abstellplatz standen, als wären sie zum morgendlichen Appell erschienen. Er drehte den Totenkopfring an seinem Finger, der noch blitzte und blinkte, so neu war er.

S. lb. Beilhack war dort eingraviert, dazu ein *H. Himmler* und das Datum der Verleihung vor wenigen Wochen. Der Ring war nur eine der Auszeichnungen, mit denen man ihn in den vergangenen Jahren bedacht hatte. Begonnen hatte alles mit der Ostmark-Medaille im März 1938, die er nach dem erfolgreichen Anschluss Österreichs an das Deutsche Reich erhalten hatte. Kurz darauf war er zum Untersturmführer befördert worden. Im Oktober war dann auch schon die zweite Medaille hinzugekommen, denn auch zur Wiedervereinigung des Sudetenlandes mit dem Reich hatte die 2. Totenkopfstandarte „Brandenburg", deren Nachrichtenführer er war, maßgeblich beigetragen. Diesmal war seine Beförderung der Aktion sogar vorangegangen, sodass der Einmarsch ins Sudetenland direkt sein erster Einsatz als Obersturmführer gewesen war. Es war die Zeit gewesen, in der sich Deutschland bereit gemacht hatte, bereit, sich das zu holen, was ihm zustand, und das zu vernichten, was ihm dabei im Weg war. Und als er und Hedwig in die hübsche Doppelhaushälfte in der nagelneu gebauten SS-Siedlung Oranienburg gezogen waren, mit überdachter Veranda und Garten, da hatten die Zeichen längst auf Krieg gestanden. Während Hedwig das neue Zuhause eingerichtet, Windeln genäht und abends am Kamin fleißig in „Die deutsche Mutter und ihr erstes Kind" gelesen hatte, da führte er seine Nachrichtentruppe in den Blitzkrieg gegen Polen. Wieder in der Heimat angekommen, hatte er sich dann in den Aufbau des Nachrichtenzeugamtes gestürzt, war zum Hauptsturmführer befördert und zum Ausbildungsleiter der Artillerie- und der Infanterie-Nachrichten-Stammabteilung ernannt worden. Eine zweifellos wichtige Aufgabe, die nun aber einer bedeutenderen hatte weichen müssen, nämlich der Leitung seines Nachrichtenzeugamtes, das sich noch dazu am Standort des reichsweit größten Konzentrationslagers befand. Ja, der Sturmbannführer schwebte ihm längst vor Augen, eine weitere Beförderung war doch die logische Konsequenz seines Wirkens. Vier Rangsterne statt der bisherigen drei würden dann auf seinem Kragenspiegel prangen und Hedwig würde für einige Wochen lieb zu ihm sein. Wenn, ja wenn ihr Bruder nicht wieder ständig zu Besuch kommen würde, wie es Anfang Herbst der Fall gewesen war.

Als Armin auf den Vorplatz des Zeugamtes einbog, spürte er, dass er, wenn er länger über seinen Schwager nachdachte, bald die nächste Kippe brauchen würde. Ja, es war nicht viel geblieben von dem ach so großen Kapellmeister Frick aus Rostock.

Nachdem man seinen Vertrag nicht mehr verlängert hatte und seine Frau wieder schwanger geworden war, sah es finanziell schlecht aus für die beiden hehren Künstler. Keines der Theater, an denen er sich beworben hatte, wollte ihn anstellen, das jedenfalls hatte Hedwig einmal erzählt. Gleichzeitig hatte die Wehrmacht begonnen, ihre stählernen Finger nach ihm auszustrecken, kurz, es war unangenehm geworden für den feinen Herrn, und Armin konnte seine Schadenfreude darüber immer weniger verbergen. Doch zu der Genugtuung, die er darüber verspürte, hatte sich in den letzten Wochen noch ein anderes Gefühl gesellt.

Er konnte es noch nicht recht benennen, Gefühle waren nicht seine Sache. Unbehagen war dabei, Ärger und vielleicht auch ein wenig Hochmut, er war schließlich auf der Zielgeraden in die oberste Führungsriege der SS. Hedwig verhielt sich zwar zunehmend eigensinnig, war aber letztlich doch eine ordentliche Gattin. Das, was er brauchte, holte er sich längst im lagereigenen Kasino oder auch direkt in Berlin. Die nationalsozialistische Erziehung Heidruns war gegeben, und wesentlich mehr brauchte er gar nicht zu wissen. Seine eigene Mutter und sein Stiefvater ließen wenig von sich hören, was Armin nicht weiter störte, und auch die Schwiegermutter war eine eher schweigsame Zeitgenossin, die noch dazu ohnehin viel zu weit entfernt lebte, um ihnen zur Last fallen zu können.

Der Einzige, der Armins Karriere mit seinen ständigen Besuchen, seinem weinerlichen Gebaren und seiner offensichtlichen Labilität einen Strich durch die Rechnung machen konnte, war Walter. Nicht auszudenken, wenn Fuhrländers von nebenan oder sogar Sansoni, sein direkter Vorgesetzter, etwas davon mitbekommen würden.

Einmal war er ja schon angesprochen worden, da hatte ihn einer von den Kraftfahrern gefragt, wer denn der blasse Kerl sei, den Armin da ständig zu sich einlud, und ob der was habe.

„Wenn ja, dann hätt' ick 'ne Idee für die richtige Behandlung!" Und dann hatte er johlend den Motor seines Opel Blitz angeworfen und war nach Bernau zur Wehrersatzdienststelle gefahren. Da war Armin zum ersten Mal die Idee gekommen. Eine Idee, die das Potenzial in sich barg, jenes Unbehagen zu dämpfen, das ihn immer dann befiel, wenn er die Julius-Schreck-Straße 21a betrat und dort wieder einmal seinen Schwager vorfand. Es wäre ein Leichtes, ein paar seiner Kameraden anzufunken. Denn in Bernau befand sich nicht nur die Wehrersatzdienststelle, sondern auch eine Nervenklinik.

„Dein Bruder hat Angst davor, zum Wehrdienst eingezogen zu werden, ist es nicht so?", hatte er Hedwig neulich gefragt, als sie gerade eine ihrer selten gewordenen gemeinsamen Mahlzeiten beendet hatten.

„Angst, so ein Unsinn!", hatte sie ihn dann angefahren, und das leichte Zittern in ihrer Stimme war ihm nicht entgangen. „Walter ist halt einfach nicht gemacht für das Grobe, rein körperlich schon nicht, das sieht man doch."

Ja, das sieht man, dachte Armin, und genau darin liegt das Problem.

„Er ist Künstler, Armin, das verstehst du nicht, ein Freigeist, viel zu dünn... zu feinsinnig für den Dienst an der Waffe."

Dünnhäutig hatte sie sagen wollen. Dünnhäutig und feinsinnig. Oder doch schwachsinnig?

Hedwig hatte um Worte gerungen wie eine Ertrinkende um Luft, und er hatte dagesessen und ihr dabei zugesehen. Ihre Bewegungen waren immer fahriger geworden, so als wäre sie es, die zum ersten Mal eine Waffe in den Händen hielt. Doch sie hatte den Kampf schon längst verloren, und das wusste sie auch.

„Der Walter macht jetzt seinen Studienrat in Berlin, und dann bekommt er eine Anstellung als Musik- und Deutschlehrer an einem Gymnasium."

Sie klingt, als würde sie aus seinem Lebenslauf vorlesen, dachte Armin. Aus einem Lebenslauf, der so allerdings nie geschrieben werden wird.

„Seit er die Wohnung in Charlottenburg hat, ist er doch gar nicht mehr so oft in der Siedlung. Schon gar nicht über Nacht, und überhaupt, hier zu sein und ... das alles zu sehen, das hat ihm ohnehin nicht gutgetan."

Das alles. Armin hob die Augenbrauen. Was meinte sie damit nur? Doch nicht etwa die paar Häftlinge, die man hin und wieder vom Bahnhof kommend durch die Straßen trieb, oder die Schüsse, die tagtäglich übers Gelände schallten?

„Ja, mein Bruder ist nervlich ein wenig geschwächt", hatte Hedwig dann ganz langsam gesagt, und dabei hatte sie sich über den Tisch gelehnt, als könne sie ihren Worten damit mehr Gewicht geben. „Er sorgt sich um seine Existenz, aber das wird vorbeigehen, hörst du? Es wird vorbeigehen."

Und nachdem Hedwig das gesagt hatte, war sie aufgestanden und hatte hastig damit begonnen, den Esstisch abzuräumen. Samt der Tischdecke hatte sie ihn abgeräumt, und sie hatte ihn geschrubbt, bis kein Krümel mehr übrig und kein Fleck mehr zu sehen gewesen war. Nur ihre Worte, die hatte sie nicht wieder wegwischen können.

Es war gerade 8 Uhr, da drückte Armin die dritte Zigarette des Tages aus und betrat das Gebäude des Nachrichtenzeugamtes. Mit der Beförderung zum Hauptsturmführer, dachte er bei sich, könnte durchaus noch ein weiterer hübscher Aufgabenbereich an ihn übergehen. Man hatte ihm nämlich die Bearbeitung von Nachrichtensonderaufgaben beim SS-Führungshauptamt in Berlin in Aussicht gestellt. Wenn es etwas, oder besser: jemanden gab, der ihm diese Chance zunichtemachen konnte, dann war es ein nervenkranker Schwager. Wie hatte Hedwig noch gleich gesagt? *Es wird vorbeigehen.*

20 | *Oranienburg, 1941*

Walter starrte ins Leere. Er war allein in der Stube, Hedwig brachte gerade Heidrun ins Bett. Armin hatte sich kurz nach dem Abendessen wortlos in sein Arbeitszimmer zurückgezogen, und Walter war die Erleichterung seiner Schwester über diesen Umstand nicht entgangen. Überhaupt hatten sie sich nicht viel zu sagen gehabt, sie und Armin, Armin und er, er und Hedwig. Die Heiterkeit des kleinen Mädchens, deren erster Geburtstag der Anlass für Walters Besuch gewesen war, hatte sich wieder und wieder über die angespannte Atmosphäre gebreitet wie ein vom Wind aufgebauschtes, buntes Seidentuch, doch genauso durchscheinend war sie auch gewesen. *Wo ist der Onkel, Heide? Ja schau, da ist er! Kannst du deine Geburtstagskerze auspusten? Nein? Pass auf, dann helfen wir dir …* Schon hatten sich Mutti und Vati über das kleine Kind gebeugt und gemeinsam die Flamme ausgeblasen, und Heidrun hatte ganz vergnügt gelacht. Und dann hatten auch Hedwig und Armin gelacht. Das heißt, nein, es waren ja nur ihre Münder gewesen, die sie zu Fratzen verzerrt hatten, um dann mit ihren Stimmen ein Gelächter zu erzeugen, so laut und grell, als hätten sie damit etwas anderes übertönen wollen. Etwas, das keiner hatte hören sollen. So jedenfalls hatte Walter es empfunden. Er hatte nicht mitgelacht. Und er wusste, dass seine innere Abwesenheit auch für Hedwig und Armin deutlich zu spüren gewesen war. Dass Hedwig immer nervöser geworden war und Armin immer ruhiger. Und er selbst war zum Zuschauer dieses Trauerspiels geworden, regungslos, wartend. Worauf noch wartend?

Vor über drei Monaten hatte er seine eigene Familie zum letzten Mal gesehen, sein geliebtes Luischen, Gutrune, die mit ihren dreieinhalb Jahren jetzt schon ein großes Mädchen war, und den kleinen Achim, der im vergangenen November auf die Welt gekommen war. Hätte er jenes Weihnachtsfest 1940 nicht bei ihnen verbringen können, er hätte mit dem Leben abschließen wollen. Die dunklen, kurzen Tage des Winters, sie hatten ihm schon immer zugesetzt. Doch allein in der Fremde, getrennt von der Familie, eine unsichere Zukunft vor Augen, waren sie endgültig zur seelischen Qual geworden. Luises älterer Bruder Heiner, seit einiger Zeit Pfarrer in Pirmasens, war es gewesen, der im letzten Sommer entschieden hatte, dass Walter nach Berlin gehen würde. Wenn es dort, an der Hochschule für Musikerziehung und Kirchenmusik, nunmal am schnellsten ginge, die Umschulung zum Musiklehrer an Gymnasien zu machen, dann müsse es halt Berlin sein, hatte er gesagt. Dazu solle Walter noch ein bisschen Germanistik studieren, dann könne er Deutsch als zweites Fach dazunehmen, das wäre am einfachsten. Luise und die Kinder würden währenddessen bei ihm im Pfarrhaus wohnen können, und auch die Möbel aus Rostock könne man dort lagern, bis Walters Umschulung abgeschlossen sei.

Es war ein warmer, freundlicher Julitag gewesen, und sie hatten im Wohnzimmer des Pirmasenser Pfarrhauses um den Tisch gesessen, Heiner, seine Frau Anne, Luise und er. Sowohl Anne als auch Luise hatten ein Kind unter dem Herzen getragen, und Gutrune hatte nebenan mit ihren Vettern und ihrer Base gespielt. Und Walter hatte gewusst, dass die Entscheidung damit gefallen war. Luise und die Kinder – hier in diesem Haus, ohne ihn? Drei Erwachsene und in Kürze sechs Kinder, davon zwei Säuglinge? Was, wenn seine Umschulung doch nicht innerhalb eines Jahres zu schaffen wäre? Was, wenn er gar keine Bleibe fände? Was, wenn die Fliegerangriffe zunehmen würden? Es hatte Luise doch in Rostock schon so zu schaffen gemacht, ständig im Keller ausharren zu müssen. Ja, und dann war da noch die eine Frage, die derart drohend über allem schwebte, dass Walter keine Ruhe mehr fand. Die ihn schon erwartete, sobald er morgens die Augen aufschlug und die ihn erst spät in der Nacht in einen unruhigen Schlaf fallen ließ. Was, wenn er zur Wehrmacht eingezogen würde?

Er wusste, er durfte das Wort nicht einmal denken, doch es war ja schon längst sein steter Begleiter geworden: Angst. Diese Angst, die ihn immer stärker lähmte, ihm die Luft zum Atmen raubte, ihn verstummen ließ. Hart wie Kruppstahl, hatte der Führer einmal gesagt, müssten die deutschen Männer sein, und zäh wie Leder. Und schon damals hatte Walter gewusst, dass er diesem Ideal nicht entsprach und nie entsprechen würde. Doch damals, es musste fünf oder sechs Jahre her sein, als er jene Hitler-Rede über den Volksempfänger gehört hatte, da hatte all das ja gar keine Rolle für ihn gespielt. Und jetzt? Jetzt bestimmte es sein Leben, bis der Krieg vorbei sein würde. Wie lange konnte er denn schon noch dauern?

Das alles hatte Walter fragen und sagen wollen, als sie da gesessen hatten, im Wohnzimmer seines Schwagers Heiner im Juli 1940. Doch er hatte nur genickt und mit fester Stimme „Ja" gesagt, wissend, dass ihm jedes weitere Wort sowieso im Halse stecken geblieben wäre.

Und nun saß er hier in Oranienburg, im Wohnzimmer des anderen Schwagers, und die Einberufung zur Wehrmacht, sie war vor wenigen Wochen Wirklichkeit geworden. So, wie sie für alle Männer seines Jahrgangs Wirklichkeit geworden war. Jedenfalls für alle diejenigen, die sich dem Militär nicht schon längst freiwillig angeschlossen hatten, weil sie hart waren wie Kruppstahl und zäh wie Leder. *Weil sie waren wie Armin Beilhack.*

Einzig ein Engagement als Kapellmeister hätte Walter noch bewahren können vor dem Dienst an der Waffe. Zumindest hatte er sich das eingeredet und all seine Hoffnungen daran gehängt, dass er in Metz als 1. Opernkapellmeister vorgemerkt gewesen war. Doch dann war der Brief aus dem Propagandaministerium gekommen, der Brief, der in seiner Manteltasche lag, glimmend wie ein Zündholz.

Von Luise und den Kindern trennten ihn viele hundert Kilometer, sie lebten für die Zeit seiner Umschulung nun tatsächlich in Pirmasens. Seine Mutter war in ihrer kleinen Wohnung in Zweibrücken nicht minder weit entfernt. Sein lieber alter Freund Hans Löwlein war mittlerweile Kapellmeister in Stettin und schrieb ihm nur noch unregelmäßig. Die einzigen Menschen, die er hatte, waren Hedwig und Armin, und ausgerechnet zwischen ihrer Lebenswelt und der seinen schien eine Distanz zu liegen, die noch so viel größer war als die zwischen Berlin und der Pfalz oder Stettin.

Schon bei Walters erstem Besuch in der SS-Siedlung im vergangenen Sommer hatte Armin ihm mit seiner abweisenden Art unmissverständlich klargemacht, dass er für ihn kein Gast, sondern ein Eindringling war. In den ersten paar Wochen hatte Walter bei ihnen gewohnt, weil er in Berlin noch keine Wohnung gefunden hatte. Ein Umstand, der sich zum Glück recht bald änderte, denn auch Walter fühlte sich zunehmend unwohl in Armins Gegenwart – und mittlerweile auch in Hedwigs, wenngleich er sich das nicht eingestehen mochte. Beim Frühstück schwieg sie, während sie den *Völkischen Beobachter* las, und wenn sie bemerkte, dass er nachdenklich aus dem Fenster starrte und wieder kaum etwas gegessen hatte, schob sie ihm einen Stapel der SS-Zeitung *Das schwarze Korps* hin.

„Lies das, wenn du mitreden willst", sagte sie dann trocken.

Und Walter begann, mit steifen Fingern zu blättern, und er blätterte alles durch, was sie ihm vorgesetzt hatte, bis zur letzten Seite. Dass er kein einziges Wort darin las, erkannte Hedwig genau, und er wusste, dass sie es sah, aber es war ihm gleich. Tagein, tagaus dröhnten die Stimmen der obersten Parteigenossen aus dem Radio, und während es Walter schon in den Ohren klingelte, saß Hedwig so nah davor, dass sie eigentlich bald taub sein musste. Und wenn sie dann wieder einmal mit leuchtenden Augen vom baldigen Endsieg sprach und dabei die Führerbüste auf der Anrichte mit beinahe liebevollen Blicken bedachte, da spürte Walter es und konnte es gleichsam nicht fassen. Sie, die sich als Kinder geliebt, als junge Leute geachtet und als Erwachsene geschätzt hatten, sie waren einander fremd geworden.

Als Hedwig leise die Treppe hinunterkam, stand der Geruch erloschener Kerzen noch immer fade im Raum.

Walter saß auf dem Sofa und regte sich nicht. Er musste es ihr jetzt sagen. Er musste es *irgendjemandem* sagen. Und da war er wieder, der Krampf in seinem Magen. Walter tastete nach dem Brief, der schon ganz rissig war, so oft hatte er ihn in den wenigen Stunden, seit er mit der Post gekommen war, in den Händen gehalten. Er hatte ihn auf- und zugefaltet und in seiner Faust zerknüllt, nur um ihn schließlich auf dem Weg zum S-Bahnhof in seine Manteltasche zu stecken.

„Endlich, sie schläft." Mit einem Seufzen ließ sich Hedwig neben ihm aufs Sofa fallen.

Aus Armins Zimmer waren Schritte zu hören, schwere Schritte. Dann schien er leise mit jemandem zu sprechen. Walter tat so, als nestelte er an seiner Taschenuhr, und versuchte dabei einen Blick durch den Spalt der angelehnten Tür zu werfen. Warum hatte Armin seine Uniform angezogen? Hatte Hedwig nicht gesagt, er habe sich für Heidruns Geburtstag gänzlich freigenommen?

Auch Hedwig wirkte jetzt angespannt, warf immer wieder unsichere Blicke zur Tür.

„Wann... wann fährt denn dein Zug, Walter?", fragte sie auffällig laut, und schaute wieder in Richtung Arbeitszimmer.

„Wie?" Walter war hochgeschreckt.

„Deine S-Bahn, du nimmst wohl wieder die letzte heute?" Hedwigs Stimme zitterte.

„Ich..." Der Krampf in Walters Magen breitete sich aus, wurde stärker denn je, und endlich zog er den Brief hervor und hielt ihn ihr wortlos hin. Hedwig las ihn im Flüsterton.

Reichsministerium für Volksaufklärung und Propaganda
Ref.: Dr. Lange

6. März 1941

An Herrn
Walter Frick
Berlin-Charlottenburg
Cauerstr. 34/I links

Auf ihr an Herrn Dr. Lange gerichtetes Schreiben vom 7.11.40 teile ich Ihnen mit, daß in Metz bereits bestimmte Dispositionen getroffen sind. Ich bitte Sie, mir von Fall zu Fall Mitteilung zu machen, wenn Sie sich um eine andere Vakanz bewerben. Wenn möglich, soll Ihre Bewerbung in sachdienlicher Weise von mir unterstützt werden.

Heil Hitler!

„Was soll das bedeuten, Walter?"

Reiß dich zusammen, Junge, reiß dich in Gottes Namen zusammen, dachte Walter.

„Dass ich ... dass ich ... in den Krieg muss."

Nun konnte nichts mehr seine Tränen aufhalten. Der plötzliche Gefühlsausbruch überraschte ihn selbst, doch er war machtlos. Schluchzend sank er in sich zusammen, vor den Augen seiner Schwester, die nicht wusste, wie ihr geschah.

Wie auf ein unsichtbares Zeichen hin kam Armin aus dem Arbeitszimmer und steuerte mit schnellen Schritten auf die Haustür zu. Walter sah auf und wischte sich hektisch übers Gesicht. Was ging hier vor sich?

„Hör zu", begann Hedwig, und ihre Stimme klang dabei auf eine so merkwürdige Art und Weise ruhig, dass Walter übel wurde, „Armin und ich, wir ... möchten dir helfen." Vorsichtig nahm sie Walters Hand. „In Bernau gibt es eine Heilanstalt, es ..."

„Eine *was?*" Walter löste sich aus ihrem Griff, seine Stimme klang schrill.

„Es wäre ja nur für kurze Zeit! Walter, bitte..."

Wieder versuchte Hedwig, seine Hand zu greifen, doch Walter sprang auf und wehrte sie ab.

„Was um alles in der Welt soll ich in einer Anstalt?"

Sein Entsetzen musste sie mit einer Wucht getroffen haben, die sie nicht erwartet hatte, so regungslos stand Hedwig da. Und als Walter dann ganz langsam von ihr zurückwich, ließ er sie nicht aus den Augen. Die Schwester, die sie einmal gewesen war.

Das Schlagen von Autotüren ließ sie beide zusammenzucken, Männerstimmen waren zu hören. Walter sah zum Fenster und erkannte Uniformen im Licht der Straßenlaterne. Schwarze Uniformen.

Jetzt war es blanke Panik, die in ihm aufstieg. Hatte Armin die Männer hierher bestellt? Noch ehe Walter gänzlich begreifen konnte, was da draußen im Gange war, betraten drei SS-Soldaten der Totenkopfstandarte das Haus und liefen direkt auf ihn zu.

Durchs Fenster, schoss es ihm durch den Kopf, ich muss durchs Fenster fliehen. Ich muss aus dem Haus meiner eigenen Schwester fliehen. Hektisch sah er sich um. Das Badezimmerfenster! Das ging seitlich in den Garten hinaus. Und als er losrannte, da stellte er sich vor, wie er sich gleich durch das kleine Fenster zwängen würde, und wie er dann laufen würde, durch die SS-Siedlung hindurch bis zum Bahnhof Oranienburg. Wie er weglaufen würde vor denen, die ihm Obdach gegeben hatten, weg vor denen, deren Tochter seine Nichte, sein Fleisch und Blut war. Weg vor denen, die ihn einst Familie gewesen waren und die ihn nun einsperren wollten wie einen Irren.

Noch bevor er die Tür zum Badezimmer erreicht hatte, zerrte jemand an ihm und drehte ihm die Arme hinter den Rücken. Walter taumelte, stolperte und schrie vor Schmerzen auf, als man ihn gewaltsam durch die Haustür hinaus ins Freie schob und ihn hineinstieß in die fensterlose Grüne Minna, die dort stand. Und als die Soldaten die Tür zuwarfen, da löste sich die Welt, die ihn eben noch umgeben hatte, mit einem Mal auf und hinterließ nichts als Dunkelheit.

———

Vor seinem inneren Auge tauchte Luischen auf. Am Portal des Rostocker Theaters stand sie in ihrem schönsten Kleid, einem schwarzen Kleid. Sie nahm ihn an der Hand und zog ihn mit sich ins Foyer, das mit Menschen überfüllt war. Und mitten zwischen all den fremden Menschenkörpern, da ließ sie ihn los und ging unter, und er konnte sie nicht wiederfinden, denn es trugen ja alle Schwarz.

Hedwig stand in der Tür und rührte sich nicht. Erst als Armins Kameraden den Motor anwarfen, da schloss sie die Augen. So lange, bis das Brummen des Gefangenentransporters immer leiser wurde und schließlich ganz verstummte.

Und als Armin seine Uniform schon lange wieder abgelegt hatte, da stand Hedwig noch immer in der Tür und sog zitternd die kühle Abendluft ein. Die letzte S-Bahn würde in wenigen Minuten am Oranienburger Bahnhof abfahren.

Vorsichtig strich sie ihr Kleid glatt. Die Nacht war sternenklar und der Himmel voller Schweigen, als sie endlich die Tür hinter sich zuzog und beschloss, zu vergessen.

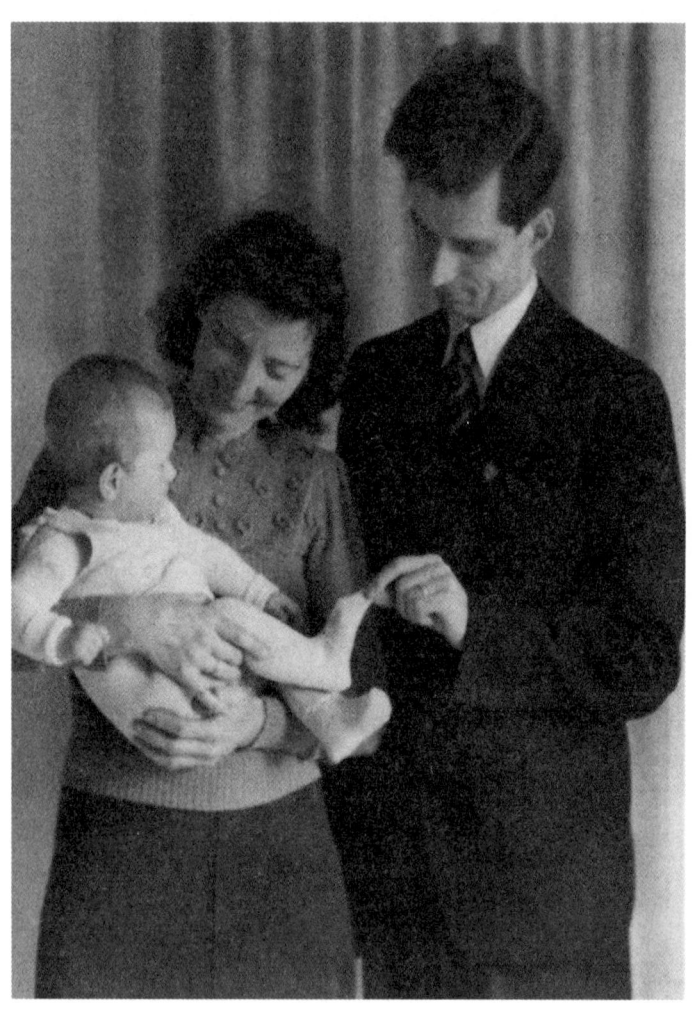

„Letzte Aufnahme von Walter, an meinem Geburtstag, Oktober 1940,
Hedwig", steht auf der Rückseite dieses Fotos. Es zeigt die beiden
zusammen mit Hedwigs Tochter.

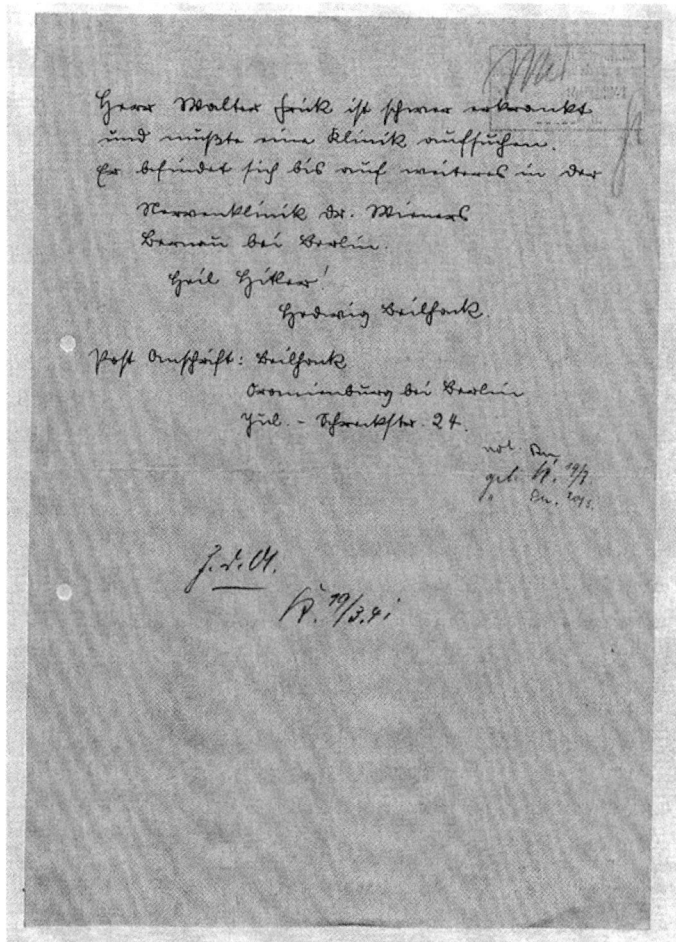

„Herr Walter Frick ist schwer erkrankt und mußte eine Klinik aufsuchen. Er befindet sich bis auf weiteres in der Nervenklinik Dr. Wieners Bernau bei Berlin. Heil Hitler! Hedwig Beilhack." (Brief von Hedwig an die Hochschule für Musikerziehung und Kirchenmusik in Berlin-Charlottenburg).

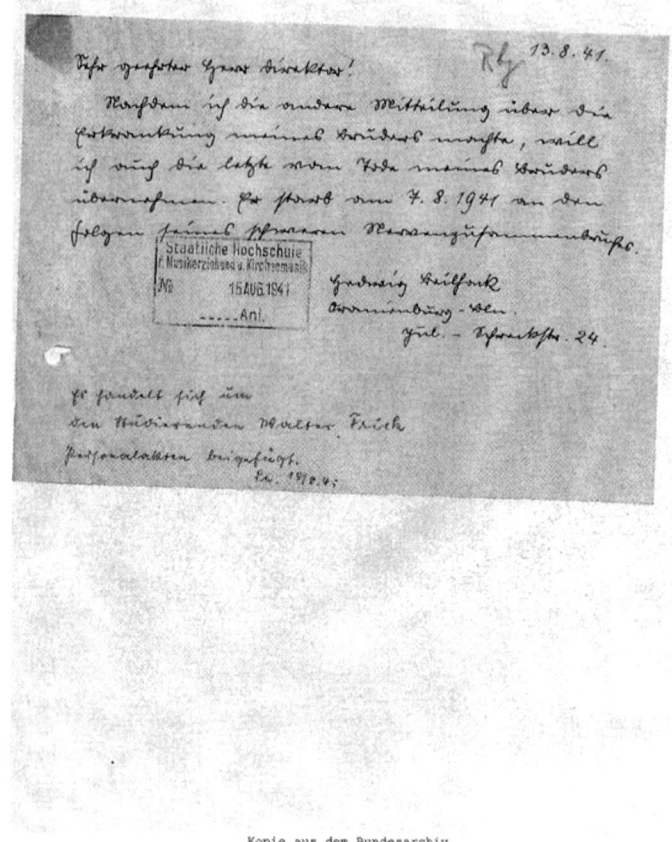

Kopie aus dem Bundesarchiv

„Sehr geehrter Herr Direktor! Nachdem ich die andere Mitteilung über die Erkrankung meines Bruders machte, will ich auch die letzte vom Tode meines Bruders übernehmen. Er starb am 7.8.1941 an den Folgen seines schweren Nervenzusammenbruchs. Hedwig Beilhack, Oranienburg-Bln. Jul.-Schreckstr. 24." (Brief von Hedwig an die Hochschule für Musikerziehung und Kirchenmusik in Berlin-Charlottenburg).

21 | *Bernau, 2016*

Hier, denke ich, als ich langsam über den feuchten Waldboden laufe. Hier ist er gewesen. Blätter rascheln und Äste knacken unter meinen Schuhsohlen. Hier haben sie ihn hingebracht. Und vermutlich auch umgebracht. Durch die kahlen Bäume erkenne ich ein großes Gebäude, oder besser gesagt das, was von ihm übriggeblieben ist. Das, was die Jahrzehnte für mich übriggelassen haben von diesem Ort, damit ich ihn wenigstens einmal sehen kann, bevor ihn die Maschinen endgültig verschwinden lassen. Ihn aus den Stadtplänen und Landkarten ausradieren wie einen hässlichen Fleck, damit dann endlich alle so tun können, als wäre nichts gewesen. Als hätte es ihn nie gegeben, den Ort, an dem mein Opa ermordet worden ist.

Mein Atem kondensiert zu weißen Wölkchen, fast so weiß wie die Schneebeeren, die hier überall wachsen. Sie leuchten so grell in diesem Dezembergrau, dass mir beinahe die Augen schmerzen. Wie können sie es wagen, an diesem Ort Früchte zu tragen?

Es ist erst wenige Wochen her, dass mich die Nachricht einer Bekannten aus Berlin erreicht hat.

„Liebe Frau Frick", hatte sie geschrieben, „da meine Schwester schon lange in Bernau wohnt, habe ich sie gefragt, ob sie etwas von einer früheren Nervenanstalt dort wisse."

Ihre Schwester habe ihr daraufhin gesagt, dass es wohl ein Gebäude in der Zepernicker Chaussee gebe, das bis in den Krieg hinein als „Waldsanatorium von Dr. Alois Wieners" bekannt gewesen sei und das nach dem Krieg und bis in die 1990er Jahre hinein von der Sowjetarmee genutzt worden sei. Mittlerweile wäre es längst verfallen und in Kürze würde man es abreißen, um auf dem Gelände eine Wohnsiedlung zu bauen.

Und nun stehe ich dort, zwischen hohen Birken und Tannen und dichten Sträuchern. Ich versuche, den Blickwinkel des Fotografen einzunehmen, der vor etwa hundert Jahren das Bild für die Ansichtskarte aufgenommen hat, die ich vor Kurzem im Internet erstanden habe.

Bernau bei Berlin – Waldsanatorium Dr. Wieners

Das steht auf der Karte, die zu Beginn des 20. Jahrhunderts gedruckt worden sein muss. Ich verstehe nicht ganz, warum man eine Heilanstalt auf einer Ansichtskarte verewigt, ganz unschuldig, als wäre sie ein Feriendomizil. Aber ich blicke ja auch zurück auf jenes 20. Jahrhundert und weiß um die Schrecken, die es gebracht hat. So grotesk ich die Karte auch finde, sie hat mich meinem Opa noch einen Schritt nähergebracht, und vielleicht war es der schmerzhafteste Schritt von allen.

Ich stehe zwischen denselben Birken, Tannen und Sträuchern wie damals der Fotograf — und vielleicht auch mein Opa. Angeblich ist er einmal durch den einstigen Garten des „Sanatoriums" gelaufen, zusammen mit Luise. Wenn man genau hinschaut, meint man sogar, die jungen Bäume auf der Ansichtskarte wiederzuerkennen. Die Bäume, die einfach weiterwuchsen, während unweit von ihnen Menschen gequält, unfruchtbar gemacht und getötet wurden. Als mein Opa hierhergebracht wurde, im März 1941, da haben sie vermutlich gerade geknospt. Und als er dann fünf Monate später ermordet wurde, da waren ihre Kronen voller saftiggrüner Blätter und die Sträucher der Schneebeere standen in voller Blüte. Genau das versuche ich mir vorzustellen, während ich dastehe und die nackte, mit Graffiti beschmierte Ruine aus der Ferne betrachte. Es gelingt mir nicht.

Sterbeurkunde

Der Kapellmeister Walter Frick, evangelisch, wohnhaft in Oranienburg, Julius-Schreck-Straße 2, ist am 7. August 1941 um 9 Uhr 15 Minuten in Bernau, Nervenheilanstalt, verstorben.
Todesursache: Traurige Verstimmung, Depression, Erschöpfung.

Der Verstorbene war geboren am 23. Oktober 1908 in Zweibrücken.
Vater: Hugo Frick, Volksschullehrer,
verstorben in Heidelberg.
Mutter: Emma geborene Schumacher,
wohnhaft in Zweibrücken.
Der Verstorbene war verheiratet mit der bei ihm wohnhaften Luise Magdalena, geborene Froelich.

Eingetragen auf mündliche Anzeige des
SS-Hauptsturmführers Armin Beilhack in Oranienburg.
Der Anzeigende ist durch Führerschein anerkannt.
Er erklärte, von diesem Sterbefalle aus eigener Wissenschaft unterrichtet zu sein.
Vorgelesen, genehmigt und unterschrieben:

Armin Beilhack.

Während ich langsam auf das verfallene Gebäude der einstigen Nervenklinik zulaufe, spüre ich wieder einmal Wut in mir aufsteigen.

Mit jedem Schritt wird sie stärker, diese Wut, die sich gegen ihn richtet. Ihn, der meinen Opa der Gewalt seiner Kameraden und der Willkür der Ärzte ausgeliefert hat. Diese Wut, die immer dann ins Unermessliche wächst, wenn ich realisiere, dass er sie nie zu spüren bekommen wird. Der Mann, *der Beilhack*, der in meiner Familie keinen Vornamen hat, weil er in den Augen meines Vaters kein Mensch gewesen ist. Er wird das nicht gerne lesen, mein Vater, aber ich sehe das anders — seit ich im Berliner Bundesarchiv in einer Akte vollkommen unerwartet mit dem Portrait von Armin Beilhack konfrontiert wurde.

Er war ein Mensch aus Fleisch und Blut. So wie jeder Mörder. Und auch wenn er meinen Großvater nicht selbst ermordet hat, so hat er ihn doch gezielt in den Tod geschickt. Man könnte sagen, er ist der Mann, der meinen Großvater auf dem Gewissen hat. Allerdings glaube ich nicht, dass Armin Beilhack ein Gewissen hatte.

Walter hat nie in der Julius-Schreck-Straße gelebt, weder im Haus mit der Nummer 2 noch in irgendeinem anderen. Luise, sein geliebtes Luischen, sie hat nicht bei ihm gewohnt im März 1941. Sie war nicht da, als Armin den Funkspruch an seine Kameraden absetzte, war nicht da, als man Walter in den Gefangenentransporter stieß. Und vielleicht schmerzt mich diese Erkenntnis noch viel mehr als die Tatsache, dass all diese Angaben in der Sterbeurkunde meines Opas nachweislich nicht der Wahrheit entsprechen. Davon, dass man an „trauriger Verstimmung, Depression und Erschöpfung" nicht einfach so stirbt, ganz abgesehen.

Ich stehe jetzt genau an der Stelle, an der einst der Haupteingang der Anstalt gewesen ist und an der ein Arzt in seinem weißen Kittel posierte, während der Fotograf das Bild für die Ansichtskarte aufnahm. Ich stehe an der Tür, durch die Luise gegangen sein muss, damals, bei ihrem einzigen Besuch in Bernau.

Walter habe schwach gewirkt, schwach und abwesend, wie neben sich stehend, während sie zusammen durch die Gartenanlage der Anstalt gegangen seien. Das hat Luise irgendwann sehr viel später meinem Vater erzählt.

Wobei „erzählt" wohl das falsche Wort ist für etwas, das einem aufstößt, nachdem man es schon vor langer Zeit aus seiner Erinnerung verbannt hatte. Das aufgestoßen wird, vom eigenen, erwachsenen Kind. Vom vaterlosen Kind.

Wie neben sich stehend, denke ich. Ja, natürlich. Er hat gewirkt wie jemand, dem man eine starke Dosis Morphium verabreicht hat! Und dann noch eine, und noch eine, und noch eine, und dann ist er an Erschöpfung gestorben, wie so viele in diesen Zeiten.

Der Arzt habe Luise dann beiseite genommen und ihr Komplimente gemacht. So so, Opernsängerin sei sie, wie beeindruckend. Ihr Mann würde sicher schon bald wieder zu ihr nach Hause kommen. Und ein paar Wochen später war dann stattdessen ein Brief gekommen. Ein „Trostbrief". Auch das hat Luise meinem Vater erzählt.

Dann hat mein Vater seine Tante Hedwig zur Rede gestellt, da war er Mitte vierzig. Ja, als der Walter bei ihr diesen Nervenzusammenbruch hatte, da habe Armin seine Kameraden gerufen mit der Grünen Minna. Walter habe noch durchs Badfenster fliehen wollen, aber die Männer hätten ihn überwältigt und in diese Anstalt gebracht. Dort wird man ihm wohl eine Spritze gegeben haben. Das hat Hedwig gesagt. So dahingesagt hat sie es, als würden sie über das Wetter plaudern. Mein Vater aber ist wie gelähmt gewesen. Auf ihrem Sofa in Zweibrücken haben sie da gesessen, sie am einen Ende, er am anderen.

Eine Spritze also. Morphium, sage ich doch. Oder hat man ihn verhungern lassen? Wurde er am Ende vielleicht sogar noch in eine der sogenannten Tötungsanstalten deportiert — und dort vergast?

Ich will es wissen und doch nicht wissen. Ich sehne mich nach Gewissheit und weiß doch, dass ich sie nicht ertragen würde. Ich will hinsehen und gleichzeitig die Augen verschließen, und vielleicht habe ich dadurch mehr mit den Menschen von damals gemeinsam als mir lieb ist.

Zweige knacken, Schritte nähern sich. Es ist mein Partner, der um die Ecke kommt. Ich wollte einen Moment lang allein sein an diesem Ort und bin nun erleichtert, es nicht mehr zu sein. Vorsichtig lege ich die orangefarbene Rose, die ich die ganze Zeit in der Hand gehalten habe, dort ab, wo einst die Eingangstür gewesen ist, und verweile noch einen Moment. Dann gehen wir gemeinsam zurück zum Auto.

~

Wenige Monate später wurde die Ruine der ehemaligen Nervenheilanstalt in der Zepernicker Chaussee dem Erdboden gleichgemacht. Seitdem erinnert nichts mehr an die Verbrechen, die dort in der Zeit des Nationalsozialismus verübt worden sind. Heute, fünf Jahre später, stehen dort bereits die ersten Wohngebäude der „Waldquartier" genannten Neubausiedlung. Von einem ehemals von der Sowjetarmee genutzten

Gelände ist die Rede, das lange brach lag, und auf dem man nun naturnah und modern wohnen könne, direkt vor den Toren Berlins.

Aber das ist nicht mehr Teil meiner Geschichte. Meine Geschichte endet mit einer Rose.

Zu den Personen

Walter Frick (1908 – 1941)

Walter Frick wurde im August 1941 ein Opfer der NS-„Euthanasie"-Morde. Wie genau man ihn ermordet hat, ist jedoch bis heute ungeklärt. Wenn er nicht in der Bernauer Nervenheilanstalt mit Morphium oder durch gezieltes Verhungernlassen getötet wurde, hat man ihn möglicherweise zusammen mit anderen Patienten in eine der zentralen „Tötungsanstalten" deportiert und dort mit Gas ermordet. Für den 7. August 1941 – sein (angebliches) Sterbedatum – ist ein Abtransport aus dem Raum Berlin/Eberswalde nachgewiesen, bei dem auch Bernauer Patienten gelistet sind.[1] Wohin dieser Transport ging, ist unbekannt.

Walter und die Umstände seines Todes wurden aus der Familiengeschichte ausgeklammert und in Schweigen gehüllt, bis sich mein Vater Achim im Rahmen einer Psychoanalyse den Lügen und Geheimnissen in seiner Herkunftsfamilie näherte. Das, was er erfuhr, war zwar bruchstückhaft, aber das Schweigen innerhalb der Familie hatte deutliche Risse bekommen. Walter Frick war nicht an den Folgen einer

---

1   Das Dokument, aus dem diese Informationen stammen, ist als „Liste der Namen von Opfern der NS-„Euthanasie" auf den Internetseiten des Bundesarchivs zu finden. Der folgende Link führt direkt zu der Datei: https://www.bundesarchiv.de/DE/Content/Downloads/Aus-unserer-Arbeit/liste-patientenakten-euthanasie.html (letzter Abruf: 24.07.2021).

Krankheit gestorben, er war ermordet worden. Darüber endlich Gewissheit zu haben, reichte meinem Vater damals aus. Erst als sich Walter viele Jahre später in Form von Träumen bei mir, seiner jüngsten Enkelin, bemerkbar machte, wurde das Schweigen endgültig gebrochen.

Hedwig Beilhack (1907 – 1999)

Als Oranienburg 1945 evakuiert wurde, musste auch Hedwig mit ihrer Tochter die Siedlung verlassen. Sie gelangten wieder nach Zweibrücken, wo sie gemeinsam mit Hedwigs Mutter Emma lebten. Hedwig bekam wieder eine Stelle als Lehrerin, wurde später sogar Schulleiterin. Den Kontakt zu Luise, Gutrune und Achim blockierte sie nahezu vollständig (was auf Gegenseitigkeit beruhte).

Hedwigs in Kurzschrift verfasstes Tagebuch der Jahre 1931 bis 1946 ist das wohl umfassendste Egodokument in meinem Familienarchiv, nicht zuletzt, weil sie auch zahlreiche Briefe von und an Armin dort hinein übertragen hat. Meine Eltern haben es in monatelanger Arbeit lesbar gemacht — meine Mutter, die als Sekretärin Kurzschrift beherrscht, diktierte, und mein Vater tippte das Gehörte in ein Dokument am Computer. In ihrem letzten Tagebucheintrag am 4. April 1946 schreibt Hedwig: *„Heute vor einem Jahr habe ich mein Heim verlassen müssen und die Reihe von kummervollen Tagen brach an. Aber es ist besser, nicht darüber nachzudenken, sonst könnte man den Verstand verlieren."*

Armin Beilhack (1908 – 1943)

Armin Beilhack wurde noch im Jahr 1941 zum Hauptsturmführer befördert. Die Ehe mit Hedwig wurde 1942 geschieden – er hatte Ehescheidungsklage erhoben, da sie ihm, so heißt es wörtlich, den „ehelichen Verkehr" verweigere. Hedwig trat als Gegenklägerin auf, und im Scheidungsverfahren wurde Armin letztlich als Alleinschuldiger benannt. Er habe, so heißt es in der Urteilsverkündung des Verfahrens, „durch sein Verhalten die Ehe schuldhaft so tief zerrüttet, daß die Herstellung einer ihrem Wesen entsprechenden Lebensgemeinschaft nicht erwartet werden kann".

Armin wurde daraufhin als Stabschef eines Jäger-Bataillons der Nachschubkommandantur der Waffen-SS nach Bobruisk (heutiges Belarus) versetzt, wo er u. a. in den Aufbau des „Waldlagers" involviert war, eines Arbeitslagers, in dem in den Jahren 1942 und 1943 ca. 1.500 Juden inhaftiert waren. Fast alle von ihnen wurden von den Soldaten der SS dort erschossen — insbesondere, wenn sie krank oder anderweitig zu schwach zum Arbeiten waren.

Am 23. August 1943 wurde Armin bei einer Minenexplosion so schwer verletzt, dass er noch am selben Abend verstarb. Er wurde auf dem „Heldenfriedhof Bobruisk" beigesetzt. Im September 1943 schreibt Hedwig in einem Brief an ihre Mutter über Armins Tod: *„Es ist ein gutes Gefühl zu wissen, er war wieder auf einem besseren Weg u. er ist tapfer gewesen. Es war dies ja auch seine einzige Chance u. er darf glücklich sein, so sein Leben beschlossen zu haben. Das ist auch mein Trost."*

Luise Frick (1905 – 1994)

„Auf Ihr Schreiben muß ich mitteilen, daß mein Mann seinerzeit wegen schwerer Erkrankung die Akademie verlassen mußte. Nach menschlichem Ermessen ist mit einer Genesung nicht zu rechnen. In Anbetracht dieser Umstände bitte ich ihn aus der Liste der Studenten zu streichen und seine Papiere,

soweit sie an der Hochschule sind, mir zu schicken, außerdem aber auch von der Einziehung des geforderten Betrags abzusehen. Heil Hitler! Luise Frick."

Diesen Brief schickte Luise wenige Wochen vor Walters Tod an die Hochschule für Musikerziehung in Berlin. Was wusste sie? Was wusste sie nicht? Was wollte sie nicht wissen? Luise hat in ihrem Leben viele Rollen gespielt – und die rätselhafteste war wohl die der Ehefrau.

Nach dem Tod ihres Mannes lebte sie mit ihren beiden Kindern weiterhin im Pfarrhaus ihres Bruders in Pirmasens. Noch vor Kriegsende bekam sie durch die Hilfe eines Cousins eine Stelle als Musiklehrerin an der dortigen Mädchenoberschule. Sie sollte insgesamt fünf Enkelkinder bekommen, bis sie 1994 in einem Saarbrücker Seniorenheim verstarb. Zuletzt führte sie auf Anraten meiner Tante Gutrune eine Art Tagebuch, in das sie hin und wieder ein paar Sätze schrieb. Einer ihrer letzten Einträge lautet: *„23. Oktober 1993. Walters Geburtstag. Ich habe lange geschwiegen."*

Emma Frick (1874 – 1971)

Emma – von Gutrune, Achim und Heidrun gleichermaßen „die Frick-Oma" genannt – lebte bis zu ihrem Tod im Jahr 1971 in Hedwigs unmittelbarer Nähe in Zweibrücken. Hedwigs Bemühungen zum Trotz, den Kontakt nach Pirmasens zu unterbinden, besuchte mein Vater Achim seine Großmutter regelmäßig. Als Walters Sohn, da ist er sich heute sicher, spielte er für sie eine ganz besondere Rolle.

Heinrich „Heiner" Frölich (1895 – 1975)

Luises älterer Bruder Heiner war noch bis zu seiner Pensionierung Ende der 1960er Jahre Pfarrer in Pirmasens. Nach Walters gewaltsamem Tod übernahm er zusätzlich zu seinen eigenen vier Kindern auch die Erziehung von Luises Kindern. Meine Tante Gutrune konnte sich der strengen Hand ihres Onkels offenbar vergleichsweise gut entziehen. Mein Vater aber beschreibt Heiner als erdrückend. „Ich bin doch an deines Vaters statt" – diesen Satz des Onkels hat er in deutlicher Erinnerung.

Luise [Lieselotte] und Willy Kaufmann

Nach der Scheidung von Hedwig und Armin brach der Kontakt zu Luise und Willy offenbar weitestgehend ab. Es ist daher unklar, was aus ihnen geworden ist. Luise trägt im Buch den Namen Lieselotte, um Verwechslungen mit meiner Großmutter Luise zu vermeiden.

Hans Löwlein (1909 – 1992)

Inwieweit Hans und Walter nach ihrem gemeinsamen Studium in München noch Kontakt hatten, weiß ich nicht. Hans wurde nach seinem Abschluss an der Akademie zunächst Solorepetitor an der Bayerischen Staatsoper in München, dann Kapellmeister in Stettin. 1942 wurde auch er zum Wehrdienst einberufen, nach Kriegsende kehrte er wieder.

Er wurde 1946 Erster Kapellmeister an der Dresdner Staatsoper, wirkte später in Berlin, Essen, Frankfurt am Main und Basel.[2]

---

2   Bigler-Marschall (2005), S. 1134.

Meta Röhrig

Die Findmitteldatenbank der Staatlichen Archive in Bayern erbrachte lediglich die Information, dass eine Opernsängerin namens Meta Röhrig von 1931 bis 1936 am Theater in Coburg engagiert war. Möglicherweise handelt es sich hier um die damalige Freundin von Walter, Luise und Hans.

Robert Lehman und sein Freund Franz [François]

Hedwigs französischsprechende Liebelei namens Robert hat vermutlich seine Verlobte Jolande geheiratet, wenn man ihren Tagebucheinträgen glauben darf. Da Hedwig jedoch verständlicherweise den Kontakt sowohl zu Robert als auch zu Franz (ich war so frei, aus ihm einen François zu machen) abbrach, konnte ich über deren weitere Lebenswege nichts in Erfahrung bringen.

Heinz Schubert (1908–1945)

Heinz Schubert war noch bis 1945 Generalmusikdirektor des Stadttheaters in Rostock. In den letzten Monaten des Krieges wurde er in den Volkssturm eingezogen und fiel bald darauf.[3]

Heinrich Westphal (1905–1944)

Der Elektriker und SS-Führer, ein Kollege Armins, leitete ab Dezember 1940 das Kraftfahrzeug-Depot und die Kraftfahrzeug-Werkstätten in Oranienburg, wurde 1943 zum Obersturmbannführer befördert und starb 1944 an den Folgen einer Krankheit.[4]

---

3   Klee (2007), S. 550.

4   Kaienburg (2015), S. 229.

Erfundene Charaktere

Zwar hatte meine Tante in Rostock wechselnde Kindermäd-chen, an die sie sich auch dunkel erinnert, die Figur der jungen Trudi ist jedoch meiner Fantasie entsprungen. Auch Ilse – das Mädchen, mit dem Hedwig auf der Insel Schwanenwerder spricht – und ihre Geschichte sind erfunden, ebenso der Kraft-fahrer, mit dem sich Armin gegen Ende des Buches kurz unterhält.

Die „eiserne Kiste" – ein Nachwort

E s muss Mitte der 1990er Jahre gewesen sein. Ich weiß nicht mehr, welches Lied es war. Aber ich weiß noch, dass sie mich urplötzlich und tief bewegte, die Musik, die da aus dem Radio kam. Und dass mein kleines kindliches Ich danach nicht mehr dasselbe war. Ich lag auf dem Bett meiner Eltern, die Augen geschlossen. So lauschte ich der Musik, die mich umfasste, mich nicht mehr losließ. Alles in mir zog sich zusammen.

Dann tauchte unser kleiner Garten mit der von mir so geliebten Birke vor meinem inneren Auge auf, doch der Gedanke an diesen Garten – von dem mich in jenem Moment ja nur ein Fenster und wenige Meter trennten – ließ mich seltsamerweise unendlich traurig werden. Wehmut war es, was ich spürte, das kann ich heute benennen. Damals konnte ich das nicht.

Mein kleines Leben, es hatte bis zu jenem Moment keinen Anfang und kein Ende gekannt. Und dann hatte die Musik etwas in mir verändert.

Etwas, das unumkehrbar war. Ich hatte aus irgendeinem Grund verstanden, nein: mein Herz hatte verstanden, dass das Leben endlich ist.

Und damit war auch die Erkenntnis verbunden, dass ich dieses Haus, diesen Garten, diesen Baum eines Tages nicht mehr würde sehen können. Weil ich eines Tages sterben würde – weil wir alle eines Tages sterben würden.

Erst viele Jahre später erfuhr ich, dass es sich bei dem Baum in unserem Garten, der für mich seither ein Sinnbild für Sehnsucht und Vergänglichkeit ist, um eine *betula pendula youngii*, eine *Trauerbirke*, handelt.

Ich wurde älter, und auch das Bäumchen wuchs. Doch bis in meine Jugend hinein überkamen mich in unregelmäßigen Abständen Gefühlszustände wie dieser. Ohne jegliche Vorwarnung legten sie sich über mich, wie eine Decke, unter der es dunkel war, zu dunkel, und die kein Luftholen zuließ. Eine Decke, die ich nur abstreifen konnte, indem ich mich mit Menschen und mit Licht umgab.

Mama, ich muss an den Tod denken. Wie oft mag ich diesen Satz gesagt haben? Heute finde ich es höchst verwunderlich, doch ein Kind kennt ja nur den eigenen Horizont, und so wurde es für mich bald zur Normalität, dass mich der Tod immer wieder besuchte. Meist kam er spätabends an mein Bett geschlichen, manchmal aber überraschte er mich auch mitten am Tag, beim Stadtbummel, beim Spielen, auf dem Schulweg. Und immer war es die Musik, in der er lauerte. Lieder, die keinem einheitlichen Stil folgten, Lieder, deren Worte ich oft nicht einmal verstand.

Aber es war ja auch nicht mein Verstand, um den es ging, weder beim Gedanken an den Tod noch bei den seltsamen Erinnerungen, die sich irgendwann in meinen Kopf drängten. Wobei es gewagt ist, etwas „Erinnerung" zu nennen, was man gar nicht selbst erlebt hat. Führte ein Dorf zum Beispiel den routinemäßigen Probealarm der großen Sirenen durch, wurde mir übel. Während die anderen Kinder johlend über den Schulhof rannten, stand ich wie angewurzelt da. Es sollten viele Jahre vergehen, bis ich eine Ahnung davon bekam, wessen Tod und wessen Erinnerungen es waren, die mich seit meiner frühesten Kindheit verfolgten. Im Rahmen meiner Recherche zum Leben meines Großvaters stieß ich auf eine ganze Reihe an Büchern, die sich mit der transgenerationalen Weitergabe von Traumata beschäftigen. Hatte ich zuvor schon über alle möglichen Ebenen zu ergründen versucht, woher diese Ängste und Empfindungen kamen, offenbarte sich mir nun endlich eine schlüssige Erklärung.

Die Traumata unserer Vorfahren, so beschreibt es Helen Epstein in ihrem 1979 erschienenen Buch „Children of the Holocaust"[5], befinden sich – symbolisch gesprochen – in einer „eisernen Kiste". Diese wird so lange von einer Generation an die nächste weitergegeben, bis sie von einer Person wahrgenommen – und geöffnet wird. Epsteins Eltern waren Holocaustüberlebende, sie selbst wurde in den Vereinigten Staaten geboren und ist auch dort aufgewachsen. Ohne dass sie sich dessen bewusst gewesen waren, hatten ihre Eltern die von ihnen durchlebten Ängste und Qualen auf ihre Tochter übertragen. Und sie war es dann letztlich auch, die sich dem Inhalt dieser „eisernen Kiste" stellte.

Auch meine Großtante Hedwig und meine Großmutter Luise sind nach Walters Tod mit einer solchen Kiste durchs Leben gegangen. Und zwar jede von ihnen mit einer eigenen. Aus den zwölf Monaten, die Luise mit ihren Kindern im Pirmasenser Pfarrhaus hätte wohnen sollen, wurden viele Jahre, und letztlich war sie es, die Musiklehrerin wurde. An einem Mädchengymnasium unterrichtete sie bis zu ihrer Pensionierung Musik und studierte mit ihren Schülerinnen Opern

---

5   Die deutsche Erstausgabe erschien 1987 unter dem Titel „Die Kinder des Holocaust – Gespräche mit Söhnen und Töchtern von Überlebenden".

ein. Außerdem gab sie am heimischen Flügel Gesangsunterricht — eine Erinnerung, die meinem Vater noch heute sehr präsent ist. Die kleinen Anekdoten aus dem Pfarrhaus, in dem er aufgewachsen war, gehörten in meiner Kindheit zum festen Unterhaltungsprogramm — manche konnte ich gar nicht oft genug hören. Da war die „Oma Börzler", die Mutter von Heiners Frau Anne, die gerne mal mit mehreren Hüten auf dem Kopf herumlief und die einmal ein rohes Ei samt Schale in die Pfanne warf, und da waren mein Vater und sein gleichaltriger Cousin, die mit dem Luftgewehr die Blumentöpfe der Nachbarin zerschossen.

Es sollte viele Jahre dauern, bis mir auffiel, dass in all diesen Erzählungen meines Vaters eine Person fehlte. *Sein* Vater.

Einer der sehr seltenen Besuche bei Hedwig – und ein sehr vielsagendes Bild aus dem Jahr 1992. V.l.n.r.: Meine Mutter, Hedwig, mein Vater und ich.

Meine Oma Luise und ich 1993 – hier habe ich das Krönchen auf.
Leider habe ich kaum Erinnerungen an sie. Wie würde ich ihr heute wohl
begegnen?

Enthielten die „eisernen Kisten" in meiner Familie anfangs nur die seelischen Lasten einer Generation, so wurden sie im Laufe der Nachkriegszeit immer weiter gefüllt. Doch auch eiserne Kisten können bersten. Mit etwas Glück werden sie, um im Bild zu bleiben, gerade noch rechtzeitig von jemandem geöffnet. In meiner Familie schien ich aus irgendeinem Grund mit den Schlüsseln für sämtliche Kisten ausgestattet zu sein. Ich, Jahrgang 1990, bin eine späte Kriegsenkelin, hineingeboren in ein gerade erst wiedervereinigtes Land. Und doch bin ich ein Kind, das ohne Großväter aufgewachsen ist. Bis ich etwa fünfzehn oder sechzehn Jahre alt war, wusste ich über meinen Großvater Walter Frick lediglich, dass er Dirigent gewesen und im Zweiten Weltkrieg angeblich irgendwo in Berlin umgekommen war. Da ich aber von mütterlicher Seite her ebenfalls keinen Großvater hatte, fehlte mir auch keiner, so seltsam das klingen mag. Was Walter betrifft, hatte ich einfach immer akzeptiert, dass der Mann auf der kleinen Fotografie im Musikzimmer meines Vaters mein „Opa" gewesen war. Obgleich ich sagen muss, dass mir kein Wort der Welt unpassender erschien für diesen hübschen, jungen Kerl.

Als Hedwig im Jahr 1999 starb, bekam ich davon praktisch nichts mit. Jedenfalls bis zu dem Zeitpunkt, an dem mein schwarz lackiertes Klavier, ein Billigfabrikat, denn man hatte ja nicht gewusst, ob das Kind beim Klavierspiel bleiben würde, verschwand. An seine Stelle rückte ein wuchtiges, altes Instrument, dessen Plakette „BERDUX MÜNCHEN – Heinr. Huber jr. Pirmasens" mir erst gute zehn Jahre später wirklich ins Auge springen sollte. Aufwendig und kostspielig restauriert – Saiten, Hämmer und Klaviatur wurden komplett erneuert – handelte es sich um das Klavier meines Großvaters Walter. Aber auch das wurde mir erst sehr viel später klar. Es war einst ein

Geschenk Hedwigs an ihren Bruder gewesen. Ein Geschenk, das nach dem Mord an ihm irgendwie wieder den Weg zurück zu ihr gefunden hatte. Doch die Erinnerung an den Bruder, an die Umstände seines Todes und nicht zuletzt an die Rolle, die sie dabei gespielt hatte, waren offenbar zu schmerzhaft. Denn das Klavier hatte, wie mein Vater sich eines Tages erinnerte, jahrzehntelang hinter einem Vorhang versteckt in Hedwigs Wohnung gestanden.

Als ich verstand, dass das Klavier, auf dem ich seit meinem neunten Lebensjahr spielte, einmal meinem Großvater gehört hatte, wurde die Angelegenheit für mich buchstäblich greifbarer. Denn Gegenstände, die Jahrzehnte oder gar Jahrhunderte überdauert hatten, die sozusagen meine Gegenwart mit einer geheimnisvollen, lange zurückliegenden Vergangenheit verbanden, hatten schon immer eine magische Anziehungskraft auf mich ausgeübt. Genauso verhält es sich im Übrigen mit Schwarzweißfotos – Farbfotos waren in der Regel „nicht lange genug her" und somit für mich nicht weiter von Interesse.

Je klarer es wurde, dass ich nach dem Abitur Klassischen Gesang studieren würde, desto näher kam auch Walter. Ich spielte auf seinem Klavier, ich sang aus seinen Noten – und ich wollte endlich herausfinden, wer er gewesen war. Der finale Auslöser für meine bis heute bestehende, seltsam innige Bindung zu ihm war – wie könnte es anders sein – ein Traum. Ein Traum, den ich zu allem Überfluss auch noch in der Nacht auf meinen 18. Geburtstag geträumt habe. Ich sah mich darin als kleines Mädchen in einem altmodischen Kleid mit Schleife am Rücken, und er war der junge, hübsche Mann, den ich von besagter Fotografie kannte. Wir befanden uns im Garten meines Elternhauses und spielten dort Ball. Wer hätte gedacht, dass dieser Traum der Anfang einer gewaltigen, über ein Jahrzehnt andauernden Reise durch meine Familienhistorie sein würde? Etwa zwei Jahre später — zunächst standen Abitur und Aufnahmeprüfung im Fokus — kam es dann zu dem im ersten Kapitel angedeuteten Gespräch mit meinem Vater. In dessen Nachgang fielen ihm immer wieder neue Details ein – wobei ein „Detail" auch sein konnte, dass sich auf dem Dachboden im Regal hinten rechts und dort im untersten Fach ein Pappkarton mit Briefen seines Vaters befinde. Ob er die denn jemals gelesen habe, fragte ich meinen Vater damals. Er verneinte.

Neben der Lektüre eben dieser Briefe nahm ich bald Kontakt mit zahlreichen Archiven und Institutionen auf, darunter das heutige Volkstheater in Rostock, der Friedhof und die Stadt Zweibrücken sowie diverse Krankenhäuser und Psychiatrien in und um Berlin. Schritt für Schritt entzifferte ich die erhaltenen Briefe und Postkarten meiner Großeltern und tauchte dabei immer tiefer in ihr Leben und ihre Zeit ein. Als ich dann glaubte, alle möglichen Quellen ausgeschöpft und alle vergessenen Depots alter Briefe gefunden zu haben, übergab uns Hedwigs Tochter Heidrun das Tagebuch ihrer Mutter – und mir offenbarte sich die Gefühlswelt einer Frau, die mir zunächst erschreckend ähnelte, die dann jedoch abdriftete und sich selbst regelrecht verlor. Mich mit Hedwig zu befassen hat mich möglicherweise stärker verändert als meine „Begegnungen" mit Walter. Ihre Tagebucheinträge und die Briefe, die sie in ihr Tagebuch notiert hat, öffneten die Tür in eine Welt, die dieses Buch unendlich bereichert, ich will fast sagen, auf den Kopf gestellt hat. Denn plötzlich waren da drei Personen, deren Gefühlsleben offen vor mir lagen: Walter, Hedwig – und Armin. Einzig Luise blieb bis zuletzt im Dunkeln, da von ihr bis auf die förmlich gehaltenen Postkarten, die sie von München aus nach Rostock geschrieben hat, keine Egodokumente erhalten sind. Walter muss sie vergöttert und innig geliebt haben. Sie aber sei, wie meine Tante es mir gegenüber einmal unmissverständlich ausgedrückt hat, vor allem eine Diva gewesen.

Zwar sollte meine Recherche zum damaligen Zeitpunkt noch lange nicht beendet sein, doch im Winter 2011 war ich an einen Punkt gekommen, an dem deutlich wurde, dass wir, Walters Familie, auf eine würdige Art und Weise an ihn erinnern möchten. Ich wandte mich an den Kölner Künstler Gunter Demnig, um die Verlegung eines Stolpersteins für meinen Großvater zu initiieren. Wo dieser Stein verlegt werden sollte, stand schnell fest. Nämlich dort, wo er den größten und vermutlich auch den sorglosesten Teil seines Lebens verbracht hatte: in Zweibrücken.

Im Februar 2012 also bekam die pfälzische Stadt ihren ersten Stolperstein. Kurze Zeit nach der Verlegung träumte ich dann ein — bis heute — letztes Mal von meinem Großvater. Er stand auf einer kleinen Anhöhe, einige Meter von mir entfernt (und ich bin mir sicher, wir befanden uns im Pfälzerwald). Ich suchte und fand seinen Blick und er winkte mir zu. Und ich weiß nicht, wer von uns dankbarer war in diesem Moment.

Der erste Stolperstein der Stadt Zweibrücken – es sollten noch viele folgen.

Teil 2

Fragmente

Im Folgenden möchte ich einen Einblick geben in den reichen Schatz an privaten Dokumenten, auf denen „Himmel voller Schweigen" beruht. Diejenigen Kapitel, die hier keine Erwähnung mehr finden, spiegeln mein eigenes Erleben wider oder basieren mangels Egodokumenten ausschließlich auf Recherchen oder auf Archivgut anderer Art. Alle hier abgedruckten Briefe und Tagebucheinträge entsprechen in Wortlaut und Schreibweise dem jeweiligen Original. Auslassungen und Anmerkungen wurden in eckige Klammern gesetzt.

Zu Kapitel 2

Auch Walter hat ein Tagebuch hinterlassen – in diesem befinden sich allerdings nur eine Handvoll Einträge aus den Jahren 1919 und 1920. Als Basis des zweiten Kapitels diente ein Tagebucheintrag, in dem er in kindlich schlichten Worten beschreibt, wie er das Konzert des städtischen Männergesangvereins besuchen durfte. Dass Walter in meiner Version dem Chor – und nicht einer Sängerin und einem Pianisten – lauscht, hatte schlicht damit zu tun, dass in meiner Vorstellung irgendwie immer der Gesangverein selbst das Konzert gab.

Donnerstag, den 3.4.19

Ich war allein im ersten Künstlerkonzert des Männergesangvereines. Das kam so: Ich ging morgens in die Schule. Mein Herr Lehrer fragte mich, ob ich ein Geigenpult habe und ich müßte es gleich holen, weil unser Herr Lehrer Dirigent ist. Ich brachte auch noch das Pult meines Freundes mit. Als Dank schickte mich Herr Lehrer zum Buchhändler Rupert, dieser mußte mir eine Eintrittskarte geben, welche nichts kostete und ich konnte nun ins Konzert gehen. Ein Klavierspieler, eine Sängerin und das Geigenpaar Schulze-Prisca vollbrachten Konzert. Es gefiel mir sehr gut und ich dachte, wenn ich nur auch so viel könnte als die Künstler. Am Schlusse ging ich auf die Bühne und wollte meine Geigenpulte holen, da gaben mir die Künstler die Hand und bedankten sich für die Geigenpulte. Ich freute mich, daß ich solch eine Künstlerhand drücken durfte.

Zu Kapitel 3

Das einzige Egodokument, das Aufschluss über Armins Kindheit und Jugend gibt, ist ein von ihm verfasster Lebenslauf[6], der 1936 dem Heiratsgesuch beilag. Der Rest ist Recherche – und Fantasie.

Ich bin geboren am 22.12.1908 zu München, als Sohn des Lehramtskandidaten Andreas Beilhack u. seiner Frau Luise, geb. Kieffer. Ich besuchte 4 Klassen der Volksschule. Anschließend 7 Klassen der Oberrealschule. Mein Vater war 1916 als Leutnant gefallen. Meine Mutter verehelichte sich 1921 mit Willy Kaufmann, Elektro-Ing. zu Nürnberg.

Mein Stiefvater, der eine selbstständige Firma führt, mußte 1927 auf Grund einer Kriegsverletzung operiert werden. Ich verließ daher die Schule und führte ein halbes Jahr die Firma weiter bis zur Genesung meines Stiefvaters. Die folgende allgemeine Geschäftskrise und die Freude an der praktischen Arbeit

---

6   Quelle: BArch, R 9361-III/10298.

veranlaßten mich nicht mehr auf die Schule zurückzugehen. Ich praktizierte daher auf ve[...]. der Elektro- u. Funktechn. um das Technikum zu besuchen. Da auch dieser Plan aus finanziellen Gründen entfallen mußte trat ich in die RW[Reichswehr]-Nachr.-Abtlg. 7 ein. Auf Grund eines Kraftwagenunfalles wurde ich dort entlassen nach 4-jähriger Dienstzeit u. führte nun die nachr.-techn. Ausbildung des S.A. Stuba [Sturmbanns] I/S1. (München) als S.A.-Angehöriger weiter. Anfang 1934 wurde ich als Gruppenführer zur Chef A.W. [Ausbildungswesen] zur Nachr.-Schule Steinhöring einberufen. Bei der Auflösung des Chef A.W. erfolgte meine Einberufung zum SS-Nachr.-Stuba Berlin-Adlershof, wo ich seither als Funkmeister des Funksturmes Dienst tue.

Zu Kapitel 4

Das vierte Kapitel wurde vom angeregten Briefwechsel zwischen Walter, Hedwig und den Eltern in den Jahren 1928 und 1929 inspiriert. Hier sind diejenigen Briefe zu lesen, die einen unmittelbaren Bezug zum Buch und insbesondere zu Kapitel 4 haben.

Brief von Vater Hugo an Walter vom 23. Mai 1928:

Lieber Walter,

nun höre ich von 2 Seiten, daß du die Segel ein wenig zu voll nimmst. Gelt, erinnere dich täglich an die Erhaltung deiner Gesundheit. Ernähre dich gut und spare ja hier nicht am falschen Platz. Wenn Studenten[küche] = Waltersküche dich nicht sättigen, dann suche noch eine Gaststätte auf. Und an den Tagen, wo du zuhause bist, gehe möglichst um 10–halb 11 Uhr zu Bett. Menschen in deinem Alter müssen mindestens noch 8–9 Stunden Schlaf täglich haben, da der Körper noch nicht voll entwickelt ist. Kaufe dir öfter mal zur Zwischenspeise Bananen, die sehr nahrhaft und bekömmlich sind. Gewöhne dir das Milchtrinken an. Wer viel arbeitet, muß auch gut essen und viel ruhen. Was ist's denn, in was du dich so hineinknien mußt? Harmonielehre? Musikwissenschaft? Philosophie? Ist's der rechte Eindruck von den hohen Anforderungen Bachs? Oder hat dir der Herr Rädler die Prüfung mit so düsteren Farben gemalt? Oder war es das große Können, das du in den Abendkonzerten sahst? Oder ist es der dunkle Drang, es all denen möglichst schnell gleich- oder ähnlich tun zu können? Nicht einmal an Pfingsten willst du dir ein Stück der neuen Umwelt gönnen? Das halte ich für Sünde gegen den „heiligen Geist" und deinen Körper. Du mußt dir von vorneherein zum Grundsatz machen, in den 4 Jahren zwischendrin die ganze bayrische Landschaft mit ihren vielen Reizen und Schönheiten, ihrem Rhythmus und der Musik, die auch darin steckt, Stück um Stück zu Eigen zu machen. Das ist kein verschwendetes Geld, sondern gut angelegtes Kapital. München an sich mit seinen Kunstmittelpunkten genießt man an regnerischen Sonntagen Stück um Stück. Den Gebirgsrand mit seinen Königsschlössern und Seen aber Stück um Stück, ich möchte sagen: programm- und planmäßig, an solch paar freien Tagen wie Pfingsten. Nach überall hin gibt es Sonntagskarten. Zu essen kriegt man an Ort und Stelle. Lasse dich doch einmal von Hr. Leik beraten, der doch alle schönen Punkte kennt. Ich möchte hören – und Mama auch – daß du an Pfingsten wenigstens eine Tour gemacht hast aus den 4 Wänden des steinernen Häusermeeres hinaus. So etwas darf auch einmal besonders 10–15 Mark kosten. Einhocken, versauern, verdrießlich und krank werden kostet mehr. Also! Das Körbchen geht Donnerstag

früh ab, kommt hoffentlich noch Sonntag an, vielleicht geht ihr
es nachmittags selbst abholen, wenn es noch nicht ausgefahren
sein sollte. Notenständer und Blechdosen mit Inhalt kommen
in einem besonderen Paket, das hier am Sonntagmorgen weg-
geht, also Pfingstdienstag dann ankommen dürfte. Sei so gut
und teile mir mit, wenn diese Bezahlung an der Uni bestimmt ist,
wie du mit dem Gelde zu Streich kommst. Nach dem 1. Monat
wirst du ja die nötige Erfahrung haben. Wieviel soll ich dir
monatlich überweisen, damit es bequem reicht? Es schien mir,
daß du in den ersten 14 Tagen gehungert hast! Das soll unter
keinen Umständen sein! Wenn deine Zähne nicht in Ordnung
sind, dann lasse sie unbedingt nachsehen. Ich mußte heute auch
einen plombieren lassen. Vernachlässige nur dein Gebiß nicht,
das ist sehr wichtig zum Fortkommen im Leben. Lächele nicht!
[...] Sei herzlich gegrüßt und geküßt von deinen Eltern.

Brief von Walter an die Eltern, Pfingsten 1928:

Liebe Eltern!
   Das Körbchen ist noch rechtzeitig gekommen. Vielen Dank
für Kuchen und Wurst und für Hedwigs Seife. Was treibt ihr denn
über Pfingsten? Funktioniert das Radio wieder? [...] Ferien gibt
es bei uns schon am 24. Juni, also in 5 Wochen. Wenn ich da
gleich heimkäme, was ich vielleicht auch tue, wenn ich das mög-
lich machen könnte, was ich mit meinem Freunde Hans Löw-
lein (Ingolstadt) so leise geplant habe, nämlich ein Zusammen-
arbeiten mit ihm in den Ferien in Zweibrücken: Gehörbildung,
Harmonielehre, Klavierauszugspielen, Diktat etc. Ich glaube, da
könnte jeder von uns in 3 Wochen mehr lernen wie während
eines ganzen Semesters an der Akademie. Gerade das Musikstu-

dium, wenn man nicht gerade ans Klavierüben denkt, verlangt
ein Zusammenarbeiten von mindestens zweien, die zusammen-
passen. Letzteres wäre bei uns der Fall. Hans hat auch bei Bach
Klavier als Hauptfach, spielt mit einigen Ausnahmen alles, was
ich spiele und hat wie ich vor, die Aufnahmeprüfung für Dirigie-
ren zu machen im September.

Gerade habe ich aber in deinem Briefe, Papa, gelesen, daß
ich Herrn Franz Höfle[7] *einladen soll; da wären wir ja dann 5 Kin-*
der und Anna [die Haushälterin] *und 2 Erwachsene, gibt 8 Per-*
sonen. Das ist des Guten zu viel. Auch habt ihr euch ja von jeher
nur 4 Kinder gewünscht. Und doch meine ich, dieser Plan müßte
wahr werden. Dem Umstand oben könnte ja abgeholfen werden,
durch zeitliche Phasenverschiebung. Wenn Hans und ich gleich
kommen dürften am 24. oder 26. und Hans 3 Wochen bleiben
würde, also bis Mitte Juli, dann wäre für die anderen ab 15. Juli
Platz. Oder wenn Franz Höfle anfangs August erst käme, dann
könnten wir sogar 4 Wochen miteinander arbeiten und dann
hätte jeder von uns noch den ganzen August für seine eigenen
„Zwecke“ (Klavierüben z. B.). Aber das sind kühne Pläne. Die Ent-
scheidung liegt natürlich bei euch. Denkt bitte mal etwas darü-
ber nach und laßt alles für und wider hören. Ich weiß ja auch
nicht, ob die Eltern von Hans damit einverstanden sind, denn die
Fahrt kostet für ihn immerhin 32 Reichsmark. Seine Mutter habe
ich neulich kennen gelernt, eine schlichte gute Mutter. – Fräulein
Fröhlich [hier schreibt er sie noch mit „h“!] *hat bei Herrn Spe-*
kulationsrat Höfle einen guten Eindruck gemacht, neulich in der
Volksküche. Die ist bereits 23. Fräulein Meta Röhrig ist 20 Jahre

---

7   Franz Höfle war ein Künstler aus Landsberg am Lech, der 1934 die „Künstler-

gilde Landsberg am Lech und Ammersee“ mitbegründete. Er war Hedwigs erste

große Liebe gewesen.

alt und Hans 19½. Also lauter gesetzte, reife Menschen – aber große Kinder und das gibt dem Ganzen einen bestimmten Reiz. An Verlobung und Verliebung denkt niemand von der ganzen Bande. Über derartige Sachen braucht ihr euch keine Gedanken zu machen. Dein Wiegenliedchen, Papa, ist komponiert und hat bei Frl. Fröhlich großen Beifall gefunden. Sie wird es am Donnerstag in einer Hausmusikstunde auf meiner Bude vor den beiden anderen Musikgenies singen – am Klavier, der Komponist – (ha, ha, ha, ha ...). [...]

Jetzt seid herzlich gegrüßt und geküßt von eurem Walter. Auch herzlichen Gruß an Hedwig. Am Donnerstag hörte ich im Odeon Furtwängler (Berliner Philharmoniker), das ist DER Dirigent!!!

Brief von Walter an die Eltern, datiert nur mit 1928:

Meine lieben Eltern!

Der Harmonielehreunterricht an der Akademie ist sehr anstrengend, weil halt doch ein Dr. Courvoisier, der selbst komponiert etc., einen umfangreichen, vielseitigen Stoff bietet und seine Gedanken, seine Stellungnahme zu kritischen, bestrittenen Fragen, kurz und gut seine Persönlichkeit den Schülern offenbart und das ist das Schöne am Betrieb. Er erklärt nichts schulmäßig, sondern immer vom Standpunkte des Schaffenden aus, von Innen heraus. Er sagt z. B. „Ich höre da im Baß jetzt folgende Stimmführung", dann spielt er sie am Klavier oder singt sie. Wenn er Aufgaben, die wir aufhatten, ansieht, so geschieht das am Klavier. Er spielt sie, wir sitzen um den Flügel oder wir müssen sie selbst spielen und er stellt sich weit hinter den Flügel und gibt nach dem Gehör Korrektur. [...]

Die übrigen Vorlesungen sind sehr schulmäßig. Prof. Gat-
scher sagt immer: „Das ist wieder was für's Examen, sowas
kann gefragt werden, wurde im vorigen Jahre gefragt" etc. Dabei
hat die Kunstanstalt nicht mal einen Hörsaal mit Bänken und
großen Schiebetafeln: Stühle stehen da, auf dem Knie wird mit-
geschrieben; eine kleine Tafel steht da auf so einem wackeligen
Schulgestell. Wenn die Dame vom Büffet im Erfrischungsraum
Kaffeewasser braucht, muß sie durch alle Unterrichtszimmer
laufen. In jedem Saale steht eine große Holzkiste bis oben hin
mit Brennholz vollgestopft. Kurz und gut: ein Doppelgänger der
O.R.Z. [Oberrealschule Zweibrücken]. Es fehlt nur noch, daß
die Mäuse aus der Wand kommen. Aber das ist ja schließlich
Nebensache, obwohl es auf mich immer stark einwirkt.

Das mit dem Dr. ist noch nicht erledigt, weil die Sprech-
stunden so ungünstig liegen. Herr Höfle sagt, das sei das kleine
Latinum. Es gibt an der Universität Lateinkurse I und II von je
einem Semester Dauer; an den II. Kurs schließt sich dann sofort
diese Latinumprüfung an. Das ist also eine Einrichtung zu sol-
chen Zwecken. Der Dr. eilt ja auch nicht. Vorerst habe ich ja doch
keine Zeit zum Lateinlernen. Wenn ich es brauchen sollte, will
mir Herr Höfle auch helfen. [...]

Hast du, Papa, mit unserem Radio jetzt irgendetwas vor-
genommen? Wahrscheinlich nicht wegen Geldbeutelschwäche.
Jetzt hast du, lieber Papa, ja wieder reichlich zu tun mit dem
Zeichenkurs. Hedwig hat ja nun ihre erste Lehrprobe glänzend
überstanden, Gott sei Dank.

Die Mitschülerinnen nannten sie die geborene Lehrerin. Wie
geht es euch jetzt gesundheitlich? Du hast mal wieder liegen
müssen, liebe Mama, das solltest du dir nun endlich abgewöh-
nen, wenn man schon so alt ist!

Jetzt seid herzlich gegrüßt und geküßt von eurem Walter.

Brief von Walter an die Eltern und Hedwig vom 29. September 1929:

Liebe Eltern, liebe Hedwig!

Also, weil ihr alle so gespannt gewartet habt, sollt ihr nun durch einen ausführlichen Prüfungsbericht belohnt werden. Hans hat bei mir geschlafen in der Prüfungswoche, von Freitag auf Samstag. Um 6 Uhr morgens standen wir auf, um uns in Harmonielehre noch etwas einzuarbeiten. Der Erfolg dieser Arbeit sah schlecht aus und machte mir wenig Stimmung. In der Akademie angelangt wurden die Namen verlesen, wobei mich Courvoisier entdeckte und begrüßte und sofort auf die Seite nahm. Auf einer Liste setzte er hinter meinen Namen den seinen in Klammern: Ich wußte also, daß ich zu ihm in Kontrapunkt und Komposition komme, wenn ...

Unterdessen plauderte das Prüfungskollegium ziemlich erregt in Gegenwart der Kandidaten über die Frage: Zuerst theoretisch (Harmonielehre) oder zuerst praktisch, obwohl in der Prüfungsordnung die Harmonielehreprüfung von 9–1 Uhr angegeben war. „Ja, der Präsident Haussegger ist jetzt gerade da, drum halten wir erst die praktische Prüfung." Gutes Zeichen! Die alte Schlamperei in dem Betrieb! Hans war ganz aufgeregt. Ich war auf der Liste der 4., Hans der 11. Trotzdem lief ich mit ihm rasch nach Hause um Noten zum Vorspiel zu holen, die wir natürlich alle nicht dabeihatten. [...]

„Obacht! Blattspielen!", sagte ein Lauscher, „Figaro, die Arie ‚Geschwind, geschwind'!". Die ganze Blase rannte wieder in den Warteraum: Klavierauszug raus und im Stillen probiert. Schließlich brauchte man den Frick. Ich spielte brav meine Fuge und einen Teil der Es-Dur-Sonate, dann wurde mir auch wirklich diese Arie präsentiert: „Zählen Sie 1, 2" schrie Prof. Röhr und los

ging's. Und es ging gut und schnell. Es war ein gefährlicher Allegro con brio-Satz. Hans brauchte schon keine Fuge und Sonate mehr zu spielen, sondern nur Klavierauszug, weil er schon Hauptfach Klavier hatte und die Zeit knapp wurde; denn [am] Mittag um 2 Uhr begann schon die Harmonielehreprüfung. Von 2–6 Uhr Harmonielehre schriftlich, ohne Durchspielen. Während dieser Prüfung wurde man der Reihe nach in ein anderes Zimmer gerufen und in allgemeiner Musiklehre geprüft. Nun dieses Intermezzo war einfach, allerdings störte es sehr in der Hauptarbeit. Hans und ich saßen mit 3 anderen Prüflingen, die wir schon kannten an einem Tisch. Kaum hatte ich den bezifferten Baß fertig, da schob Hans den seinen mir herüber. So ging es mit dem Sopran und den Modulationen. Wir haben also auch hier, so wie während der Ferien zusammengearbeitet ohne erwischt zu werden. – Das Prüfungsergebnis sollte Dienstag bekannt gegeben werden. Wir verabredeten mit einem Kollegen, der an unserem Tische saß und Münchener ist, er möge uns telegraphieren.

Nichts kam – nichts. Wegen unseres Konzertes im evangelischen Frauenbund in Ingolstadt wollten wir nicht ans Telephon, um uns nicht die Stimmung zu verderben. Am Donnerstag morgens um ½ 11 holten wir das in zitternder Spannung nach. Der Anschluß blieb lange aus, endlich meldete sich München und prompt die Auskunft: „Beide aufgenommen!" Ein Schrei, ein Sprung und die Telephonzentrale der Spinnereiwerke war verlassen. Herr Löwlein war (wie immer bei solchen Gelegenheiten) so liebenswürdig und gab sofort mein Telegramm auf und ließ mich es nicht einmal zahlen!

Am Freitag früh ging es nach München zur Einteilung. Von 18 Prüflingen wurden 8 genommen, also 60 %-iger Durchfall. Auch der versprechende Kollege war durchgefallen, daher keine Nachricht. – Wir haben 5 Dirigierstunden in der Woche und 4

Kompositions- und Kontrapunktstunden. Hans ist wieder bei
Gegerhans, ich bei Courvoisier. [...]

Zu Kapitel 6

Das sechste Kapitel basiert praktisch ausschließlich auf Hedwigs Tagebucheinträgen. Denn sie hat nicht nur ihre eigenen Gedanken in ihr Tagebuch notiert, sondern auch zahlreiche Briefe, sowohl solche, die sie bekommen, als auch solche, die sie selbst versandt hat.

1. Februar 1931, Nachmittag 2 Uhr

Lange habe ich es überlegt, sehr lange, aber nun zwingt es mich doch, ein Buch anzulegen, das alle meine Gefühle bergen soll. Denn wem soll ich meine inneren Gedanken anvertrauen, ohne mich, meine Mutter, meine Freunde schließlich zu v[...]*? Du sollst es sein. Ich habe schon manchmal angefangen, aber ich brachte es nie fertig durchzuhalten, weil ich morgen nicht mehr lesen kann, was ich heute schrieb, das verstehe ich selbst nicht, aber ich wäre doch froh, wenn es morgen ausgelöscht wäre. Vielleicht werde ich es jetzt doch ausführen, obwohl meine Zeit zu knapp ist.*

Ich kämpfe einen schweren Kampf. „Sein oder Nichtsein, das ist hier die Frage." Mutter verbietet mir meine Freundschaft zu Armin. Einige Sätze aus ihrem Brief vom 11.1.31:

Ich fühle mich verpflichtet, da das sogenannte Freundschaftsverhältnis zu Armin nicht so weitergehen kann. Daß es nur Freundschaft ist, kannst du deiner Mutter nicht vormachen, das beweist euer gegenseitiges Gebaren und eure Blicke. Ich kann nicht verstehen, daß ein Mädel wie du, das doch die schönsten Aussichten hat, solche Dummheiten machen kann. Du bist ein Mädchen im heiratsfähigen Alter, du kannst doch nicht 10 Jahre auf einen Mann warten, bis er es einmal zu was gebracht hat, und du wirst inzwischen eine alte, griesgrämige Jungfer. Wie oft hat euch Papa vor solchen Dingen gewarnt, und wenn du ihn gernhattest, mußt du das respektieren, zumal noch andere Gründe mitspielen. Religion, Beruf, für den dein Vater aber auch gar nichts übrig hatte. Dafür hättest du nicht zu studieren brauchen. Du wirst mir nicht mit Walters Freundschaft entgegentreten. Ja, soviel ich weiß, wäre Familie Frölich mit einer solchen Freundschaft nicht zufrieden und es wäre ihre Sache, dies einzustellen. Jedenfalls hatten sie gegen den Altersunterschied nichts einzuwenden und so wurde es zum Verhältnis. Nach all den Erfahrungen, die du gemacht hast, ist es kaum glaublich, daß ein so kluges Mädchen wie du so blindlings und unüberlegt handeln kann. Du wirst doch nicht dich von allerlei Gefühlen hin- und herzerren lassen, da du selbst nicht weißt was du willst. Laß doch erst mal die Wunde wieder ganz ausheilen, dann siehst du klar. Du hast doch noch 1–2 Jahre Zeit und brauchst dich doch nicht wegzuwerfen und an den erstbesten, der dir in den Weg läuft, hinhängen, aus Angst, keinen mehr zu bekommen. Ich hoffe, daß es nicht so ist. Wie kannst du einen Mann kennenlernen, wenn du stets in Begleitung eines solchen ausgehst? Ja, du denkst da doch an ein Verhältnis. Ich dulde so ein Großstadt-Freundschaftsverhältnis nicht. Du wirst nicht ableugnen können, daß zwischen dir und Armin das Freundschaftsverhältnis seit Ostern ein anderes ist als früher. Ich verlange von dir, ein Ende zu machen. Deine Mutter.

Antwortschreiben von mir:

Du schreibst Dinge, an die selbst ich noch nicht gedacht habe: festes Verhältnis, Armin, Partie, Dummheiten machen, gefährliches Alter, heiratsfähiges Alter, von dem Wegwerfen usw. Ich kann dir nur das eine sagen, du hast ein Talent, mich immer so schlecht wie nur möglich hinzustellen, wenn ein Mensch deinen Brief läse, würde er das größte Verbrechen voraussetzen. Ich habe gar keine Lust zu heiraten oder mich irgendwie zu binden. Mir ist eine gute Freundschaft viel mehr wert als eine schlechte Ehe. Das sind nicht Anzeichen einer Großstadtfreundschaft, sondern die natürlichen Folgen unserer jetzigen Zeit. Wir sind doch keine Mädels, die daheim sitzen müssen und Angst haben, die Partie verpassen zu können, sondern wir sind gleichberechtigt mit dem Mann. Wir müssen unser Brot selbst verdienen und wollen auch unabhängig sein von den Männern. Es hat so wenig Wert, darüber zu reden, denn du bist ja doch nicht gewillt mich zu verstehen. Wenn du mir diese Freundschaft verbietest, tust du nicht recht. Ich habe Armin nichts versprochen, und er macht sich auch keine Hoffnungen. Er ist nur froh um meine Freundschaft und hat sie nötig. [...] Also wie es jetzt ist, kann es nicht weitergehen, schreibst du, was ist da zu tun. Nun, dann bleibt mir nichts anderes übrig, als mit Armins Freundschaft und damit natürlich auch mit der von Luise [Armins Mutter, im Buch heißt sie Lieselotte] *Schluß zu machen. Wer hat dann Armin unglücklich gemacht? Also, wenn du das verlangst, doch überlege es wohl, tue ich es, ganz gleich was man von mir sagt, ich habe schon Schlimmeres verschmerzt. Man gewöhnt sich an alles, auch daran, kaltlächelnd die größten Opfer zu bringen. Dafür ist man ja die Krone der Schöpfung, das Wesen, das am besten weggekommen ist bei der Schöpfung. Man würde besser auf die vielgepriesene Seele verzichten, wenn man das sorglose Leben einer Pflanze leben könnte. Ich habe den ganzen Kram satt bis oben hinauf. Wozu man nur lebt, wenn ich das endlich mal wüßte. Jeden Tag etwas Gemeines, etwas Häßliches, und das nennt sich Leben.*

Brief von Mama als Antwort:

Also du meinst, ich hätte dich schlecht gemacht, das ist doch zu viel gesagt, wenn man es gut mit dir meint und dir sagt, was man nicht tut, was sich nicht schickt. Du meinst, wenn ein Mensch den Brief läse, was er sich denkt darüber? Wenn aber jemand alles wissen und sehen würde, wie du dich hier gibst, was würde er dann denken? Eine Freundschaft hat ihre Grenzen. Du weißt, wie Papa schrieb: Unter jungen Menschen verschiedenen Geschlechts gibt es keine Freundschaft. Und er hatte Recht, weil sie stets weiterführt. Das Freundschaftsverhältnis bestand ja schon früher, als du noch mit Franz gut warst, so konnte man es dulden, aber es nahm von Ostern ab zu, du willst es aber nicht gelten lassen und mir es immer ausreden. Es bleibt nur ein Weg, das ist der Abbau, so wie du aufgebaut hast. Du schreibst „Armin braucht mich". Es macht dir wenig Ehre, das alleinige Vertrauen von Armin zu haben. Es ist ja lächerlich, Armin braucht dich, daß er nicht untergeht, damit soll ich mich abfinden und soll mein Kind opfern, andernfalls bin ich noch schuld daran. Warum mußt du mit Luise [im Buch Lieselotte] *brechen? Es ist ja nicht nötig, daß Armin alle 2 Tage einen Brief bekommt. So viele gute Meinungen wirst du ihm nicht zu geben haben. Schreib mir öfters etwas ausführlicher, aber für mich hast du ja immer keine Zeit. Dann so wertvolle Geschenke machen, was sollen sich da andere schenken, bei denen es mehr als Freundschaft* ist? Du meinst auch, ich sei nicht gewillt dich zu verstehen, sei du es mal, mich zu verstehen. Ich halte noch auf gute alte Sitten, davon gehe ich nicht ab, obwohl ich nicht kleinlich bin, aber was zu weit geht, kann ich nicht dulden. Deinen Spott über die Krone der Schöpfung kannst du dir sparen. „Irrt euch nicht, Gott läßt sich nicht spotten." Walter schreibst du: Ich freue mich nicht auf Ostern. Ja glaubst du, daß ich mich freuen kann? Das habe ich 3x getan und jedes Mal diese Enttäuschung. Wenn du wieder kommst, dann ist es ja nicht wegen mir, Familie Kaufmann steht im Vordergrund. Ich kann dir nichts bieten, bei mir wohnst du nur, und das soll einem nicht leidtun. Wenn ich nur Aufregungen haben soll, dann würde ich lieber auf solchen Besuch verzichten. Ich hoffe, daß du das alles gründlich überlegst und Mittel und Wege findest, es besser zu machen. Einer baldigen Rückäußerung sieht entgegen, deine Mutter.

Pirmasens, den 2. Februar 1931

Lieber Armin! Nach 2 furchtbaren Tagen Schmerz und der Zerknirschung atme ich wieder etwas auf, denke ruhiger, obwohl mir mein Ziel noch unklar ist, ich weiß noch nicht, welchen Weg ich zu gehen habe. Ich muß weiterkämpfen, dieses Gefühl habe ich heute wieder, obwohl es mir gestern verloren schien. Ich habe hin und her überlegt, 3:1. Entweder du, deine Mutter und ich – oder Mama. Ich werde nicht nachgeben können, obwohl ich gestern fest das Gegenteil dachte. Brieflich wird an eine Einigung kaum zu glauben sein, und mündlich? Bis Ostern warten, das macht uns auch beide hin. Was ist zu tun? Ich sehe einem furchtbaren Unglück entgegen. Wenn ich nur wüßte, was ich Schlimmes und Schlechtes tue. Ich soll auch dich verlieren, soll keine Briefe mehr *von dir bekommen dürfen, dich in den Ferien nicht sehen, soll den Freund nicht mehr haben, bei dem ich ausruhen konnte, an dessen Brust ich meinen Kopf legen durfte, dessen Herz ich fühlen konnte, dieses Herz, das mir gehören möchte. Wenn ich daran denke, kommt eine große Trauer über mich und ich bekomme Sehnsucht, einige Minuten bei dir sein zu dürfen und dein Herz und deine Liebe fühlen zu können. Und das soll das Verbrechen sein, das ist das Schlimme was ich tue, das ist das, was sich nicht gehört, was ein anständiges Mädel nicht tut. Das ist das, was keine Freundschaft mehr sein soll, was schon viel zu viel ist. Haltet euch an die festgesetzten Regeln, ihr Mädels, haltet an die guten alten Sitten. Sucht euch einen Mann oder fangt ihn euch, wenn er euch nicht sucht. Fragt ihn gleich bei der ersten Begegnung nach der Konfession, der er angehört, nach dem Beruf, den er hat, damit ihr euch nicht unter eurem Stand verliebt, und wenn er euch sogar küssen will, dann zerreißt plötzlich diese Stimmung und fragt ihn, ob ihr auch geheiratet werdet, denn nur unter solchen Umständen kann man sich küssen lassen. Dann habt ihr ein festes Verhältnis und das Recht zu lieben. Es kommt dann noch eine geringe Wartezeit von 5 Jahren, denn es fehlt auf beiden Seiten noch ein wenig an Anstellung und Ausstattung. Wenn man sich dann bis dahin noch nicht hintergangen hat, was ja vorkommen soll, oder überhaupt schon satthat, dann kommt der Pfarrer, gibt seinen Segen und alles ist gut. So spricht die alte Sitte. Folge immer, und du bist gut und deine Mutter ist zufrieden. So quäle ich mich nun schon seit Tagen ab und werde dabei fast verrückt. Aber man kann das nicht für sich behalten, das muß hinausgeredet werden, sonst droht der Kopf zu zerspringen. Und so ging ich fort und kaufte mir dieses Buch und schrieb und schrieb, bis es mir leichter war, und ich konnte feste arbeiten, sogar wieder lachen und fühlte das Bedürfnis zu sein. Aber nun ist es wieder vorbei. Man will mir eine ganz harmlose Freundschaft wegnehmen. Warum eigentlich? Eines lieben Blickes wegen, der nicht zur Freundschaft gehören soll. Eines Kusses wegen, der nicht zur Freundschaft gehören darf, der Umarmung und Zärtlichkeit wegen, die nur zum festen Verhältnis gehört. Ist das wahr? [...]*

Meiner Ansicht nach gibt es eine Freundschaft bei Menschen zweierlei Geschlechts. Ich weiß es genau, daß es schwere Stunden gibt, Stunden des inneren Kampfes, weil die Natur durchbrechen möchte – was bei Freundschaften gleichen Geschlechts wegfällt – aber deshalb sind wir doch starke Menschen, die sich in der Hand haben, die eben nicht schlecht sind und nicht schlecht handeln. [...] Man muß den Schein wahren, ja darauf kommt es an. Wahren und tun, als ob es so wäre, und nicht so sein. Ja sogar schlecht sein und gut tun. Ich gehe einfach von meinem Standpunkt nicht ab. Vor sich alles verantworten, so handeln, daß man sich nicht vor sich selbst schämen muß und sich nichts Übles nachzureden hat. Was andere sagen ist mir gleich. Ich habe einen Freund, das kann ich doch verantworten, und wenn andere eben meinen, ich habe ein Verhältnis, dann sollen sie es eben meinen. Ich habe meinen Freund aufrichtig gern und weil ich kein Verhältnis habe, so ist es mir erlaubt, auch diesen Freund zu küssen, denn ich begehe dadurch kein Verbrechen. Hätte ich aber ein Verhältnis, dann würde ich frei zu meinem Freund stehen und sagen: unsere Freundschaft bleibt, nur die Ausdrucksform kann nicht mehr die gleiche bleiben, denn ich habe ein festes Verhältnis. Und der Mann, dem ich gehören soll, muß das Gleiche wissen und vertragen können. Und er wird sich auf mich verlassen können, wenn ich mein Wort gab.

Eine Mutter kann von einem gewissen Alter an ihrer Tochter nur noch als Freundin entgegentreten. Sie kann ihr ratend

---

zur Seite stehen, wie jede aufrichtige Freundin oder auch wie ein Freund, der würdig ist, das Vertrauen zu genießen, aber befehlen kann sie nicht. Und glaubt sie es tun zu müssen, dann wird sie auf Widerstand stoßen und macht mehr schlecht als gut. Ich kann mich doch nicht einem Gedankengang unterordnen, der ganz anders ist als mein Gedankenkreis. Und kann doch auch nicht anders handeln als ich denke.

Pirmasens, den 10. Februar 1931

Lieber Walter!

Auch du verstehst mich nicht. Das ist begreiflich, wo hätte ich damals, als ich mit Franz glücklich war, eine Unglückliche verstanden, die sich durch ihre Enttäuschung einen anderen Weg suchen mußte. Du kannst leicht sagen entweder, oder; du kennst nur das Eine. Warte mal ab, was dir das Leben noch nimmt und bringt. Warum soll sich eine Freundschaft nicht mit einer Liebe, die rein und unsinnlich ist, vereinbaren können, wenn man sich das Ziel vor Augen hält? Was wollen wir in unserer jetzigen Zeit tun, weil so wenige Aussicht zum Heiraten haben? Sollten wir Frauen im Beruf auf alles verzichten, was andere genießen dürfen, weil es sich festes Verhältnis mit Ausblick auf Ehe nennt? Ich begreife, daß Frölichs hier gleich an einen Bräutigam denken, darum haben sie dich auch dazu gemacht, weil sie eine Freundschaft nicht dulden, der Sitte gemäß, obwohl du doch im anderen Falle auch rein dagestanden hättest. Nur kann man als Freund zurück, wenn es das Schicksal anders will, aber als Verlobter nicht ohne großes Unheil anzurichten und ein ganzes Leben zu zerstören. Wer kann [etwas] dafür, wenn er einen anderen Menschen so lieb gewinnt? Was würdest du getan haben, wenn dir verboten worden wäre, Luischen einst zu heiraten? Würdest du sie ganz gelassen haben, oder hättest du nicht dann gute Freundschaft gehalten oder überhaupt deinen Kopf durchgesetzt? Wenn ich aber Armin wirklich so lieb hätte, daß ich ihn heiraten wollte, was wäre dann? Kann heute jemand sagen, ich kann es beruflich zu etwas bringen und der nicht? Der Tüchtige setzt sich immer durch, und wenn ich einen Freund habe, dann kommt nur der Mensch in Frage, und das wirst du wohl nicht von mir denken, daß ich mich mit Menschen zufrieden gebe, die unter mir stehen. Du wirst mich nicht für oberflächlich halten können und dich vielleicht irren wie Mama. [...]

Du ahnst nicht was ich leide, Walter, du glaubst nicht, welches Heimweh ich nach dir hatte in den letzten Tagen, von Papa kann ich gleich gar nicht reden. Ja, wenn ich ihn, den Unentbehrlichen in meiner geistigen Entwicklung noch hätte, bräuchte ich vielleicht keinen Freund. Es geht bei mir alles um meine geistige Weiterbildung und ich brauche jemanden, der mich ganz versteht. Daß ich ruhelos bin, hängt damit zusammen und es ist vollkommen falsch, wenn du das mit Unreife bezeichnest. Das mußt du doch wissen, daß ein geistig reger Mensch nie zur Ruhe kommt. War Papa einmal zufrieden? Und er war gewiß ein selten reifer Mann. Hast du schon einmal einen zufriedenen Künstler gesehen? Weißt du nicht, je mehr der Mensch kann, desto mehr erkennt er, wie wenig er kann. Umso durstiger und unzufriedener wird er bis er sich schließlich erschießt (siehe Vincent van Gogh). Auch das weiß ich, daß ich mir die Kunst zu leben nicht vorphilosophieren lassen kann. Ich habe sie nicht, diese Kunst, und werde sie nie erringen, sondern stets unglücklich sein. Ich weiß, daß sie den Menschen immer mehr vom reellen Boden wegzieht und dennoch suche ich sie, und wenn ich nicht will, dann kommt sie selbst mich zu quälen. Oh, ich käme auch so gerne einmal zur Ruhe, doch nur das Grab kann sie mir bringen. – Walter, du mußt mich doch verstehen können. Ich wollte so wenig Streit wie ihr. Ich wollte nur das bißchen Glück, das ich hatte, nicht auch verlieren. Ich fand unsere Freundschaft so wie sie war schön. So darf sie aber nicht bleiben, sondern ins erste Stadium muß sie zurück. Warum kann Armin nicht geradeso gerne gesehen sein in unserem Haus wie Luischen? Warum wirkt er so störend? Warum soll man nicht den Wunsch haben, bei seiner Familie auch seinen Freund sitzen zu sehen? Es könnte doch so schön sein, wenn sich auch ein größerer Kreis verstünde. Ich empfand es nie störend, wenn Luischen bei uns war. Mama doch auch nicht. Warum bei Armin? Er ist doch ein so guter, gefälliger Junge und keine Arbeit war ihm je zu viel, wenn es unserer Familie galt. – Ich will ja jedes Opfer bringen, wenn ich den alten Frieden wieder herstellen kann, aber Armin tut mir leid. Ihr hättet mir ruhig diese Freundschaft so lassen können, ohne daß sich Mama hätte Vorwürfe machen brauchen, daß sie zu nachgiebig war. Ich tue nichts Schlechtes und habe es nie getan. Ich werde ihr nie Schande machen, auch wenn sie meinen Standpunkt nicht versteht. Und du denke dich in meine Lage. Wie allein ich hier bin, wie verantwortungsvoll mein Beruf ist und wie schwer ich kämpfe gegen alles Mögliche. Wie sollte ich euch auch alles schreiben können, was mich berührt? Ich komme nie zu Ende. Überlege auch du ruhig und denke von deinem jugendlichen Standpunkt aus richtig, ob ich so schlecht gehandelt habe. Schreibe mir bald wieder und behalte bitte den Brief für dich. Ich hoffe auf dich und vertraue dir.

Lieber Walter!

Ich habe kaum Zeit, aber ich will dir nicht erst nach Wochen antworten, was ja eigentlich das Beste wäre (mündlich), denn schriftlich kommen wir zu keinem Ziele. Du machst mir einen Vorwurf, der ganz unberechtigt ist. Ich warte Tag für Tag auf deine Antwort und es ist deine Schuld, wenn wir so viel Zeit verloren haben, ich habe nicht vor, großzügig darüber hinwegzugehen. [...] Aus deinem Brief sehe ich, wie schwer eine Verständigung sein wird und ich halte es für gescheiter, an Ostern darüber zu sprechen, denn ich habe so wenig Zeit wie ihr und keine unnötige Nervenkraft für diese Überlegungen; aber wie ihr denkt. Nun will ich dir der Reihe nach deinen Brief beantworten:

Ja, wenn es das Schicksal anders will, dann können auch echte Freunde sich trennen, ohne daß es einen Riß, ein Unglück gibt. Es kommt aber darauf an, wie man es von Anfang an hält und ausmacht. Ich kann einen Menschen sehr gern haben und ihn doch nicht heiraten wollen oder können aus vielen Gründen heraus, ich kann ihm treuer Freund sein, kann Freud' und Leid mit ihm teilen für eine lange Zeit, ohne oberflächlich zu sein, ohne zu tändeln. So gern ich Armin habe, ich könnte jetzt nicht sagen, ich möchte ihn heiraten. Ich habe lediglich die Frage (was wäre, wenn ich Armin heiraten wollte) an dich gestellt, um zu sehen, was dir an Armin nicht paßt und was du gegen einen solchen Bund für Einwände hast. Ich bin nicht so unklug wie du, mich zu binden ohne zu wissen, ob ich überhaupt die Möglichkeit zum Heiraten habe. Ist es nicht allzu menschlich, daß man einmal einen Menschen kennenlernt, der einem noch mehr sein kann als der andere? Ich sah einst nur einen Menschen und nun, was habe ich? Weißt du, wie viele ihre erste Liebe bekommen? Man glaubt zerbrechen zu müssen und doch

———

lebt man weiter, lernt andere kennen, schätzen und lieben, und
schließlich liebt man genauso sehr wie zum ersten Mal und
dann kann man heiraten (so sagen wenigstens einmal viele). Ob
ich diese große Liebe wiederfinde, weiß ich nicht. [...] Du wirst
mich in deinem Glück nicht verstehen, weil du nicht weißt, was
eine solche Enttäuschung ist. Ich übersehe nichts. Religion und
Beruf spielen bei meiner Freundschaft keine Rolle, wie sollte ich
da sinnlose Überzeugungsversuche machen? Und mein Gefühl
trügt mich auch nicht. Ja, es treibt mich immer zu Künstlern hin,
aber einen Franz Höfle bekomme ich nicht mehr. (Und ob eine
Künstlerehe so glücklich ist, bezweifele ich, nachdem was ich
erfuhr.) Ich habe meine Ansprüche schon bedeutend zurückge-
schraubt, denn hier verlernt man vollkommen, was Künstler ist
und heißt. Wenn ich hier mit Menschen zusammenkomme, die
nur Geschmack und Verständnis haben, wäre ich schon zufrie-
den. Weißt du, was man aufgibt, wenn man gewöhnt war, täglich
mit künstlerischen Menschen umzugehen und dann in eine sol-
che Umgebung kommt? Gehen dir nicht allmählich Lichter auf,
wonach ich lechze?

Armin ist aber in seinem ganzen Wesen nicht „nüchtern und
trocken"! Wenn du das noch nicht gemerkt hast, sogar bei sei-
nen technischen Arbeiten, dann beobachte mal mehr. Armin hat
künstlerische Begabung und viel Geschmack (geerbt von seiner
Mutter und von dem Großvater väterlicherseits). Wenn er aus-
gebildet wäre, würde er mich weit in den Schatten stellen. Daß
ihr 2 nichts miteinander anfangen könnt, liegt auf beiden Seiten.
Das Gleiche, was du Armin vorwirfst, kann er dir auch vorwer-
fen. Spott ist in seinem Lächeln nie gewesen, das ist Verlegenheit,
weil er sich von dir auch mißverstanden und zurückgesetzt fühlt.
Glaub' mir, daß er dir dankbar wäre, wenn du dich mit ihm über
andere Dinge unterhalten wolltest als nur über Technik. Aber

keiner von euch findet den richtigen Einsatzpunkt. Armin ist ungeheuer feinfühlend und empfindlich, wenn er merkt, daß er nicht sehr gerne gesehen ist, und daß er verschlossen ist, wenn er sich nicht wohlfühlt, weißt du auch. Bringt man ihm aber Vertrauen entgegen, dann ist er sehr offen, dann zeigt er, was er ist. Wir haben uns wirklich schon glänzend unterhalten, ich denke da an die Tage in Ruhpolding mit besonderer Freude. Armin hat oft geklagt, daß er das Gefühl hat, bei euch nicht gern gesehen zu sein und ich versuchte es ihm immer auszureden, aber er fühlt doch recht. Er schrieb mir auch einmal, daß ihn Mama so besonders kühl behandelt hat, das war damals, bevor sie mir den ersten Brief schrieb. Doch genug davon. Und ich bin überzeugt, daß Papa mich als vollständigen Menschen behandelt hätte und mich verstünde, wenn ich ihm alle meine Gründe klarlegte. Damals war ich noch jung und später drehte es sich um einen Lebensbund mit verschiedener Konfession, das ist doch wohl ein Unterschied. Bist du übrigens überzeugt, daß du von Papa so verstanden worden wärest? Warum schreibe ich dir keine solchen verständnislosen Briefe wie du mir? Weil ich mich eben in deine Verhältnisse nicht einmischen will, weil das deine Sache ist und weil du allein die Beweggründe kennst, die dich dazu veranlassen. [...] Ich sah in dir, deinem Herzen und deinem Verstand einen Vermittler, aber umsonst. Sich über die Unzufriedenheit der Künstler oder jedes strebenden Menschen zu unterhalten, führt jetzt zu weit. Es wäre schade für die Leute, wenn sich alle großen Künstler erschossen hätten, aber lies doch Monografien, wie die Leute ihr Leben lang gerungen haben, sich wohl nach außen hin durchsetzten, aber innerlich nie zu Ruhe und Zufriedenheit kamen. Je größer der Mensch, desto unglücklicher. Ich spreche von mir nicht als von einem Künstler, sondern von einem strebenden Menschen. Ja keine Mißver-

ständnisse bitte. Seit wann aber hast du so sicheren Boden unter den Füßen? Hat das Luischen fertiggebracht? Ich habe andere Dinge in Erinnerung. Froh bin ich, wenn es dein Ernst ist, wenn dein Selbstbewußtsein zunahm. Halte nur du dich an deine Ratschläge, halte deinen Körper gesund, dann wirst du nimmer an deinem Können zweifeln, dann wirst du ja immer zufrieden sein. Wie beneide ich dich.

Und ich mache meine Nerven nicht kaputt durch übermäßigen Sport, es ist ja keine Zeit und Gelegenheit dazu. Ich rauche nicht, überhaupt nicht, ich kann das so gut lassen wie Luischen, wenn ich es für nötig finde. Damit komme auch ich zum Schluß. Ich habe Mama nicht gekränkt durch ungehöriges Benehmen, ich war stets anständig in meinen Briefen. Dies war der letzte Versuch, euch zu überzeugen, es ist ja alles sinnlos. Ich werde Armin nicht mehr einladen, mit mir zusammen bei euch zu sein, ich werde ihn wenig treffen, damit ihr wieder zur Ruhe kommt, um meine Ruhe geht es ja nicht. – Ich komme voraussichtlich am 27., habe dann aber vor, mit Armin 5 Tage vom 2. bis 7. nach Ruhpolding zu fahren zum Skisport. Wenn ihr mir das nicht gestattet, dann fahre ich alleine irgendwo anders hin, brauche dazu aber allerdings Geld. Eine Ausspannung muß ich haben.

Zu Kapitel 7

Schon in einem Brief aus dem Jahr 1928, der bereits weiter vorne zu lesen war, schreibt Walter, dass das „Wiegenlied" (die Vertonung eines Gedichts seines Vaters) komponiert sei und dass Luise es im Rahmen einer kleinen Hausmusik in seiner „Bude" singen würde. Im folgenden Brief nimmt Walter noch einmal Bezug auf einen solchen musikalischen Abend.

Brief von Walter an die Eltern vom 3. Dezember 1929:

Liebe Eltern!

Ihr wollt euch scheinbar rächen an dem „Vergißmeinnicht", ich meine, weil ich euch durch den liegengebliebenen Brief solange warten ließ. Wie geht es dir, lieber Papa? Hoffentlich bist du jetzt wieder soweit, daß du über beiliegende Aufnahmen lachen kannst. Ihr seht auf dem einen Bild den „Dirigiergalgen", wie er sonntags aussieht, wenn er mehr der Unterhaltung, der spielenden Arbeit, dient, denn man könnte von einem Ernste bei der Arbeit hier nicht reden, oder? Ja, ich bin gerade noch rechtzeitig auf den Stuhl gekommen – da ging das Blitzlicht los. Findet ihr das Bildchen nicht ulkig? Bei den anderen hat mein Arm noch gezittert, als die Patrone explodierte. Aber es ist alles gut sichtbar, sogar der Kakaoguß in Mamas Kuchen. Den Kuchen haben wir natürlich nicht zum Bier gegessen. Ihr dürft auch nicht glauben, daß wir alle Tage so leben! Ach, ich freue mich so sehr, wenn ich mal wieder „gescheit" essen darf an Weihnachten, Gemüse und Kartoffel und Obst; schon aus dem Grunde gefällt mir Hedwigs Plan, ins Gebirge zu gehen gar nicht. Da kriegt man nur großen Hunger und hat dann nichts zum Essen. Auch ist an Weihnachten in den Alpenkurorten alles gehörig teuer, sicherlich. Wann es Ferien gibt, weiß die Akademie noch nicht. Was wünscht ihr euch denn zu Weihnachten? Ich hab noch so viel Geld, daß ich nicht weiß, wie ich es ausgeben soll! Glaubt ihr das? Ich auch nicht ... Nein, kein Spaß, ich hab noch 30 Reichsmark. Das wird nicht ganz reichen bis 22. oder 23., so ungefähr. – Fragt nur nicht mich, was ich mir wünsche. Mein Wunsch steht ja auf der anderen Seite! Mein Geschenk hab ich mir übrigens selbst gekauft – ein Pfeifchen zum Kontrapunkt machen. Ja und mit Dampf geht es fabelhaft. Courvoisier hat mich neulich 2x

sehr gelobt und dabei auf die Schultern geklopft: „Das ist sehr
gut gelungen – das ist famos." (Es waren 2 Inventionen.) Auch
Knappe muß mich manchmal loben: „Ja, der Herr Frick hat mit
der größten inneren Teilnahme dirigiert" – etc. So was tut einem
natürlich mitten im Arbeitskampfe gut, denn es ist schon eine
große Schufterei in letzter Zeit. Laßt doch bald was hören, vor
allen Dingen wie es Papa geht und seid herzlich gegrüßt und
geküßt von Eurem Walter.

Zu Kapitel 8

Wieso die Episode mit dem ominösen Robert aus der Schweiz
so viel Platz im Buch einnimmt? Ich denke, zum einen liegt
es daran, dass Hedwig selbst sie so ausführlich in ihrem Tagebuch niedergeschrieben hat – sie bot „viel Stoff". Darüber
hinaus lesen sich ihre prosaischen und schwärmerischen
Schilderungen aber auch einfach gut. Sie brachten mich so
oft zum Schmunzeln, dass ich den Wunsch, auch diese Seite
meiner Großtante im Buch sichtbar zu machen, letztlich in
die Tat umsetzte. Das achte Kapitel spielt allerdings im Jahr
1933, während sich die Dinge in Wirklichkeit 1932 ereigneten.

Pirmasens, 29.1.1932

Es war am Montag vor acht Tagen. Das schöne Eis war getaut
und naß. Ich fuhr etwas mißmutig meine Kunststücke, doch mit
der Zeit ging es auch auf dem schlechten Eis. Schon gleich fiel
mir ein hübscher großer schwarzer [sie meint schwarzhaariger]
Herr auf und unsere Blicke sind sich sogar manchmal begegnet.
Man sah ihm den Fremden an, ich lauschte auf seine Sprache

und erkannte den Ausländer. Bald erschien ein anderer netter Junge, der sich bald als Freund zu dem anderen gesellte. Leider war ich von meinen Beobachtungen abgehalten, weil mich ein Herr Lützel, den ich am Abend vorher durch Herrn Semmler kennenlernte, bat, mit ihm zu fahren. Erst viel später machte der Kleine, zuletzt Erschienene, eine Bemerkung, um ein Gespräch anzufangen, worauf ich aber nicht recht einging, weil es mir etwas vorwitzig von ihm schien. Als ich ihn aber weiter beobachtete, gefiel er mir auch ganz gut. Leider war ich wieder eine von den Letzten, so daß ich froh war, von Herrn Lützel heimbegleitet zu werden, denn der Weg ist etwas unheimlich. Vorher stärkten wir uns noch mit einem Glas Glühwein und ich hoffte immer, die Jungens noch einmal zu sehen, und wirklich, die kamen. In der netten Stube war es sehr lustig. Wir brachen auch wirklich gleichzeitig auf, doch leider bekamen wir zwei bald einen Vorsprung, obwohl es mich mit starker Macht nach rückwärts zog. Doch nun kommt das überraschend Schöne. Am nächsten Tag war ich nicht auf dem Eis, denn es lief der Film „Die andere Seite", der mich sehr interessierte. Doch ging ich natürlich wieder den Tag darauf. Ich war so lustig und froh gestimmt, schon auf dem Hinweg und wie jubelte erst mein Herz, als ich meine zwei Jungens sah. Aber das ahnte ich nicht, daß sie mit Sorge auf mich warteten. Nachdem ich so an ihnen vorbeifuhr und gegrüßt wurde, war ich so dreist, den kleinen Franz aus Straßburg, der noch nicht gerade gut fuhr am vorletzten Tag, zu fragen, wie es ihm heute ging mit der Eislaufkunst. Damit war eingetreten, worauf ich nicht gerechnet hatte. Wir gehörten von nun an zusammen. Noch am gleichen Abend habe ich den älteren, schönen, schwarzen Robert Lehman aus Lausanne Walzer tanzen gelernt. [...]

Ein Uhr Nachmittag erschien Franzl mich abzuholen zum Eis. Er hat Robert nicht getroffen vorher und wußte also nicht, ob er kommt. Ich sagte nein, er ja ... er hatte Gott sei Dank recht. [...] Wir fuhren wunderbar Eiswalzer. Kein Wunder, als Lieblingsschüler lernt sich so was rasch. Er taute auf, wurde lebhafter und es gab viel zu lachen, denn er spricht so nett. Da seine Muttersprache Französisch ist, läßt er alle „h's“. So sagt er zum Beispiel: „Wie 'übsch!“ Als er meine Schlüssel aufbewahrte: „Nun 'abe ich sie in 'änden“. Am besten gefällt mir, wenn er singt: „Es muß was Wunderbares sein, von dir geliebt zu werden“ – das singt er so weich. Es war einfach ein herrlicher Abend, ich glaube, ich war noch nie so glücklich, so richtig leicht, froh und sorglos war es mir zumute. Und wider alles Erwarten hat er mich auf dem Heimweg leise an sich gezogen und geküßt. So zart, so fein und freundschaftlich, mir die Haare gestreichelt. Ich glaubte zu träumen und habe mich nicht gewehrt, weil ich ihn dadurch verloren hätte, das weiß ich. Er hat sich nachher sehr entschuldigt, „aber es war doch so ein schöner Abend und da konnte ich nicht anders – wir wollen deshalb doch gute Freunde bleiben“. Und trotzdem es 1 Uhr nachts war, als wir heim gekommen sind, waren wir morgens um halb 9 schon wieder auf dem Eis, nachdem er mich abgeholt hatte. Auch Franzl kam später nach.

Pirmasens, 2.3.1932

Es war so schön. Wir waren doch noch zwei Mal allein auf dem Eis, wir waren so verliebt. Robert war so nett, er hat mich viel geküßt und mich seine ‚kleine große Künstlerin‘ genannt. Wir waren so glücklich und dabei doch traurig, ich fühlte, etwas liegt zwischen uns. Er hat auf mein Bitten gestanden: „Ich habe dich so lieb und darf dich nicht lieben, doch werde ich meine ,kleine süße Künstlerin' nie vergessen." Ja, mein Robertchen hat eine Braut. Es ist so schrecklich, daß mein Glück immer gleich ist, daß ich immer teilen muß und niemals ganz besitzen darf, wenn ich einen Menschen richtig liebe, und Robert war mal wieder der Mensch. Aber nur ja nicht denken. Ich werde anfangen, die Feste zu feiern, wie sie fallen und nicht dabei vergessen, daß der Abschied bald kommt.

23.5.1932 – Brief an Armin:

Von mir soll ich eigentlich nichts schreiben. Ich bin immer tot unglücklich. Es wird für mich in kurzer Zeit der schreckliche Abschied kommen, vor dem ich zum Verzweifeln Angst habe, da ich fürchte, daß ich diesmal nicht die Kraft aufbringe, die dazu gehört, von einem Menschen für immer zu lassen, den man liebt, wie nichts mehr in der Welt. Und trotzdem rückt der Tag unerbittlich näher, sich beeilend als ob er nicht warten könnte, das große Elend zu erleben. Er kommt an, grinsend, erdrückend, gemein. Ich habe schon einmal so geliebt, ja als ich gestern das Bild von Franz anschaute, wußte ich es wieder. Aber es ist doch ein Unterschied. Damals war ich noch ein Kind ohne jegliche Erfahrung, es war meine erste Liebe, kein Wunder, daß sie so stark war. Und heute, drei Jahre nach dieser großen Enttäuschung, bin ich wirklich wieder fähig, so kindlich, anhänglich, aber doch leidenschaftlich zu lieben. Mir ist, als sei es das erste Mal. Warum ist das Schicksal so grausam mit mir? Warum zwingt es mich zur Liebe, führt mich mit dem Menschen zusammen, an dem ich

dann so hängen muß, um ihn mir dann wieder wegzunehmen?
Armin! Wir können uns die Hand reichen. Von uns beiden wird
wohl keiner je das Glück haben, das zu bekommen, woran ihm
das Herz hängt. Wir werden vom Schicksal zum Entsagen erzo-
gen. Wenn ich diesen Schlag wirklich aushalte, dann weiß ich,
daß ich stark bin. Denn es wird der zweite, schreckliche meines
Lebens und mit Vaters Tod der dritte. Versteh, ich wollte davon
eigentlich nicht schreiben und werde es auch nicht mehr tun,
weil mir doch niemand helfen kann, am allerwenigsten du, weil
es dich ja selbst so erbarmungslos trifft, wenn ich von meiner Lie-
be zu Robert spreche. Oft habe ich das Gefühl, als müßte etwas
kommen, was ihn frei macht und ihn mir wieder zurückbringt;
und dann finde ich es wieder so frevelhaft, nur einen Moment
daran zu denken, denn er liebt sie mehr als mich und sie wird
ihn nicht minder lieben wie ich ihn. Und doch kann ich die Hoff-
nung nicht ganz aufgeben, sonst wäre ich gleich ganz erledigt.
Heute vor sieben Jahren habe ich den ersten, großen Schmerz
erlebt, als mir von meinen Eltern die ganz junge, drei Wochen
alte Freundschaft zu Franz verboten wurde. Es war ein Regen-
tag wie heute und ich war so unglücklich wie heute, ich wollte so
wenig weiterleben wie jetzt und mußte genauso weiterleben wie
jetzt, um noch viel Schlimmeres mitzumachen. Robert zweifelt
immer an meiner Liebe. Er tut mir oft schrecklich weh, ohne es
zu ahnen, als ob ich mir einbilden könnte, ich liebe jemanden
und es wäre wirklich nicht so. Ich könnte ihm andauernd sagen:
Ich liebe dich, und das will bei mir schon viel heißen, wenn ich es
fertig bringe, meine Liebe dem Geliebten laut zu bekennen. Seit
ich ihn kenne, bin ich mir über das Verhältnis zwischen dir und
mir ganz im Klaren. Es kann nur Freundschaft sein und bleiben,
weil es zu einseitig ist. Selbst für Robert könnte ich jedes Opfer
bringen so wie du für mich, ich könnte für ihn meinen Beruf auf-

geben, sogar hungern. Das ist die richtige Liebe. Sobald ich dieses Gefühl nicht habe, hat alles keinen Sinn und dieses Gefühl habe ich eben nur bei Robert. Ja, ich kann mit dem reinsten Gewissen sagen, ich liebe ihn mit jeder Faser meines Körpers und deshalb muß er verstehen, daß ich nicht glauben kann, daß alles aus sein soll.

13.7.1932

Lieber Armin!

Ich versuche ja, mich in der Hand zu haben. Sieh', ich war ja so krank, als ich dir schrieb, aber jetzt habe ich mich mehr in der Hand. Es ist so schwer. Ich weiß, daß Robert gebunden ist. Er hat halt sein Jawort gegeben. Sein Mädel wollte schon zweimal von ihm weg und er hat sie festgehalten, und nun kann er doch nicht Schluß machen, da wäre er doch kein Charakter. Und da liegt alles Elend. Es gab nur eine Möglichkeit, daß sie jetzt wieder zurückwill und sie Robert diesmal nicht hält, aber das rede ich ihm immer aus, natürlich muß ich dabei mein Herz ausschalten. Und in dieser kleinen Möglichkeit hänge ich mich ab und zu ein, wenn es auch nie lange anhält, weil ich doch wieder die Aussichtslosigkeit erkennen muß. Und dann kommen auch mir wieder die schrecklichen Zweifel! Ob ich auch wirklich so glücklich sein könnte mit ihm, wie ich mir vorstelle? Diese Zweifel kommen mir immer und sind mir noch bei jedem gekommen und dann könnte ich mich vor lauter Angst vielleicht gar nicht binden. Erst wenn ich den Menschen verloren habe, dann weiß ich, was ich verloren habe. Bei dir geht es mir bestimmt auch so. Du hast mir heute eine kleine Vorahnung davon gegeben. Walter und Mama machen mir zurzeit die größten Vorwürfe. Beide können nicht verstehen, daß man sich in einen Menschen verlieben kann, von dem man sich wieder trennen muß. Du weißt ja, was das für Kämpfe kostet und Robert und ich haben uns wirklich lange genug gewehrt und das Gleiche durchgemacht wie du jetzt mit Dorit, bis wir diesen Kampf aufgaben und dem schwereren Platz machten. So wie Mama und Walter mich jetzt nicht begreifen, würden sie auch nicht begreifen, daß du dich in Dorit so verlieben kannst. Sie würden nicht verstehen, daß sie dir jetzt plötzlich mehr ist als ich. Und doch ist das Leben so grausam! Ich selbst habe ja nicht so sehr damit gerechnet, daß mein Platz in deinem Herzen so rasch durch eine andere besetzt werden kann. Aber es ist ja meine eigene Schuld und ich weiß jetzt auch, was ich von dir verlangt habe durch meine Geständnisse, weil ich nun das Gleiche nachfühlen muß. Ich verstehe auch, warum du nun mehr Verständnis für mein Verhältnis zu Robert hast. Wäre ich nicht an zweite Stelle gerückt, würdest du nicht sagen können: „Wenn sich Robertchen wirklich für dich frei machen kann, dann würde ich mich für dich freuen." Dein Brief ist sehr sachlich und vernünftig und hat mir deshalb sehr imponiert. Ich glaube, daß du deinen Kampf gegen deine Liebe zu Dorit auch nicht mehr lange weiterführst soviel ich dich kenne, aber ich wäre froh, wenn es trotzdem noch bis zu unserem Zusammentreffen möglich wäre. Warum kann ich dir nicht sagen, aber ich habe den Wunsch, den du trotzdem ruhig überhören kannst, denn es geht jetzt um dich, nicht um mich, ich habe dich lange genug an mich gebunden ohne meine Schuld, und möchte dich um deinetwillen freigeben, du sollst auch leben und hast als Mann eher das Bedürfnis, mal richtig zu leben. Die Liebe zu mir war ja doch nicht das Richtige für dich, weil ich immer so vernünftig war, was ich übrigens immer noch bin und bleibe, auch Robertchen gegenüber. Nun, Kleiner, wollen wir uns darüber den Kopf nicht „verbrechen", du kannst mir in den Ferien erzählen, wie alles

gekommen ist und was wir gegenseitig über unsere unglückli-
chen „Lieben" zu denken haben.

Zu Kapitel 10

Die Postkarten zu entziffern, die Luise von München nach
Rostock geschickt hat, war unheimlich schwierig, denn sie hat
sie in der Tat mit Bleistift, in winzig kleinen Buchstaben und
natürlich in Sütterlin geschrieben. Abgesehen von diesem anspruchsvollen Schriftbild sind ihre Postkarten aber auch in-
haltlich nicht immer vollends verständlich, nimmt sie doch
häufig Bezug auf Personen oder Gegebenheiten, von denen
ich nichts wissen kann.

Donnerstag, 26.10.1933

Mein großes Herzlieb!

Nun habe ich 1 Stunde meine Hausfrau [vermutlich meint
sie die Frau, bei der sie zur Untermiete wohnt] *getröstet, die
glaubte, sie sei die Unglücklichste. Ich hole mir selber immer den
Trost bei meiner lieben, guten Mutter. Wenn ich sie vor mir sehe,
dann kann die Welt noch so schwarz sein, ein Stern strahlt für
mich. Was sollen wir da sagen!? Wir können doch nur hoffen,
daß uns die Zukunft etwas Schönes bringt. Jetzt sind wir getrennt,
dürfen keine Wünsche haben, als unseren Brief. Obwohl in dem
allein ein Menschenglück nicht ruhen soll. Aber wie dieses Kind
in die Ferne schaut* [Kartenmotiv] *machen wir's. Gestern war
ich zum ersten Mal auf. War ich froh, als ich wieder im Bett lag.
Ich glaubte, mein Rücken und meine Beine seien zerschlagen. All-*

mählich wird der Hals auch besser. Es wird Zeit, die Arbeit ruft.
Bald wird dein Schatz wieder ein Jahr älter. Ich lachte, als ich die
Unterschrift las: „Von deinem 25-jährigen Mann!" Wie fühlst du
dich mit deinem ¼ Jahrhundert, du kleiner Bub! Hoffentlich hast
du deinen Taktstock niemandem an den Kopf geworfen, daß er
zerbrochen ist. [...]

Wie gefällt dir diese Kartenserie? Wenn's dir Freude macht,
bekommst du öfter solche. Ich habe noch welche. Das Weih-
nachtsmärchen tue ich dazu. Aber wehe dir, wenn du lachst!
Schenken tu ich's dir vorerst nicht. Auf Verlangen zurück zu sen-
den! Ob Augustchen sich freut?[8] Das Kind auf der anderen Karte
war schöner als dieses. Was machst du überhaupt mit meinen
Briefchen? Es regnet in Strömen, du lieber Bär. Wirst du immer
noch so gehegt? Es klingt noch so. Was machen die Leute sonst
mit dir? Sind sie lieb? Schicke mir doch mal eine Karte von Ros-
tock, das Theater oder sonst etwas. Warst du schon am Meer? Du
lieber Schatz! Heute werde ich wieder schreiben. Recht herzlich
küßt dich dein Luischen.

Sonntag [vermutlich Weihnachtszeit 1933]

Mein liebes, gutes Herz!

Verbrenn die Karte, nicht, daß jemand meine häßlichen
Gedanken mitbekommt.[9] Ein innerer Zwang ist's, daß ich sie
schicke, denn so viel Liebes wie diese Frau dem Kindchen flüstert
[Kartenmotiv], *müßte mein Herz dir sagen. Nur Schönes und*

---

8   Offenbar hatte sie ein Märchen für ihren Neffen August, den ältesten Sohn
ihres Bruders Heiner, geschrieben.

9   Dies ist die Karte, auf der vorne ganz klein „Du! Verbrenne sie!" steht.

Gutes soll's sein, mein gutes Wesen. So viele Schmeicheleien sind mir nicht eingefallen. Ich überlege immer, ob ich's auch schreiben darf. Dein Gefühlsleben ist kühler und auch schon im Ausdruck. Eigentlich sollte eine Frau nie ihr Herz ganz zeigen, zumal, wenn ein Mann sie nicht ganz verstehen kann. [...] Wen ich gern habe, der hat mein Herz. Da wird nichts verschwiegen und nichts verheimlicht. Für alles hat es Interessen, für jede Kleinigkeit. Bist du überhaupt eine so große Liebe wert?! Meistens verschwendet man sie an Unwürdige. [...] Was soll ich mir wünschen? Ach, so viel, so wenig, ein Gedanke nur! Schick mir eine Tafel Nußschokolade, das ist alles, was ich mir wünsche. Ich müßte einmal ein Geschichtchen schreiben, das nur uns beide angeht. Ich finde nichts schöner, als wenn zwei Menschen ein Geheimnis haben, das nur für sie bestimmt ist. Aber bevor ich dir so etwas schicke, mußt du mir schriftlich und wirklich versprechen, daß ich sämtliche Briefchen zurückbekomme, ohne daß jemand anderes sie liest. So etwas wäre erschreckend! Bei uns ist es jetzt kalt. Bald kommt Schnee. Wenn ich's nur machen könnte, daß ich noch einmal zum Rundfunk käme zu einer eigenen Konzertstunde. Ich werde einige Weihnachtskantaten lernen, diesmal sind wir allein in Dahn und mein Herzel ist in Rostock. Wo gehst du hin am Heiligen Abend? Meine Gedanken und Wünsche sind jetzt schon dort. Wie schön wollten wir das fröhliche Fest feiern! Das ist so ein sehnlicher Wunsch! Hoffentlich lachst du nicht über meine Karten. Ich würde dich hassen. Mein liebes Butzelbürschlein, herzlichst küßt dich dein Luischen.

Zu Kapitel 11

Von den Gedanken, Gefühlen und Problemen, die Hedwig und Armin im elften Kapitel beschäftigen, zeugen wieder einmal Briefe, die Hedwig in ihr Tagebuch übertragen hat.

8.2.1934

Aus einem Brief von Luise [Armins Mutter]:
... Das Eine weiß ich, du wirst für ihn immer die ‚Eine‘ sein. Wenn er mir manchmal von Mädeln erzählt, meint er, eine ‚Hedwig‘ ist keine. Aber um nochmals zu versichern – du sollst nicht glauben, du müßtest dich an Armin gebunden fühlen. Meine liebste Hedwig, wirst du einmal einen Mann lieben, bei dem du alles fändest, was du willst und brauchst, dann wäre ich die letzte, die dir nicht alles Glück wünschte. Weil ich dich so gut zu kennen glaube und weil ich weiß, welch wertvoller Mensch du bist, darum möchte mein Mutterherz dich für Armin wünschen. Aber zu allererst kommst du und dein Glück. Unsere und deine Freundschaft zu Armin soll immer fort bestehen. Ich kann mir nicht helfen, ich habe dich halt einfach sehr lieb.

12.2.1934

Aus einem Brief von Armin:
... Dann saßen wir einmal beim Wein und er war gut, und wir waren alleine und haben uns zu tief in die Augen gesehen. Wir haben uns wirklich liebgehabt und ich müßte ein Lump sein, wenn ich es verhehlen wollte. Stelle dir doch vor: Seit Monaten ersehne ich mir eine selige Ausspannung – ja, ich habe mich nur

243

nach dir gesehnt – und dann kommt ein liebes, hübsches junges Mädel und macht mich momentan glücklich. Kleines, sei nicht bös, ich will dir alles sagen. Wie wir uns das erste Mal geküßt haben, habe ich gemerkt, daß sie eben nicht irgendein Mädel, sondern eine ganz fabelhafte Frau ist. Ich war sehr, sehr verliebt. Dann war ich ein paar Mal bei ihr. Es war immer so schön und es wird mir in Erinnerung bleiben, so wie viele Tage und Nächte mit dir. Wir haben uns geküßt, sie hat ihre kühlen Finger auf meine Augen gelegt und mir Stirn und Haare gestreichelt und ich habe neben mir ihren weichen Kopf gefühlt. Es war einfach schön. Es war für mich die lang ersehnte Ruhe und deshalb hab ich sie so liebgewonnen, weil sie sie mir geben konnte. Kleines, ist das ein Verbrechen?

18.2.1934

Teile eines Antwortbriefes auf den hier oben angeführten von Armin:

... Du mußt mich recht verstehen, es ist nicht die Tatsache, die mich so traurig gemacht hat, daß du eine andere liebst, sondern die Art, wie du darüber berichtest. Ich kann es dir so schwer ausdrücken, aber lies doch in Zukunft einen solchen Brief einmal selbst durch, dann wirst du sehen, was ich meine. Es wird ja nicht das letzte Mal gewesen sein. Denn wer weiß, wann wir uns wiedersehen und nachdem du jetzt den beiden Mädels nicht widerstanden hast, ganz gegensätzlich zu früher, wo es Grit und Dorit nicht gelang, dich zu gewinnen, wirst du in Zukunft immer weniger widerstehen können, und sicher Schritt um Schritt weitergehen. Dabei ist es nicht meine Schuld, daß du nicht schon etwas Großes geworden [bist] und die Möglichkeit hattest, mich zu heiraten, solange ich jung bin. Ich habe vielleicht doch eine

zeitlang auf dich gewartet und mit dir gerechnet, aber du wuß-
test nichts davon. Doch wozu darüber reden? Du bist frei Armin,
liebe so viel und wen du willst und wenn du mich brauchst, deine
Freundin werde ich sein, solange du mich noch dafür willst und
damit habe ich wenigstens meiner Freundin Luise [gemeint ist
Armins Mutter] *ihren Wunsch erfüllt, ihrem Buben Freundin zu*
sein. Ich sitze so ganz allein daheim, mein Radio macht traurig
stimmende Musik, ich habe Zeit, viel Zeit zum Nachdenken und
ein großes Heimweh nach etwas ganz besonders Schönem und
ich kann es nicht finden. Ich möchte jetzt draußen den weiten
Weg auf einen 3000er in Sturm und Wind haben. Mama versteht
das nicht und wird es nie verstehen, aber einer versteht mich hof-
fentlich und das bist du.

15.6.1934

Liebe Luise [Lieselotte]*!*

Deine Sorge um mich ist nicht so ganz unberechtigt. Ich
treibe wirklich etwas zu viel Sport, aber ich habe es nötig, weil
ich damit viel Freude habe neben dem Kummer, der einem nicht
ausläßt. Hab keine Angst! Ich habe noch Vertrauen zu dir, aber
ich habe mich etwas geändert. Ich bin äußerlich lustiger und leb-
hafter geworden, aber innerlich schweigsamer. Man wird doch so
schwer von den Menschen verstanden, weil Jedes so ganz anders
ist als das Andere, und seien es die besten Freunde. Denken doch
Mütter anders wie ihre Kinder, der Mann anders als die Frau,
auch Geschwister sind so ganz verschieden, selbst Liebende
müssen sich durch ihre Verschiedenheit quälen. Ich beschäftige
mich momentan mit allerhand Problemen. Ich werde 27 und es
wird Zeit, sich mit der Zukunft zu befassen. „Wie will ich mein

Leben zu Ende führen?" Diese Frage taucht immer wieder auf. Heiraten oder im Beruf bleiben, frei sein, eigener Herr sein, Sport treiben können, solange es die Gesundheit aushält und nachher den Rest des Lebens mit geistiger Speise vollenden, allein und verlassen in Büchern wühlen, oder Familie haben und Hausfrau sein. Es ist möglich, daß ich meine ganze Weiblichkeit nach und nach verliere und ein reines Sportmädel werde, ich weiß es nicht, aber im Sport finde ich Freude und Ruhe und Ausspannung und vergesse, daß mir Liebe nie das rechte Glück gebracht hat und wohl auch nie bringen wird. Es waren stets so viele Haken dabei. Je älter ich werde, desto mehr Angst habe ich auch vor der Ehe. Wie wenige Ehen sind glücklich? Man hat es nicht allein in der Hand, eine Ehe glücklich zu gestalten, und wehe, wenn dann eine Abstumpfung und Gleichgültigkeit dazu kommt und man dann selbst den Willen und die Kraft nicht mehr aufbringt. Ich fürchte Alltäglichkeit, Gewöhnung oder Abstoßung. Früher hatte ich keine Angst, keine Bedenken, da gab es die eine große Liebe, und wenn sie auch nicht für die Zukunft das Glück gewesen wäre, aber man glaubte daran. Es gab keine Zweifel, nur reine, große Liebe, vielleicht sinnlose, tolle Liebe, die nichts anderes mehr kennt. Man fragt sich, was ist das Richtige, niemand kann es erraten, man muß alles selbst lösen, selbst durchmachen und den Weg finden, der für einen richtig ist. Jeder muß sein Leben leben nach seiner Veranlagung und Struktur. Nun siehst du, was mich so ungefähr beschäftigt. Ob du mich verstehst? Mama versteht mich wieder weniger denn je in meinem Tun, Treiben und Denken. Ich verlange es auch nicht, aber ich wünsche, daß sie mich läßt, wie ich bin und ich lasse sie, wie sie ist. Und sonst bin ich bemüht, ihr alles zu tun, was ich kann, nur meine Einstellung kann ich nicht vergewaltigen und meine Lebensbedürfnisse auch nicht. Ich fühle mich sehr einsam, sehr verlassen. […] Du warst

---

und bleibst mir immer die liebste Freundin. Eine Hemmung hat
nur die Freundschaft, daß Armin gerade Dein Sohn ist. Wenn
nur Armin im Sommer kommen kann. Es ist ja so nötig, einmal
länger zusammen sein zu können, es müßten Monate sein, um
sich richtig kennen zu lernen. Oft habe ich das Gefühl, als wür-
den wir uns überhaupt nicht kennen, dazu noch, weil Armin so
verschlossen ist und nicht spricht und oft nicht auf Fragen ein-
geht, die man ihm stellt. Ich habe immer etwas Angst vor dieser
Verschlossenheit. [...]

16.6.1934

Aus einem Brief von Armin:
    Liebes Kleines, wenn ich mich jetzt nicht einfach während
des Dienstes hinsetze und den Brief fertig schreibe, dann wirst
du nie mehr einen Brief bekommen von mir. Es ist ganz schlimm,
wie viel ich jetzt zu tun habe. Du weißt ja, was es gg. Ende eines
Jahres zu tun gibt und bei uns das Gleiche, nur etwa 10x im Jahr.
Ich habe ganze Berge Prüfungsarbeiten vor mir liegen; dazu
habe ich nun den Auftrag, für die Schule einen großen Empfän-
ger zu bauen. Es ist einfach toll. Nicht mal Samstag und Sonn-
tag habe ich frei. [...] *Aber mir geht's dabei recht gut und wenn*
ich auch manchmal erst gg. 10 in der Früh richtig wach werde.
Liebes, du sollst mich nicht bemitleiden, aber ich möchte nicht,
daß du den Grund meines Schweigens falsch verstehst. Ich habe
in der letzten Zeit so viele Mädels kennengelernt und ich habe
sie vorübergehend liebgehabt. Manche so, daß ich ein wenig
von dir vergessen habe. Aber die wirklich schönen Stunden
waren immer verflucht wenige und teuer erkauft. Immer kam
der Punkt, wo ich nicht mehr im Stande war, das Mädel gern

zu haben. Mit Marlene ist es auch ganz Schluß. Sie hat mir viel
Freude gemacht, aber einmal mußte ja doch die Vernunft sie-
gen. Jetzt war es noch Zeit dazu, denn ich habe nichts anderes
getan als das, was andere vor mir und nach mir auch tun. Mit
Ilse bin ich auch schon über den Berg und sie ist ja schrecklich
traurig darüber, aber es soll doch auch nicht sein, sie ist doch
meine Cousine! Das Mädel aus Wasserburg beschäftigt mich
noch am meisten. Sie ist hübsch und hat eine fabelhafte Figur,
schlank, sportlich und doch weiblich dabei. Es fällt mir eigent-
lich schwer, dir das Folgende zu schreiben, aber du wünschst es.
Du bist mir auch etwas fremd geworden; ich habe dich so ganz
anders im Gedächtnis behalten. Kleines, glaube mir, du treibst
zu viel Sport. Und es scheint nicht gut für dich zu sein, du bist zu
mager. Vor ein paar Jahren war ich für solch knabenhafte Figu-
ren begeistert, aber heute nicht mehr. Schlank, ja – aber weib-
lich! Ich glaube wirklich, du wärst besser ein Mann geworden.
Das war für mich eine Enttäuschung und das hat mich bedrückt.
Du hast das wohl gefühlt und vielleicht gerade darum bist auch
du kühl geblieben. Wenn du mich liebhast, warum merke ich es
nicht, wenn du mich küßt? Du läßt dich küssen wie jemand, der
dafür bezahlt wird. [...]

Du fragst mich, ob ich wüßte, was ich wolle. Ja, ich will mir
das Leben so angenehm machen, wie es noch zu machen ist.
Keine Konventionen, ein wenig Vernunft und ganz wenig Mora-
lität. Den Schneid, mich festzulegen hätte ich schon, aber vor-
erst ist die Gefahr noch groß, daß das Leben dann unangenehm
wird – wenn es nämlich plötzlich anders kommt, als man sich
im besten Falle denken kann. Und ob ich dich immer noch hei-
raten will? Wenn ich mich wirklich ernstlich mit dem Gedanken
beschäftige, dann muß ich sagen, daß ich keines von den ande-
ren Mädels heiraten würde, die ich noch kenne. Was ich nicht

brauche ist eine Freundin und eine Geliebte, eine Frau muß noch andere Eigenschaften haben. Und ob wir zusammenpassen würden? Voraussetzung ist, daß ich so viel verdiene, daß wir uns das Leben wirklich behaglich machen können. Ich habe keine Bedenken, daß wir sogar sehr gut zusammenleben würden. Wir sind beide vernünftig genug, uns gegenseitig so viel Freiheit zu lassen, daß wir die Ehe nicht als Zuchthaus empfinden würden. Ob wir glücklich werden könnten? ‚Glücklich‘ ist relativ! Man kann nicht jahrelang Flitterwochen erleben. Aber man kann gut zusammenleben und nett zu einander sein – dann wäre man vielleicht auch glücklich. Liebes, ich glaube aber, daß unsere Vorstellungen von der Ehe ziemlich auseinander gehen. Ich habe keine so sehr ideale Auffassung davon, aber eine zweckmäßige. Und ich glaube, daß die viel besser ist. Weil man dann nicht enttäuscht wird. Willst du mir vielleicht einmal schreiben, wie du dir eine Ehe vorstellen würdest? Bitte, ja!

Zu Kapitel 12

Das zwölfte Kapitel basiert auf einem meiner beiden absoluten „Lieblingsbriefe" von Walter – so prosaisch, so dynamisch, so hoffnungsvoll schreibt er da an Luise! Der Brief trägt als Datum lediglich die Jahreszahl 1934 und kann daher eigentlich nur aus dem Frühjahr stammen, da Luise ab dem 1. Juli 1934 am Rostocker Stadttheater als Sängerin angestellt war.

Mein allerliebster Schatz!

Heute hat der Intendant (durch Wachs Willen natürlich) genehmigt, daß du zum Vorsingen eingeladen wirst! Eingeladen = auf Kosten des Theaters. Ich weiß nicht, ob ganze Fahrerei oder halbe, das ist auch mal egal. Wie kam das? Für heute war ein Vorsingen von Berlinern ausgesetzt und ich mußte begleiten. Ich war 3 Tage richtig krank vor Angst und alles war schwarz, die ganze Zukunft, jeder Lichtblick versunken – das alte Weh: Klavierspiel! Nun wollte doch Müller-Oertling für Dich sprechen und weil er viel verspricht und wenig hält, darum ging ich am freien Vormittag (Mittwoch) schnurstracks zu Wach in die Wohnung. Er war wie immer sehr nett und schilderte mir die Verhältnisse, daß es nicht infrage käme (zunächst nicht), weil im nächsten Jahre viel mehr Werke herauskämen und die Hauptfächer daher mit Repertoiresängerinnen und Sängern besetzt werden müßten, weil zum Einstudieren dann wenig Zeit bliebe. Repertoiresänger sind solche, die schon länger beim Theater sind. Als Volontärin meinte er, hättest Du doch nicht die Befriedigung und Du bekommst als solche nur 50 RM und darfst kleine Partien ab und zu mal singen: Pamina (lächerlich!), Tebaldo (Carlos) etc. Aber er wolle, wenn es irgendwie doch infrage käme, an mich denken. Wegen mir selbst sagte er, ich solle ruhig noch 2–3 Jahre dableiben, ich käme ja schön weiter und machte Hoffnung auf alle mögliche schöne Arbeit: Repertoire sei die Hauptsache. Da hat er ja auch Recht. Nun war es aus mit mir, ich lag furchtbar daheim herum. Frl. Ackermann wußte nicht Rat mich aufzumuntern. Ich sprach von Umsatteln (man kann mit ihr alles reden – Gott sei Dank) etc. Ich dachte nur daran – wie es fertigbringen, daß wir zusammenkommen. Hier sah ich nachdem was Wach sagte keine Möglichkeit.

Donnerstag 12:00 Bühne: hier das Klavier mit Licht hergerichtet, alles zum Vorsingen bereit. „Jetzt spielen, wo mich Wahnsinn umnachtet." Da kam Wach auf mich zu. „Sie, Herr Frick, Bender hat mir glänzend geschrieben über Frl. Frölich, ich werde

sie also doch vorsingen lassen." Und nun setzte ich mich hin und
los ging's!

1. *Mia Utermarck, Schwerin, Soubrette*
2. *Friedel Wruck, Berlin, lyrische Sängerin*
3. *Gertrud Hasselbach, Berlin, jugendlich-dramatisch*
4. *Leonore Merx, Berlin, hochdramatisch*
5. *Hanna Kirbach, Berlin, jugendlich-dramatisch*
6. *Senta Hohlfeld, Hannover*

Gespielt habe ich: Madama Butterfly, Romanze Freischütz, Aga-
then-Arie, Hallen-Arie 2x, Pagen-Arie Figaro, dann mußte ich
zum Tanzprobenspiel. Dieses Vorsingen geht nun andauernd
bis Sommer. Und bald wird auch mein Schatz dabei sein. Mül-
ler-Oertling sagte ich ins Ohr: „Da werde ich nochmal so schön
spielen." – „Das glaube ich!", sagte er. Mein lieber Bär, auf in den
Kampf! Vortragsabend zurück – Vorsingen vor. Bei Arien etwas
dabei spielen und Schwung und Temperament, wie es mein
Schatz hat, loslassen. Ich kann Dir sagen, die Agathe und die
Hallenarien übertriffst Du in 100 km Abstand. Das war schön
gepiepst und von Temperament keine Spur. Ich sage es nicht, um
anzufeuern, sondern weil es Tatsache ist. Mein Schatz kann mit
Stolz in der Brust auftreten und loslegen, bloß nicht an B's, H's etc.
denken. Nicht schüchtern von sich reden. Aber ich sehe Dich ja
vorher, mein Gott, ich hätte es fast vergessen, so unwahrschein-
lich klingt das. Geht es Dir nicht auch so? Schatz, wir sehen uns
und haben uns!! Hörst Du? Ja, ich hole Dich ab und Du kommst
lieber einige Wochen vorher, nicht wahr? Laß die Akademie sau-
sen, die hilft Dir einen Dreck, dort hast Du ausgelernt. Aber das
eine muß bleiben: Benders Brief an Wach hat gewirkt. Der hat
es gemacht. Dein Schatz war zu schwach, um das zu erreichen –

er ist ja auch kein Bender – doch hat er es sicher inniger und 1000x herzlicher gemeint und durchsetzen wollen. Bringe ruhig alle Empfehlungen, die Du sonst noch auftreiben kannst mit und Kritiken. Und Du siehst wie ich mich vorbereitet habe. Hier, mein Goldschatz, sind 20 RM, ich habe sie gespart für dieses Wiedersehen in Rostock. Du kannst sie gut gebrauchen zur Fahrt, sie ist lange und beschwerlich und vielleicht mußt Du auch noch was haben, einen Hut oder so was? Ich bin Dir sowieso noch einen schuldig – nicht lachen! Nein, ich will Deinen Eltern nicht ins Handwerk pfuschen, auch Deinem lieben Brüderchen nicht, da bin ich ja noch viel zu schwach und klein, aber Du mußt es nehmen, es ist mir eine Genugtuung und große Freude, weil ich es aus eigener Kraft hervorgebracht habe. Es liegt schon einige Wochen in der Schublade und schien seine Bestimmung nicht zu erreichen. Jetzt wird es losgelassen – ja, wir sehen uns! Das steht fest! Ich lasse Dich nicht mehr fort. Nein, Du mußt gleich dableiben. Also, Du Liebes, rüste dich in jeder Beziehung auf nach Rostock. Mitteilung bekommst Du wahrscheinlich durch Bender und dann telegraphiere an mich, wann Du kommst. Tausend Küsse, Dein Bub.

Zu Kapitel 13

Das dreizehnte Kapitel basiert wieder auf Hedwigs Tagebuch, insbesondere auf den folgenden Einträgen und Briefen:

18. August 1934

Das waren bis jetzt mal wieder richtig verkorkste Ferien – nichts als Schmerzen, Müdigkeit, Arztlaufen, keine Kraft, keine Mög-

lichkeit, etwas zu unternehmen. Herrlich waren nur die Tage in Nothweiler bei Familie Jung, die durch ihre nette Art und ihr schönes Familienleben so viel Sehnsucht nach Armin und seiner Liebe gab. Es müßte doch herrlich sein, mit ihm so zusammen leben zu können. Nun sitze ich in Speyer, erwarte Gräfel und Armin. Ersterer ist auf einer Ausstellung in Berlin, letzterer kommt morgen mit dem Motorrad. Ich bin glücklich. Wird er mir den Ring mitbringen? Es ist ja eine tolle Idee von mir, aber ich möchte ein äußeres Zeichen des Gebundenseins haben. Ich habe ihn ja so lieb, das sehe ich jetzt immer mehr. Es muß schön werden, wenn er da ist, eine glückliche Zeit.

22. August 1934

Wir sind endlich daheim. Es war noch ganz nett in Speyer, Gräfel und seine nette Unterhaltung und der schöne Abend draußen im Gartenhaus mit Fackelbrennen in der Nähe von Speyer bleibt in Erinnerung. Aber auch die Angst, daß die außerordentlich herrlichen Tage mit Armin zusammen nicht ganz ungetrübt sein werden, nachdem er so schrecklich verändert ist, so sonderbar zu mir sprach schon in Speyer und mir das Herz sehr schwer macht. Umso glücklicher bin ich heute bei dem herrlichen Mondschein mit seinem lieben Reifchen am Finger. Es ist das ein ganz besonderes Gefühl. Es ist ja nur ein Freundschaftsreif, aber es geht von ihm doch was ganz Besonderes aus: Ich bin schrecklich glücklich!

Nun ist es anders. Es ist alles anders gekommen, als ich dachte. Den Ring habe ich wieder zurückgegeben (vielleicht hätte ich es nicht tun sollen). Ich war so unglücklich die ganze Zeit, was war das für eine Quälerei – und dabei meint man, sich lieb zu haben. Warum ist er so verändert, warum hat er keinen Schneid, ein Opfer zu bringen für seine Liebe, warum soll alles so aussichtslos sein, ich versteh es nicht. So sitze ich jetzt und grüble und grüble und habe dabei schrecklich Heimweh nach ihm, weil ich ihn so lieb habe.

Aus einem Brief von Armin:

Es hat aber auch nichts mit Untreue zu tun, wenn mir meine Phantasie alles Mögliche vorgaukelt, wenn ich im Traum an andere denke, weil sie eben für mein Unterbewußtsein eher greifbar sind. Ich kann nichts dafür, daß es mich zu Marie zieht, weil sie in weitem Umkreis die Einzige ist, die mich versteht, die weiß, was mir fehlt. Und du würdest auch wissen, was ich brauche. Und du wirst mich auch jetzt verstehen. Mein Zustand macht mir selbst Bedenken. Ich war nur ganz kurze Zeit bei Marie. Ich habe noch nie in meinem Leben körperliche Nähe als Notwendigkeit empfunden und heute das erste Mal. Bisher war es für mich eben bloß schön. Mein Mädel, du mußt sobald wie nur möglich zu mir kommen, ich brauche dich. Kleines, versteh mich nicht falsch! Ich hätte dir diesen Brief nicht geschrieben, wenn du nicht einen Rat von mir verlangt hättest. Du wirst einsehen, ich kann dir keinen Rat geben, denn es brennt bei mir. Ich kann dir ganz ehrlich sagen, daß ich Verständnis habe, wenn du den jungen Mann sehen und treffen willst. Ich finde, es wäre unnötig,

mir Mißtrauen anzudichten. Es ist nicht da. Ich will dich nicht
von der Außenwelt abgeschnitten sehen. Ich will nicht, daß du zu
Hause sitzen bleibst, weil ich nicht da bin; ich kann es auch nicht.
Ich habe Vertrauen zu dir. Und was du tust, es ist richtig.

28.11.1934

Antwort von mir:

Für deinen Brief innigen Dank. Tröste dich noch 3 Wochen, dann
bin ich bei dir und dann will ich so lieb zu dir sein, als ich nur
kann. Ich bin dir auch nicht böse über deinen Brief. Wir müs-
sen uns eben damit abfinden, daß uns das Schicksal noch nicht
zusammenkommen lassen kann und will, daß wir aber auch
in der Zwischenzeit leben müssen und da müssen wir halt un-
heimlich Verständnis füreinander haben. Und ich will nicht auf
Marie eifersüchtig sein, weil ich Vertrauen zu dir habe. Ich weiß
nicht, wie weit dein Begriff ‚körperliche Nähe‘ geht, ich will es
auch nicht wissen, wie du bist, wenn du bei ihr bist, ich versuche
die Notwendigkeit der körperlichen Nähe zu begreifen. Es ist mir
lieber, wenn du mir darüber schreibst, als wenn ich gar nichts
von diesen Dingen weiß. Ich danke dir, daß du mir auch Vertrau-
en entgegenbringst und es für richtig hältst, was ich tue, weil es
notwendig sei. Würde das meine Mutter doch auch nur einmal
einsehen. Bei ihr ist alles nicht notwendig. Es ist nicht körper-
liche Nähe, die mich zu Gräfel ruft, es ist seine Arbeit – ist der
Künstler, der mich zwingt. Freilich ist er auch ein äußerst net-
ter, hübscher, sympathischer Mensch, sonst interessierte er mich
doch nicht so – und wenn er noch so Künstler wäre. Vielleicht
werde ich durch ihn wieder arbeiten, vielleicht kann ich von ihm
allerhand lernen. Er hat wirklich feine Sachen und seine Land-
schaft hängt bereits in meinem Zimmer. Am Sonntag waren wir

wieder beisammen, eine ganze lustige Gesellschaft und ich war so ausgelassen, endlich mal wieder so richtig lebensfroh. Und dir danke ich, daß du mir das gönnst.

19.12.1934

Wie wahnsinnig freue ich mich auf München! Weihnachten in München bei Armin, bei seinen Eltern muß etwas Herrliches sein. Noch 2 Tage und ich bin in meinem geliebten München. Ob ich es noch aushalten kann – ich möchte es fast nicht glauben.

24.12.1934

Dieses Datum trägt nun mein kleines, feines Ringelchen. Ich bin ja so schrecklich glücklich. Armin wird jetzt mein sein, ganz und für immer mein sein. Wir sind verlobt. Unter dem Christbaum hat es Armins Vater ganz unerwartet verkündet. Es war ein wundervoller Moment. Ich glaubte, die ganze Seligkeit der großen Welt allein in mir zu haben. Ich hätte laut jauchzen mögen und ich habe nur ganz still und schüchtern die Augen niederschlagen können. So was erlebt man nur 1x im Leben. Und nun soll und kann uns nichts mehr auseinander bringen außer dem Tod. Alle die ewigen Zweifel sind auf einmal alle hin und ich kenne nur eines: Liebe, große Liebe! Und da wir nun so weit sind, wird uns das Schicksal hoffentlich auch bald zusammenbringen. Unter dem Christbaum – wie herrlich, kein schönerer Tag könnte dazu geeignet sein. Damit ist das Schreckliche der Weihnacht seit Papas Tod gebrochen, und in Zukunft wird mir Weihnachten wieder das liebe Fest sein.

———

Mein süßer, kleiner Bräutigam!

Hier sitze ich nun wieder allein, mutterseelenallein (Mama ist in Erbach über die Saarabstimmung hinaus), voll Trauer, vor mir liegen die letzten Bilder, die ich von dir gemacht habe, daneben mein nettes Kerzen-Weihnachts-Soldatlein. Unsere treue Frau Schaf hat mir ja alles so gemütlich hergerichtet und Feuer gemacht, daß es wirklich traulich ist in unserem Heim, aber etwas fehlt mir halt, mein liebes Männel. Wie herrlich müßte es sein, wenn du nun als mein Mann hier wärst. Aber es ist noch nicht so und so muß ich mich nun trösten. Mein Lieb, ich bitte dich vielmals um Verzeihung, daß ich dir den Abschied so schwer gemacht habe. Aber ich konnte nicht anders, es war mir so furchtbar zu Mute. Ich habe dich ja so wahnsinnig lieb und kann mir ein Leben ohne dich nur noch sehr schwer vorstellen, weil ich nur durch dich und bei dir das wahre Leben in mir habe. Wie konnte ich sonst so ausgelassen sein, wie ich es oft bei dir war? Und wie werde ich mich auf einige Zeilen von dir freuen? Und du wirst mir, wenn du ein wenig Zeit hast, viele liebe Dinge schreiben, all das was du gerne gesagt hättest und nicht fertigbrachtest. Deine Abschiedsworte, soweit ich sie in meiner Verzweiflung aufnehmen konnte, waren ja so lieb und in all dem Schmerz so hoffnungsvoll klingend. Du wirst mich verstehen, denn es war dir ja im Grunde nicht leichter als mir. Auch ich hätte mich besser in der Hand gehabt, wenn dieser Abschied nicht wieder gerade in meine kritische Zeit gefallen wäre, wo ich alles hundertmal schwerer nehme, als es ist. Wie mag bei dir der Tag gewesen sein? Wie mag die Hinausfahrt bei der Kälte auf dich gewirkt haben? Ich habe, nachdem du weg warst, noch einige Stunden feste geschlafen, aber das Wiedererwachen war entsetzlich. Ich habe aber trotzdem keine einzige Träne mehr vergossen, obwohl ich mich erst im Zug wieder langsam gefangen habe. Ich friere jetzt schrecklich, obwohl ich das dicke Kleid im warmen Zimmer trage. Es ist das die Übermüdung und der Abschiedsschmerz, der immer noch so stark in mir steckt. Ich habe so schrecklich Heimweh nach dir, mein Leben, mein Lieb. Und ich möchte es jedermann erzählen, daß ich nun mit dir verlobt bin, und wage es doch nicht, weil ich das Interesse und das Gerede nicht so sehr auf mich ziehen möchte. Vielleicht ist es noch viel reizvoller, wenn es langsam von irgendwoher durchsickert. Liebster, ich möchte dir 1000 liebe Worte schreiben, aber du weißt ja schon alles, weil ich es dir erst alles so und so oft gesagt habe vor einigen Stunden. Ich schicke dir jetzt keine Küsse, denn noch spüre ich die echten zu sehr auf meinem Mund, um dir und mir so tote zuzumuten.

Zu den Kapiteln 14 und 15

Das Kapitel über Walters und Luises Verlobung – und dadurch in Teilen auch das Kapitel davor – basiert auf meinem zweiten „Lieblingsbrief". Walter hat ihn im April 1935, kurz nach der Verlobung, an Hedwig und seine Mutter geschrieben.

Meine Lieben!

7 Jahre kennen wir uns und doch war es ein besonderer Tag! Rostock ist die Stadt der heiligen Zahl 7. Das Rathaus hat 7 Türme etc. also mußten wir uns hier verloben. Um 9 Uhr traf ich beim Bräutchen ein. Das Zimmer wurde gerade gestöbert u. ich konnte nicht warten, bis der Putzteufel draußen war. Die Ringlein sprachen selbst; es waren Zettelchen daran befestigt

mit einem Spruch darauf. Dann kam der erste Blumenkorb.
Luischen wußte nicht von wem – er war von mir. Dann hielt
ein Auto u. wir fuhren zur Kirche (seit langer Zeit!). Dann gin-
gen wir nach Hause u. da waren wieder Blumen angekommen
von der Genossenschaft unseres Theaters u. vom Damenchor u.
Herrenchor. Dann gingen wir in den „Wintergarten" zum Essen.
Dann war Parsifal u. wir wurden von allen Wissenden des The-
aters herzlich beglückwünscht. Wach wußte nichts Gescheites:
„Donnerwetter, Sie haben Schneid." (Eigentlich ärgerte ich mich
darüber.) Der Herren-Extrachor fing mich ab u. überreichte
mir einen Rosenstrauß usw. 11 Blumensachen im Ganzen u.
1 Glasschälchen, 1 Decke u. 1 elektr. Kochtopf (den wir bisher
nur leihweise von Frl. Pahl hatten). Bard will Luischen noch
1 Klavierauszug schenken. Wach und Intendanten haben sich
weiter nicht bemerkbar gemacht. Die Anzeige war im Nieder-
deutschen Beobachter.

Ostermontag rückten wir dann aus in die Mecklenburger-
Rostocker Heide. Das war schön. Das war uns ein besonderes
Geschenk u. welch strahlendes Wetter. [...] Den Heimweg nah-
men wir von Graal nach Markgrafenheide-Warnemünde, den
Strand entlang. Man läuft im Wald und schaut ins Meer hinab.
Wir setzten uns auf eine Düne, die mit Gras bewachsen war. Da
hatte jeder plötzlich mehrere Herrgottstierchen an sich sitzen.
Das bedeutet doch sicher Glück.

Die Karte werdet ihr erhalten haben. Nochmals schönen
Dank für das herrliche Osterpaket. Mit meinen Seidenhem-
den sehe ich schneidig aus. Lege die Kritiken u. Auszüge bei.
Bitte alles aufheben. Luischen arbeitet jetzt fest an Cleopatra
(„Caesar" von Händel), eine schwere Partie. Am 12. Mai ist die
Premiere. Ich muß dabei Cembalo im Orchester spielen u. ver-
diene dadurch mal wieder was nebenbei. Hoffentlich bekomme

ich auch noch was zum Dirigieren. Was habt ihr über Ostern gemacht? Laßt doch bald wieder was hören, es küßt Euch Euer Walter.

Dass Hedwig und Armin indes noch immer mit dem Gedanken zu heiraten hadern, geht aus dem folgenden Brief von Hedwig an Armins Mutter und aus den darauffolgenden Tagebucheinträgen hervor.

9.6.1935

Liebste Luise [Lieselotte],

ich hatte den festen Willen, zu Armin zu halten, komme, was da mag, aber jetzt habe ich schreckliche Angst vor dem Schritt einer Ehe, weil ich nicht mehr genau weiß, ob ich wirklich glücklich werde, wenn es so weiter geht. Ich gebe so viel auf, um dann vielleicht einmal schrecklich unglücklich zu werden. Wenn ich nicht noch immer hoffte, daß er einmal anders ist, wenn wir immer beisammen sein können, müßte ich längst zur Überzeugung gekommen sein, daß man ohne Mann glücklicher ist, besonders wenn man ihn nicht braucht und selbst gut leben kann. Ich fühle auch, wenn ihm jetzt irgendein nettes Mädel in die Quere kommt, dann ist es aus und ich erlebe das Gleiche wie mit Franz wieder. In einigen Tagen kommen Walter und Luischen und dann soll die öffentliche Verlobung festgesetzt werden. Was soll ich tun? Und ich habe mich so auf die doppelte Verlobung gefreut. Warum muß ich so Pech haben? Ich wollte, die beiden kämen noch nicht, wenn ich dann die beiden so glücklich sehe, komme ich gar nicht mehr zur Ruhe. Ich komme mir so verlassen vor und bräuchte doch auch einen Menschen, bei dem ich mich geborgen fühle und nicht immer Angst und Sorgen um ein wenig Glück zu haben brauche. Wenn ich ihn nicht so liebhätte, würde ich Schluß machen, weil ich nicht mehr schlafen und essen mag und zu viel Kraft zur äußeren Gleichgültigkeit und Fröhlichkeit brauche.

29.6.1935

Walter und Luischen sind da. Der lange erwartete Moment ist eingetreten. Gut sehen beide aus und glücklich sind beide als neu gebackenes Brautpaar. Nun kann hoffentlich auch bald die geplante Doppelverlobung steigen, wenn es auch noch einige Hindernisse gibt.

9.7.1935

Es scheint nicht zu klappen mit der doppelten Verlobung. Heute braucht man zu allem zuerst den Nachweis der Arischen Abstammung und ärztliche Zeugnisse und was noch alles! Und wer sich nicht daran hält, kann seinen Beruf verlieren. Aber die Sache muß umgangen sein, denn wir sind doch verlobt und wer will da eine Veröffentlichung verhindern? Armin weiß einfach nichts davon und es wird gemacht. Einmal muß es das böse Volk doch wissen und einmal muß es einen Tag über einen reden und dann hat man wieder Ruhe und das soll jetzt sein! Nur schade, daß ich eine so bräutigamlose Braut bin! Aber es scheint, daß ich halt kein so großes Glückskind bin in diesen Dingen. Aber vielleicht wird dann das Glück später umso größer.

Zu Kapitel 16

Hedwigs Skitouren werden in Kapitel 16 nur ganz am Rande erwähnt, in ihrem Tagebuch beschreibt sie diese Urlaube jedoch sehr ausführlich. Um einen Eindruck davon zu bekommen, was Hedwig offenbar sportlich zu leisten imstande war, sei hier ein Ausschnitt aus ihrem „Skitagebuch" zur erwähnten Exkursion nach Arolla zu Ostern 1934 abgedruckt.

Exkursion Arolla, Ostern 1934

Abgefahren Samstag, den 24.3., abends 8 Uhr mit dem Schlegerschen Auto nach Hinterweidenthal, von dort mit der Bahn bis Karlsruhe, in Karlsruhe 3 Stunden Aufenthalt und Treffen der übrigen Exkursanten. Fahrt die ganze Nacht hindurch bis Sion. Von Sion aus 2 Stunden Autofahrt, dann Bahn und ich war sogar in einem Personenwagen untergebracht. Die Fahrt war zwar sehr kompliziert und der Fahrer mußte doch sicher sein, aber unbeschreiblich schön. Nur schade, daß man so müde war von der langen Fahrt und sich schrecklich quälen mußte, all das Schöne freudig zu genießen. War schon Andermatt etwas ganz Großes für mich, so ist das hier noch viel, viel mehr. Man kann so etwas nicht beschreiben. Man muß nur alle Menschen bedauern, die nicht das Glück haben, die Natur so zu erleben. Der Abschluß des Tages war entsetzlich. Wir mußten nach dieser wundervollen Autofahrt mit geschulterten Skiern noch 3 Stunden aufsteigen, bis wir endlich in Arolla waren. 800m Höhenunterschied und 15km Entfernung! Ich habe meine sämtlichen Sünden abgebüßt nach einer solchen Nachtbahnfahrt, nach all der Schulhetze, die vorausging, war es fast zu viel. Eigentlich hätten wir sogar noch unser volles Gepäck schleifen sollen, einige haben es sogar getan, aber mir wäre es unmöglich gewesen, die Skier haben gelangt. Es war wirklich sehr anstrengend, alle haben das empfunden. Um 8 Uhr kamen wir in unserem ,Hotel de la Poste' an. Das Erste war eine Tasse heißer Kaffee, schwarz ohne Selbstgeschmack und mit Zucker, aber es schmeckte doch. Die Verhältnisse sind einfach wie immer, man schläft auf einer Matratze, Gott sei Dank, daß ich den Schlafsack habe. Es gab nämlich nur noch 1e Decke, also auch Frieren war wieder der Beginn der herrlichen Saison. Aber man kennt das ja schon vom letzten Mal. Von Gemütlichkeit, Sauberkeit und Anstand hat man Abschied genommen, dafür hat man die große Natur, und Liebe muß immer leiden, auch wenn es die Naturliebe ist. Ein herrliches Glück hatten wir, daß wir gleich Sonne hatten, viel Sonne. Wenn auch manche Dinge hier sehr primitiv sind wie Waschgelegenheit usw., so haben wir aber eine wundervolle Veranda und können auf dieser essen und in der Sonne braten, in Badeanzügen oder kurzen Turnhöschen, und das trägt viel dazu bei, einen zum Erholen und Ausruhen zu zwingen, denn im Raum kann man nicht immer sitzen, weil er nicht schön genug ist, und draußen herum will man doch auch nicht immer, tut es aber nur, um aufgehoben zu sein und dabei geht in den 14 Tagen die ganze Kraft flöten. [...]

29.3.1934

Heute war die erste große Tour fällig. Wir sind auf 3200 m aufgestiegen. Leider war die Tour anders gedacht, als sie ausgefallen ist. Wir wollten nämlich über die Berthold-Hütte und haben den Einstieg nicht gefunden. Wir sind ein Tal zu weit gelaufen und als wir glücklich unter viel Schweiß und Anstrengung vor der Riesenfelswand standen, merkten wir unseren Irrtum. Nun waren wir aber schon so abgekämpft, daß es unmöglich war, nach einer Riesenabfahrt den ganzen Aufstieg noch einmal zu machen. Na, wir gaben uns einstweilen zufrieden mit dieser Tour, denn sie war fabelhaft. 4 Stunden sind wir aufgestiegen über den Gletscher, an anderen Gletschern, die wild und furchtbar auf uns herabschauten, vorbei, aufwärts, immer aufwärts, einer hinter dem anderen, 20 Leute, darunter nur 3 Mädels, stumm, langsam dahinschleichend. Es war furchtbar anstrengend und fast etwas enttäuschend, als wir dann so hoch droben vor dem ‚Nichts‘ standen, anstatt vor einer Hütte, die uns 2 Nächte aufnehmen sollte und uns noch einige Touren so hoch droben gönnen wollte.

Die Abfahrt war herrlich. Ich habe mich gut gehalten und manches wieder dazu gelernt. Leider hatte ich bei dem Aufstieg ein Mordspech, mein schöner Bambusstock ist mir durch einen dummen Tritt unter den Ski geraten und abgebrochen, somit bin ich zunächst 1e Stunde mit einem Stock gestiegen, bis sich 1er der Männer erbarmet und mir ihn mit einem Riemen wieder notdürftig zusammenflickte, aber fester aufstützen durfte ich mich doch nicht; aber wer weiß, wie unentbehrlich Skistöcke sind, der kennt meinen Schreck, als ich plötzlich so unbeholfen dastand, die ganze Freude war mir genommen und als man mir riet umzukehren, war ich gleich geknickt, aber ich habe es gezwungen, und mich bei Aufstieg und Abfahrt tadellos gehalten neben den „Kanonen“. Frau Schleger, die selbst eine gute Fahrerin ist, hat mich recht gelobt. Wir kamen nach 1er 2-stündigen schweren Abfahrt todmüde nach Hause, aber es war der Mühe wert. Die Sonne war teils da, teils hinter Wolken versteckt, was auch kein Nachteil war bei solch schwerem Aufstieg. Weil wir als erste daheim waren – denn die anderen machten noch einen weiteren 2-stündigen Umweg – benutzten wir die Gelegenheit, uns endlich einmal ordentlich zu waschen, *es war aber auch wirklich sehr nötig. Aber das Gesicht mußte wieder darauf verzichten, weil es der guten Haut nur geschadet hätte. Und dann habe ich mich hingelegt, nachdem ich endlich Brote gegessen und Tee getrunken hatte und schlief feste, bis es wieder etwas zu Essen gab. Das Essen ist wirklich am einfachsten und am wenigsten anstrengend von all den Beschäftigungen hier. Morgen haben Inge und ich Küchendienst, man nennt das Ausruhtag, aber der wird oft anstrengender als manche Tour.*

Was Hedwigs Aufenthalt in der Bräuteschule auf der Insel Schwanenwerder angeht, musste ich mich auf die leider nur sehr knappen Hinweise in ihrem Tagebuch stützen und von dort aus weiter recherchieren. Dass diese Einträge nur noch mit einer Monatsangabe versehen sind, ist ein Hinweis darauf, dass sie zu dieser Zeit wesentlich seltener Tagebuch schreibt als in den Jahren zuvor. Ihren vorerst letzten Eintrag macht sie im Januar 1937 – danach geht es erst 1940 mit Aufzeichnungen über ihre Tochter Heidrun weiter.

November 1936

Das Verhältnis zu Mama macht sich wieder langsam und sicher. Gott sei Dank! Wir reden einfach nicht mehr über das heikle Thema und einmal wird sie mir schon Glauben schenken. Aber unser Heiraten macht viel Kummer. Die ewigen Papiere. Noch immer fehlen einige wichtige Urkunden, bis es endlich 60 sind, noch gibt es neue Schwierigkeiten, dazu nun kommen die Mütterschulungskurse, 4 an der Zahl, die jeweils 6 Wochen dauern pro Kurs. Werden wir überhaupt einmal zusammenkommen? Und dann die ewige Angst Armins vor der Verantwortung. Ich

habe so viel Mut und es muß doch gehen, wenn man sich so liebt!
Ostern wird einfach geheiratet – egal, was kommt. Wir werden
das Leben schon meistern.

Dezember 1936

Nein, Ostern wird nicht geheiratet: Weihnachten wird geheiratet.
Wundervoll! Es hat alles geklappt, am Heiligen Abend sind wir
endlich Mann und Frau. Wie herrlich, wie schön ist der Gedanke
und das Gefühl. Einem Mann zu gehören, der einen so liebt wie
mein Hacki. Dann werde ich nur noch einmal von ihm wegge-
hen müssen, werde nur noch bis Ostern Schule halten, und dann
werde ich für immer bei ihm sein.

Zu Kapitel 17

Die folgenden Briefe von Walter aus den Jahren 1937 und 1939
sind der Hintergrund des siebzehnten Kapitels.

Brief von Walter an seine Mutter vom 8. Juni 1937:

Liebe Mama!
    So jetzt kommst Du mal wieder dran. Im Theater reißt es
nicht ab. Am Samstag war Zigeunerbaron auf dem Thingplatz.
Da hatte ich große Extrachöre dazu einzustudieren. Nun muß
ich schon vorarbeiten für den Holländer, mit dem die Spielzeit
eröffnet werden soll. Urlaub bekomme ich erst am 1. Juli. Luis-
chen fährt vielleicht schon am 15. [Juni] nach Hause. Morgen
muß sie zum Arzt, der kann es entscheiden. So geht es ihr ganz

gut (toi toi toi). [...] Luischen arbeitet schon fleißig und trifft alle Vorbereitungen. 18 Windeln sind schon fertig, weitere 18 Moltonwindeln sind im Entstehen. Gestrickt hat sie 2 Jäckchen und 2 Käppchen. Als erfahrene Mutter wirst Du gleich sagen, na da fehlt ja noch ein bißchen was. Im Stillen hoffen wir natürlich sehr auf die Mitwirkung der werdenden Großmütter. [...] Luischen hat einige Vorschläge, die sie Dir nachher mal schreiben kann; es handelt sich um Sachen, die Du so für uns schon reserviert hattest und die sie für den Fall gut verwenden kann.

Hedwig verlebte an Pfingsten einige schöne Tage bei uns. Sie wird Dir davon berichtet haben; ich hatte allerdings in der Zeit sehr viel zu tun und konnte mich nicht um sie kümmern; aber Luischen hat es dann umso mehr. [...]

Nun sei für heute herzlich gegrüßt und geküßt in der Vorfreude auf ein baldiges Wiedersehen von Deinem Walter.

Luises Teil des Briefes:

Liebe Mama! Da Walter ja schon so fleißig war und einen Brief von 2 Seiten fertigbrachte, soll ich nun den „geschäftlichen" Teil nochmals erörtern. Schade ist, daß ich nicht früher kommen kann, aber ich denke immer, es ist für Walter nicht schön 14 Tage allein zu sein, obwohl er in diesem Falle ja zurückstehen müßte. Nun macht mir jedermann Angst, bis zum 7. Monat müßte man die Aussteuer fertig haben. Aber wo sollen wir's denn hernehmen? Da du so lieb warst und mir so herzlich schriebst, ich solle mir kein Kopfzerbrechen machen, so möchte ich gerne einige Vorschläge machen. Was du davon erledigen willst, könntest du uns dann mitteilen. Was ich habe, weißt du: Windeln, 6 Hemdchen (mache ich mir auch), 6 Strickjäckchen bekomme ich von meiner Mutter gekauft (auch die nötigen Handtücher und Bettzeug zur Entbindung, denn in die Klinik kann ich nicht gehen, das ist zu teuer, zu Hause kostet es schon an die 120 Mark, in der Klinik 280). Nun habe ich noch gar kein Bettzeug, weder für das Bettchen noch für den Wagen. Auch kein Kissen und Zudecken. Könntest du kein Körbchen für die ersten Wochen bekommen, bis wir das Bettchen benutzen können? Es ist alles so dumm zu schreiben. Auch keine Bezüge für das Bettchen habe ich nicht. Du weißt ja selbst, was da noch alles fehlt und wir konnten nur das kaufen, was am billigsten war. Hat Tante Rosa vielleicht etwas Brauchbares übrig? Ich bin ja froh, wenn ich von der Reise wieder zurück bin und alles ist geregelt. Eine Pflegerin brauche ich, die auch für Walter kocht, die bekommt 4 Mark pro Tag und 14 Tage muß ich sie haben. Du siehst, was wir für Sorgen haben. Morgen geh ich zum Arzt und wünsche mir, daß mein Zucker besser ist. Ich kann natürlich auch nicht mehr alles verlangen und das Brot für Zuckerkranke gar nicht mehr. Meine Mutter schrieb, daß du so gut aussehen würdest. Bei ihr scheint es nicht so gut zu gehen, das ist mir auch ein großer Kummer und daß sie mich nicht besuchen kann. Wir kommen voraussichtlich am 1. Juli – 15. August. Hoffentlich können wir uns da auch erholen. […]

Hier ist eine furchtbare Hitze, das macht einen ganz schlapp. Walter hat heute Abend wieder Chor, ich arbeite unter dieser Zeit. Hast du vielleicht 2 kleine Badetücher zu viel? Ich trenne meine Hemden auf und mache die Hemdchen daraus. […] Hedwig will uns ein Lätzchen stricken als Geschenk. Nun muß ich nochmals in die Stadt und zum Abendessen einkaufen. Nun sei recht herzlich gegrüßt und geküßt von deinem Luischen.

Brief von Walter an seine Mutter vom 7. Februar 1939:

Liebe Mama!

Heute ist das Wunder geschehen, daß ich einen ganzen Tag frei habe! Die Gelegenheit muß ich benutzen, um Dir gleich zu schreiben und mich zu bedanken für das grandiose Paket, das gestern ankam. Das war ja wieder so reichhaltig und der Inhalt so durchdacht, da merkt man daran, daß deine Gedanken bei uns sind, obwohl Du selbst 1000 km weg bist. Für alles vielen Dank. Auch das „Silber" hat seinen Zweck nicht verfehlt. Die Wurst ist ganz ausgezeichnet. Gestern Abend nach der Vorstellung haben wir sie probiert und uns ein Glas Bier dazu mit nach Hause genommen: das war eine Feierstunde realistischer Art. [...]

Die Wildschütz-Premiere am vergangenen Freitag war ein Erfolg, wie ihn Rostock noch nicht gesehen hat. Nach der Ouvertüre Applaus, nach dem ersten Duett, nach Luischens Arie, fast nach jeder Nummer und am Schluß des Werkes 25 Vorhänge und ein „eiserner" (Du weißt, wo man durchs Türchen kommt), und beim 7. Vorhang erschien ich auf der Bühne, da überreichte mir ein Chorherr einen Lorbeerkranz, den mir mein Chor (meine Treuen) schenkte mit der Aufschrift: „Unserem lieben, verehrten Kapellmeister Walter Frick als bleibende Erinnerung, Seestadt Rostock, den 3. Februar 1939" (auf der einen Schleife). Auf einer zweiten Schleife stehen untereinander sämtliche Namen des Damen- und Herrenchores. Auf einer 3. Schleife ist ein Hackenkreuz [sic]. *Ich war wie vor den Kopf geschlagen. Man zog mich immer wieder mit meinem Kranz vor den Vorhang und plötzlich ließ man mich allein stehen. Und Schubert, der den verreisten Intendanten vertrat und in dessen Loge saß, mußte sich das ganze Schauspiel mitansehen. Auch die Kritiken sind gut, obwohl die von Dr. Reibschläger, dem Freunde Schuberts mit großer Zurückhaltung. Spilcker aus Kaiserslautern kommt Mitte des Monats nach Berlin, so schrieb gestern der Berliner Agent Braun. Dann geht meine Sache erst los. Vielleicht kommt er dann doch zu einer Aufführung. Wenn nicht, hat er mir ein Gastspiel in Kaiserslautern versprochen, also doch noch Aussichten. Was dann mit Doppelengagement wird, darf erst in 2. Linie geschaukelt werden. Ich schrieb auf jeden Fall meinem Agenten, daß Luischen gerne mitginge und wenn Spilcker noch Vakanz hat soll er sie auch nach Kaiserslautern empfehlen. Ruhe bewahren, abwarten und Tee trinken und nicht verzweifeln. Auch bei uns in Rostock herrscht die Grippe. Wir sind noch alle auf dem Posten und Luischen hat sich mit Dextropur und Rohasalz und Rotwein mit Ei über ihre Überbeschäftigung glänzend hinübergerettet.*

Gutrune wird immer lieber. Sie rast in der Wohnung herum und treibt alle möglichen Scherze, da sie ein witziges Kind ist, wie Vater und Mutter. Sie spricht auch immer mehr: Hüa-Hüa = Pferd, Bi-Bi = Vogel. Iger = Flieger, Augu = Auto, Ti-Ti = Kissen, Ba-Ba = Patsch (Haue) und A-A = wenn es zu spät ist. Gestern als wir aus der Vorstellung kamen um ½12 steht die Tochter im Bettchen und lacht sich tot. Sie durfte unserem Schmause zuschauen und nahm der Reihe nach die Würste in die Hand und stemmte sie hoch. Für heute sei herzlich gegrüßt und geküßt von Deinem Walter.

Brief von Walter an seine Mutter, Ostern 1939:

Liebe Mama!

Gerade wollte ich Deinen Osterbrief anfangen, als Dein Paket ankam. Ich konnte natürlich nicht umhin hineinzuschauen. Da blieb mir die Spucke weg. Du überbietest Dich ja: so viele und schöne Sachen und noch „20 Meter Draht" dazu. Da wird unser Butzel aber morgen Augen machen! [...] Mit dem Schürzchen stellt sie sich bestimmt vor den Spiegel. Da hast Du recht, das Mädchen ist unser einziger Sonnenschein und man weiß wenigstens warum man das ganze Manöver mitmacht.

Luischen kann leider erst heute Dein kleines, bescheidenes Ostergeschenk von uns abschicken: gestern war Parsifal-Premiere und vorher Proben auf Proben, morgen ist Wiederholung. Beginn 5 Uhr, Ende 10. Du kennst das Werk ja und weißt was dazu gehört, allein der ganze Chorapparat. Luischen hat darin ein Blumenmädchen und den Chor der mittleren Höhe mitzusingen.

Bajazzo war ein Bombenerfolg. Es heißt in einer Kritik: „Ein fesselnder Theaterabend" ... „Mit der unerhört packenden Neuaufführung des Bajazzo ist zweifellos eines der am unmittelbarsten mitreißenden Opernerlebnisse dieses Winters zu verzeichnen." ... „Mit leidenschaftlichem Zug in der musikalischen Leitung stand Kapellmeister Walter Frick dem Orchester vor. Ohne die Zeitmaße zu übereilen, schaffte er in betont rhythmischer Formung und melodisch drängenden Steigerungen die musikalischen Voraussetzungen für das Bühnengeschehen und gab den Sängern an Wirkungsmöglichkeiten, was des Sängers ist. Der junge Kapellmeister darf mit verdientem Stolz auf seine Leistung als Leiter dieser ausgezeichneten Bajazzo-Aufführung zurückblicken." Von Luischen schreibt der gleiche Kritiker: „Für diese Opernfigur bringt unsere jugendliche Sängerin das gehörige Bühnentalent und eine klug abwägende Schauspielkunst mit. In den leidenschaftlichen Affekten nahm die Behandlung ihres Soprans einen wirkungsvollen Aufschwung."

Ganz poetisch schreibt die Warnemünder Zeitung: „Ein Gedicht war Luise Frick-Frölich, ein Schmetterling von bezauberndem Reiz, der mit dem Leben spielt und alles durch bezwingende Anmut und zauberhaften Sang in den Bann zieht. Walter Frick ließ die wunderbare Musik in ihrem Sturmschritt von Gipfel zu Gipfel schreiten, nicht vergessend, dem schönen Gesang auf der Bühne in seinem schier unvergleichlichen Wohllaut den stilgerechten Unterbau zu geben. Das war ein Klingen und Singen in diesem Komödiantendrama, das alle in den Strom unablässiger, atemberaubender Steigerungen mit sich fortriß. So ward die Bajazzo-Aufführung zu einer der erfolgreichsten des ganzen Winters. Der stürmische Beifall war durchaus berecht. [...]

Brief von Walter an Hedwig und Armin, Weihnachten 1939:

Meine Lieben!

Nun sollt ihr auch mal von mir wieder was hören. Ich war die ganze Zeit überbeschäftigt, auch nach Weihnachten wird es nicht viel besser werden, da ich im Theater nun die Ehre habe, wieder vollbeschäftigt zu sein. Der Solorepetitor ist seit 4 Wochen eingezogen und ich muß ihn vertreten. Auch das „Weihnachtsmärchen" durfte ich aus diesem Grunde dirigieren.

Nun zum Heiligen Abend. Da hättet ihr Gutrune sehen sollen. Ich habe von morgens 11 Uhr bis 17 Uhr gearbeitet im Auftrage vom Christkind. Gutrune natürlich so oft wie möglich vor der verschlossenen Tür: „Christkindchen Papa nicht Augen ausblasen", meinte sie. Nun stand die ganze Familie vor der Tür, denn man hörte wie sich Papa mit dem Christkind, das er durchs Fenster hereinließ, unterhielt. Gutrune soll wie vom Schlag getroffen dagestanden haben. Nun legte sie sich auf den Boden und schaute durch die Türspalte und Luischen tat als sehe sie das Christkind im goldenen Kleid. Nun klingelte es und die Tür wurde aufgemacht, nachdem ich deutlich das Christkind bis zum nächsten Jahre verabschiedet hatte und es durchs Fenster hinausließ. Gutrune stürzte herein. Auf dem Kanapee waren alle Sachen aufgebaut: Der neuhergerichtete Puppenwagen war das erste, dann alle Püppchen, die neuen und die alten in neuem Kleid, dann tat sie auch mal einen untergeordneten Blick auf den Baum. Dann kam alles der Reihe nach wie es da lag. Das Bilderbuch, der Hund, die Katze, noch ein

Bilderbuch (von uns), ein Baukasten und als die Mundharmonika ausgepackt war, da war es aus, das war der Schlager des Abends. Sie hatte es gleich raus, obwohl es ihr erstes Musikinstrument ist (Vererbung!). Nun wurde unter Musikbegleitung weitergemacht, mit einer Hand gedudelt, mit der anderen die Sachen geholt, die Mama vorführen mußte: das schöne Täschchen und das Köfferchen, das auch eine große Rolle spielt, nicht allein wegen des Inhaltes.

Nun kamen auch die Erwachsenen zu ihren Sachen. Die Oma [Luises Mutter] bekam eine Nachttischglocke und einen Wecker. Sie ist gewöhnt, daß in ihrem Schlafzimmer eine Uhr tickt und wenn sie in schlaflosen Nächten ohne Licht anzumachen sehen kann wie lange es noch dauert bis wieder Tag wird, dann ist sie dabei zufriedener. Vom Frl. Fründt bekam sie noch Weinbrand. Luischen bekam von mir eine Sammeltasse mit folgendem Spruch: „All' Deine goldenen Tage auf meinem Kleid ich trage. Gesammelt habe ich sie Dir zum gold'nen Ornamente hier.

Ruf die Erinn'rung froh zurück, glaub dabei fest an neues Glück!".
In gleichem Sinne schenkte mir Luischen eine Flasche „Sorgen-
brecher". Mal sehen, ob er hilft. Die Bleistifte von Hedwig kamen
wie gerufen. Seit einiger Zeit ist kein anständiger Stift mehr in
meinem Büro gewesen. Mit der Lupe werde ich meine Gage ver-
größern und in die Zukunft schauen, und mit dem Brieföffner die
Geldbriefe öffnen. Allgemein wurde festgestellt, daß Hedwig auf
dem Bilde aussehe, als sei sie krank. Auf jeden Fall muß sie wie-
der runde Backen bekommen. Armin sieht gut aus, wie man das
eben von einem alten Kämpfer [das Wort wurde im Nachhinein
nahezu unkenntlich gemacht] *verlangt.* [...]

Mein Besuch kann erst dann eintreten, wenn ich beruflich
nach Berlin muß. Es bestehen aber wenig Aussichten. Und um
sich vom Agenten den Kopf vollschwätzen zu lassen, dazu ist die
Fahrt zu teuer. Gemustert bin ich noch nicht. Ich mußte mich
bis jetzt nur polizeilich melden. Im Frühjahr wird dann wohl die
Musterung kommen und dann die Ausbildung.

Ende Februar habe ich mit den verbundenen Männerchören
ein 2. Winterhilfswerk-Konzert. Das Programm ist voraussichtlich:

1. *Suite in 3 Sätzen für Solofagott und Orchester von W. Frick*
2. *3 Lieder mit Lautenbegleitung von H. Löns (L. Frick-Frölich)*
3. *3 Lieder für Männerchor und Orchester von H. Löns,*
   gesetzt von W. Frick
4. *Eine Kantate für Männerchor, Sopran, Tenor und Bariton-*
   solo und Orchester von Löns-Erdlen (Erstaufführung)
5. *„Das Engelland-Lied"*

Die Notenschreibarbeit dazu muß jetzt geleistet werden, neben-
bei. Unser erstes Konzert hatte einen Kartenverkauf von 1200. Es
waren 800 Hörer da. Reingewinn bei 30 Pfennig Eintritt 300 RM.

———

Zum neuen Jahre wünsche ich Euch allen das Beste, vor allem daß ihr gesund bleibt. Es grüßt und küßt Euch Euer Walter.

Zu den Kapiteln 18 und 20

Die letzten Kapitel von „Himmel voller Schweigen" basieren auf einer Mischung aus eigenen Recherchen, der Auswertung privater Dokumente und den Erinnerungen meines Vaters an Gespräche mit Hedwig und Luise. Die schriftlichen Fragmente – wieder Briefe von Walter und Tagebucheinträge von Hedwig – sind hier in chronologischer Reihenfolge zu lesen.

Tagebucheintrag von Hedwig:

1940

Wieder ist viel Zeit vergangen, Jahre sogar, schöne, glückliche Jahre im eigenen Heim in Adlershof. Dazwischen kamen auch schwere berufliche Kämpfe für Armin, mein großes Pech mit dem Beinbruch, aber auch das ging wieder gut vorbei, dann der Umzug nach Oranienburg und Armins verschiedene Beförderungen, die ihn endlich an den Platz brachten, wo er hingehört und nun ist unser kleines Mädchen da, um derentwillen ich wieder anfange Aufzeichnungen zu machen und wenn es auch sehr schwerfällt, da ich die Zeit wirklich kaum dazu finde, aber es muß gehen und ich hoffe es durchzuführen.

Brief von Walter an Hedwig und Armin vom 4. Juli 1940:

Meine Lieben!

Traum Heidelberg futsch. Schon besetzt. War bestimmt schon besetzt, als es mir angeboten wurde. Sonst alles still. Saarbrücken will anfangs Oktober aufmachen. Ich schrieb sofort nochmals an den Intendanten. Gestern Bomben auf Warnemünde. Tote und Verletzte. Sonst alles noch gesund. Heute Kisten gekauft zwecks Umzug, den ich und wir herbeiziehen möchten. Immer noch warten-warten-warten. Wie geht es Euch, mit oder ohne Flieger? Es grüßt Euch alle, insbesondere auch die kleine Heidrun – Euer Walter und Zubehör.

Brief von Walter an seine Mutter vom 13. Juli 1940:

Liebe Mama!

Heute kam die Absage für Saarbrücken. Und zwar auf einem vorgedruckten Formular, Absagen wie sie an jeden gehen, der für irgendein Engagement nicht in Frage kommt. Da steht einem manchmal das Hirn still. Aber dennoch theatert es weiter. Der Liegnitzer Intendant schrieb, daß es sich bei der bestehenden Vakanz um eine I. Operettenkapellmeisterstelle handele, wobei nicht gesagt sei, daß er nicht auch Opern nachdirigieren müsse und erbat sich einen Bescheid, ob ich weiter an dieser Stelle interessiert sei. Ich sagte ja und bin gespannt wie das nun weitergeht und was man da verdienen kann etc. [...]

Auf jeden Fall fort von Rostock. Das gute Geschirr habe ich schon verpackt. Das Büchermaterial geordnet, um es im Moment richtig auseinanderteilen zu können (das dorthin, das dorthin). Es tut mir leid, daß ich Dir beim Packen nicht helfen

kann, zumal ich jetzt gerade so einen Sinn für „Wanderschaft"
habe. Aber vielleicht kann Dir Frau Kaufmann etwas helfen. Sie
wird sich über die kleine Heidrun sehr gefreut haben. Sage auch
von uns viele Grüße. Hast Du für die Rückführung schon einen
„Gestellungsbefehl" erhalten? Luischen geht es bis auf die dau-
ernden Überanstrengungen zur Zeit ganz gut. Das Herz macht
ihr nachts oft Schwierigkeiten. Ich glaube, daß vor allem die
Flieger viel Mitschuld haben. Es macht doch sehr nervös, wenn
man jede Nacht heraus in den Keller muß. Seit 4 Tagen haben
wir Ruhe gehabt. Heute waren wir, ausgenommen Mama [Luises
Mutter], die gar nicht mehr vor die Tür will, bei Frl. Fründt zur
Geburtstagsfeier. Gutrune hat feste Kuchen gegessen, Luischen
(glaube ich) auch. Am Montag sind meine Ferien zu Ende. Man
kann darüberschreiben: „ Wartezeit", warten auf das Kriegsende,
das Engagement und (last not least) den Sohn. Es grüßt und
küßt Dich Dein Walter. Von allen an alle viele herzliche Grüße.

Tagebucheintrag von Hedwig:

9. August 1940

Jetzt hat sie [Heidrun] *sich auch an die Hitze gewöhnt und alles*
ist in Ordnung. Nun wiegt sie schon 13 Pfund. Sie ist braun am
ganzen Körper, da ich sie ja seit Monaten täglich von 10–6 Uhr
im Freien stehen habe, sogar bei Regen kann sie auf der Veranda
stehen. Nun ißt sie schon 2x Brei und immer mehr Obst. Sie hat
schon allerhand Apfelsinen, Äpfel, Pfirsiche, Birnen und gelbe
Rüben vertilgt. In diesem Monat waren auch die Großeltern aus
München da und ganz verrückt mit dem Kind. Es sei ein selten
braves, liebes Kind. Na das hört die Mutter ja gern. Es ist aber

auch wahr. Viel geschrien hat sie aber auch noch nicht. Sie ist ein prächtiges Kriegskind, dem man den Krieg nicht anmerkt, weil sie ja auch gar nichts entbehrt.

So schreibe und schreibe ich. Aber ich nahm mir ja auch vor, nur über das Kind zu schreiben, denn wenn ich auch noch all die vielen anderen Erlebnisse eintragen wollte, dann würde ich überhaupt nicht mehr fertig, denn wir leben ja in der größten Zeit, die die Menschen je erlebt haben. Nun warten wir vereint auf den großen Endkampf und Endsieg. Und dann werden wir endlich den lang ersehnten großen Frieden bekommen, den wir allein unserem prächtigen Führer verdanken. [Diese Sätze sind mehrfach durchgestrichen worden.]

Brief von Walter an Hedwig und Armin vom 9. August 1940:

Meine Lieben!

Aus beiliegendem Briefe erseht Ihr, daß ich mit Rostock endgültig Schluß gemacht habe. Ich habe mir nun Urlaub genommen bis zum Ablauf meines Vertrages am 15. August. Es ist zum größten Teil schon alles gepackt. Wir haben ausgerechnet, daß bei den hiesigen Wohnungsverhältnissen ein leeres Zimmer zum Einstellen der Möbel (sofern überhaupt eines zu haben wäre) mindestens 20 RM kosten würde. Das sind im Jahre 240 RM, dazu der Transport zu diesem Zimmer sind 60 RM bis 80 RM, also zusammen rund 300 RM. Der Möbeltransport nach Pirmasens kostet 240 RM von Zimmer zu Zimmer. Da ist letzteres doch vorzuziehen und Luischen kann es sich für das Jahr doch etwas wohnlicher machen. Ich strebe also jetzt den Studienrat an. Sollte mir in Berlin was ganz Schönes in den Weg laufen, dann werde ich natürlich zupacken. Nun müssen wir die Heimreiseerlaubnis abwarten, dann werden sofort die Möbel abgeschickt. Ich suche mir in Berlin in Charlottenburg eine Bude mit Klavier und bereite mich vor auf eine eventuelle Prüfung. Von der Musikhochschule habe ich noch keinen Bescheid. Angebot Osnabrück schon seit März besetzt (!). Von Hanau noch keine Nachricht.

Wir haben Gutrune doch den Paketinhalt schon gegeben, damit sie noch was davon hat. Auch kennt sie ja noch nicht den Unterschied, ob sie heute oder in einigen Wochen Geburtstag hat und was man darunter versteht. Und siehe da: Hedwig hat ihr mit der großen Puppe eine ungeahnte Freude gemacht. Sie schleift sie herum und nennt sie herzlichst „mei schwerer Klotzer". Das Anziehen von Mantel und Mütze macht besonders viel Spaß. Auch die anderen Sachen haben ihr viel Freude gemacht. Vergangene Woche hatte sie es wieder sehr mit der Frick-Oma. Da ging es den ganzen Tag „mei Frick-Oma" – sie war in die unmöglichsten Gedanken verwickelt. Wie geht es Heidrun, macht sie schöne Fortschritte? Na, ich kann mich ja bald davon überzeugen. Nun seid alle recht herzlich gegrüßt von Eurem Walter.

Tagebucheintrag Hedwig vom 9. September 1940:

3 Wochen haben wir jetzt fast jede Nacht im Keller gesessen, manchmal 3 Stunden. Auch da ist sie im Allgemeinen recht brav. An das Krachen der Geschütze hat sie sich schon gewöhnt, dabei kann sie sogar schlafen, wenn sie lang genug wach war und recht müde ist, oft schreit sie aber auch vor Müdigkeit und kann nicht einschlafen. Na hoffentlich sind die Engländer bald so mürbe, daß sie nicht mehr kommen können.

Brief von Walter an seine Mutter vom 9. September 1940:

Liebe Mama!

Heute hörte ich meine 1. Vorlesung an der Universität. Es geht also da in einem Jahr zu machen. Besondere Gebühren muß ich da nicht mehr zahlen, außer die belegten Vorlesungen, da ich nur als Gasthörer belegen muß. Es kommen etwa 12 Stunden Vorlesungen heraus à 2.50 = 30 Reichsmark. Einhundert Reichsmark mußte ich an der Akademie bezahlen, um an der Universität belegen zu dürfen. An der Akademie kostet das Semester etwa 200 Reichsmark im Ganzen. Den Umschulungsmann in der Reichstheaterkammer konnte ich noch nicht antreffen (Urlaub). Mein Zimmer werde ich ab morgen auch nachts bewohnen. Heute fuhr ich nochmal heraus, da Armin über Nacht nicht da ist und Hedwig nicht gerne allein ist. Nun muß ich halt mal sehen, wie ich als „Selbstversorger“ zurechtkomme. Ich muß es erst wieder lernen. Luischen schrieb gestern, daß sie an Deinem Geburtstag gerne mit Gutrune zu Dir gekommen wäre. Aber sie fürchtet die Anstrengung und länger als einen halben Tag kann sie wegen Mutter Frölich ja gar nicht bleiben. Heiner kommt in 3–4 Wochen zurück, dann ist das was anderes. Inzwischen wird sie Dir ja auch geschrieben haben. Ich habe bis jetzt erst den 3. Brief erhalten, den letzten am vergangenen Mittwoch. Es ist immer noch viel Arbeit und es fällt ihr jetzt alles sehr schwer. Achim soll fest strampeln und klopfen. Gutrune erzählt den ganzen Tag mit geheimnisvoller Stimme, daß an Weihnachten ihr Papa kommt und was Schönes mitbringt. Ich habe es ihr am Abschiedsmorgen, als sie noch halb schlief ins Ohr versprochen. Allein zu sein ist nicht schön, aber von der Familie getrennt sein noch weniger erträglich. Mal sehen, wie die erste Woche in meiner Behausung ausfällt. Arbeit habe ich ja genug. Am 30. September ist die

Aufnahmeprüfung. Luischen schrieb, daß Du Geld geschickt hast.
Vielen Dank, auch für deinen Brief. Hedwig war schon im Bett,
darum hat sie nichts auf den letzten Brief geschrieben. Heidrun
wurde gestern von allen Seiten geküßt anläßlich ihrer ½-Jahr-
Geburtstagsfeier heute. Sie ist ein goldiger Kerl und versteht's mit
dem Onkel. Sei nun für heute herzlich geküßt von Deinem Walter.

Tagebucheintrag Hedwig vom 9. März 1941:

„Perdita" von Isabel Hamer gelesen. Das heißt, angefangen und
zu Ende geführt in einer furchtbaren Zeit, die mich Entsetzliches
durchmachen ließ und Walters gänzlichen Nervenzusammen-
bruch brachte. In diese Zeit fällt auch Heidruns 1. Geburtstag,
der der traurigste Tag seit langer Zeit wurde. An diesem Tag wur-
de Walter in die Nervenklinik eingeliefert.

Tagebucheintrag Hedwig vom 12. Oktober 1941:

Leider habe ich eine sehr große Pause gemacht. Dazwischen
liegt so schrecklich Schweres. Der Tod meines einzigen Bruders
Walter kurz vor seinem 33. Geburtstag. Er starb am 7.8. nach 5
Monaten schweren Leidens. Ich selbst bin daran fast krank ge-
worden und habe viel Mühe gehabt, mich wieder einigermaßen
zu erholen, aber ich muß es ja meiner Familie und meines Kin-
des wegen.
Und so will ich auch hier das Traurige ganz weglassen und
nur von Heidrun erzählen. Sie hat schon so viel dazugelernt und
jeden Tag kommen neue Sätze und Worte zum Alten. Nun kann
sie auch so zärtlich sein und so lieb „Muttilein" sagen und betteln

und streicheln. Alle männlichen Bilder sind der „Opa", die meisten Frauenbilder die „Oma". Auf dem Schrank steht die Plastik vom Führer: „das der Führer" – aber wie sie das „Führer" ausspricht, kann man leider schriftlich nicht wiedergeben. [Diese Sätze sind mehrfach durchgestrichen worden.]

Und sie alle hatten einen Namen und ein Gesicht

Von Sigrid Falkenstein

Walter Frick und Anna Lehnkering sind sich nie begegnet; was nicht weiter verwunderlich ist, denn ihre Lebenswege könnten nicht unterschiedlicher verlaufen sein. Walter ist bereits sieben Jahre alt und lebt in Rheinland-Pfalz, als Anna 1915 im Ruhrgebiet geboren wird. Im Gegensatz zu Walter fällt Anna das Lernen schwer, darum besucht sie eine sogenannte Hilfsschule. Sie kann keinen Beruf erlernen und wohnt bis zu ihrer Einweisung in eine Heil- und Pflegeanstalt im Elternhaus. Walter ist vielseitig – vor allem künstlerisch – begabt, studiert und lebt an verschiedenen Orten in Deutschland. Er heiratet und gründet eine Familie. Doch hier sei nicht zu viel verraten, schließlich widmet sich dieses Buch seiner Lebensgeschichte. Bei aller Unterschiedlichkeit ihrer Biografien – am Ende ihres kurzen Lebens werden Walter und Anna durch ein grausames Schicksal untrennbar miteinander verbunden. Sie sind zwei von Hunderttausenden, denen das Lebensrecht im Namen einer unmenschlichen Ideologie abgesprochen wurde. Zwei von Hunderttausenden, die als „lebensunwert" dem nationalsozialistischen „Euthanasie"-Mordprogramm zum Opfer fielen.

Walter Frick ist Julias Großvater. Anna Lehnkering ist meine Tante. Julia und ich, wir wären uns wohl kaum begegnet, wenn uns das Schicksal unserer ermordeten Verwandten nicht zusammengeführt hätte. Wir beide haben herausgefunden und offengelegt, welch unvorstellbares Leid und Unrecht unseren Familienmitgliedern zugefügt wurde. Das hat uns im

Innersten berührt. Angetrieben von Empörung, Trauer und auch Neugier haben wir uns auf Spurensuche begeben und versucht, das Schweigen und die Sprachlosigkeit zu durchbrechen. Uns verbindet, dass daraus im Laufe der Zeit eine „Lebensaufgabe" erwachsen ist, ein gesellschaftliches Engagement gegen das Vergessen.

„Euthanasie"-Opfer wie Walter und Anna gehörten jahrzehntelang zu den „vergessenen" Opfern des Nationalsozialismus. Auch in vielen betroffenen Familien wurden die Geschehnisse verschwiegen – Spiegel eines gesamtgesellschaftlichen Prozesses von Verdrängen, Vertuschen und Verleugnen der Verbrechen. Die Ursachen für das Schweigen waren vielfältig. Sicherlich hatte das Stigma der „Erbminderwertigkeit" in zahlreichen Familien Scham ausgelöst. Oft gab es Unsicherheiten oder Ängste der Betroffenen in Bezug auf die Erblichkeit einer Krankheit. Auch Schuldgefühle mögen manches Mal eine Rolle gespielt haben. Hatte es an der Bereitschaft, am Mut oder an der Möglichkeit gefehlt, die Tochter, den Sohn, die Schwester, den Bruder vor dem Zugriff der Mordbürokratie zu bewahren? Ganz erschwerend kam hinzu, dass die gesellschaftlichen Vorurteile gegen die Opfer und ihre Familien nach Kriegsende weiter existierten. Die Ermordeten, die Überlebenden und ihre Familien wurden in beiden deutschen Staaten weiterhin diskriminiert und stigmatisiert.

Im Laufe der Jahre hatte ich Kontakt zu zahlreichen betroffenen Angehörigen. Viele haben das Schweigen in ihren Familien als eine Last empfunden. Ich selbst habe in meiner Familie erlebt, dass Schweigen krank macht, die Aufarbeitung der Vergangenheit dagegen heilsam sein kann. Darum ist Offenheit im gesellschaftlichen Umgang mit den Themen Behinderung und psychische Erkrankungen überaus wichtig. Auch heute leiden viele Menschen unter Depressionen, Burnout, Angststörungen und anderem mehr. Zwar deutet sich in letzter Zeit ein Wandel in der öffentlichen Wahrnehmung an, doch Depressionen zum Beispiel sind nach wie vor ein heikles, ein Tabuthema. Den Betroffenen fällt es häufig schwer, mit ihrer Erkrankung offen umzugehen, die – vor allem im Berufsleben – allzu oft als persönliche Schwäche gewertet wird. Schweigen und Verstecken befördern die Stigmatisierung und Ausgrenzung. Reden statt Schweigen kann hilfreich sein!

Seit einigen Jahren ist eine Veränderung der deutschen Erinnerungskultur wahrnehmbar, und die Perspektive der Opfer und ihrer Familien ist stärker in das öffentliche Blickfeld gerückt. Auch immer mehr Angehörige wie Julia und ich arbeiten ihre Familiengeschichten auf. Es macht Hoffnung, dass mit Julia eine Vertreterin der jungen Generation die Erinnerung an die Vergangenheit wachhält. Ihr Engagement im Rahmen ihrer Erinnerungsarbeit verdient Respekt. Dazu gehören deutschlandweite Vorträge, Podiumsgespräche, die Organisation von Treffen forschender Angehöriger, Workshops mit jungen Menschen, ihre Unterstützung des Wettbewerbs „andersartig gedenken on stage", ihre Mitarbeit im Förderkreis Gedenkort T4 und nicht zuletzt ihre Interviewreihe mit Angehörigen von Opfern der „Euthanasie"-Morde vor einigen Jahren. Ganz besonders berührend war Julias Auftritt anlässlich einer Gedenkveranstaltung im Berliner Dokumentationszentrum „Topographie des Terrors" im Jahr 2016.

Das Publikum hörte tief bewegt zu, als die Enkelin von Walter Frick ein von ihm komponiertes Wiegenlied sang und spielte. Man konnte Julias enge Verbundenheit und Zuneigung zu ihrem Großvater spüren. Nun setzt sie ihre beeindruckende Arbeit mit diesem Buch fort. Mit einfühlsamer, ja, teilweise lyrischer Sprache verbindet sie Fakten und Fiktion und lässt Walter und seine Familie in der jeweiligen Zeit und ihrem Umfeld „lebendig" werden. Dabei bringt sie den Mut auf, uns an ihrer innersten Gefühls- und Gedankenwelt teilhaben zu lassen. Mit „Himmel voller Schweigen" hat Julia ihrem Großvater seine Identität und Würde zurückgegeben. Sie hat ihm Gerechtigkeit widerfahren lassen. Doch über Gedenken und Trauer hinaus ermöglicht das Buch auch, durch die vielfältigen Identifikationspotenziale, die es bietet, aus der Geschichte zu lernen. Nötiger denn je in Zeiten, in denen nationalistische und rassistische Ideologien an Boden gewinnen! Einzelschicksale wie die von Walter und Anna machen jenseits von Zahlenkolonnen und Akten abstrakte Geschichte begreifbar, berühren im besten Fall die Herzen der Menschen und bewegen etwas in den Köpfen. Dieses Buch zeigt, dass die Opfer keine anonyme Masse waren, sondern einzelne Menschen mit individuellen Eigenschaften. Menschen, die lachten oder weinten, fröhlich oder traurig waren. Und sie alle hatten einen Namen und ein Gesicht.

Liebe Julia, danke für deine unermüdliche Arbeit, danke für dieses Buch, mit dem du nicht nur andere Betroffene ermutigst, die Vergangenheit aufzuarbeiten, sondern auch dazu beiträgst, dass sich derartige Geschehnisse nie wiederholen mögen! Es gibt kein Verständnis von Gegenwart und Zukunft ohne Erinnerung an die Vergangenheit.

Berlin, 2021

Sigrid Falkenstein

(Autorin des Buchs Annas Spuren – ein Opfer der NS-„Euthanasie", 1. Auflage 2012 / 2. aktualisierte Auflage 2018 bei Herbig und 2015 in Leichter Sprache im Spaß am Lesen Verlag erschienen)

Dank

Ich danke meinen Eltern, die seit über drei Jahrzehnten uneingeschränkt hinter mir stehen, die mir Offenheit, Tiefsinn und ein ausgeprägtes Gefühl für Gerechtigkeit mitgegeben haben – und die von Januar bis März 2016 in Teamarbeit Hedwigs in Stenographie verfasstes Tagebuch für alle lesbar gemacht haben. Ich danke meinem Mann Martin, der immer an mich und mein Buch geglaubt hat, und der mich mit seiner ruhigen Art, seiner Geduld und seiner Nachsicht immer wieder aufs Neue beeindruckt.

Ich danke meiner Tochter Karlina dafür, dass sie mir immer wieder zeigt, was im Leben wirklich wichtig ist. Und ich danke ihr für ihre Geduld, da sie (vor allem in den Monaten um ihren zweiten Geburtstag herum) ziemlich oft die Sätze „Mama arbeitet" oder „Mama ist gleich fertig" hören musste.

Ich danke meinen Geschwistern Martin und Tabitha sowie meiner lieben Freundin Sarah – und auch hier nochmals meinen Eltern und meinem Mann – die mir als interessierte und ehrliche Kritiker und Gegenleser zur Seite standen. Auch danke ich Markus für seinen Teil der Endkorrektur.

Ich danke meiner Tante Gutrune für längere und kürzere Gespräche, für die schöne Zeit in Saarbrücken im Juli 2021 und dafür, dass sie einem Buch über ihren Vater immer offen gegenüberstand.

Ich danke Johanna „Hannele" Kipfmüller (1931–2019) für eine späte, aber berührende Begegnung und dafür, dass sie als einzige Person eine authentische Erinnerung an ihren „Onkel Walter" mit uns teilen konnte.

Und ich danke Heidrun – für all die Dokumente, die wegzugeben sie selbst erleichtert und mich unendlich bereichert hat.

Ich danke meiner Verlegerin und Lektorin Katja Völkel dafür, dass sie von Anfang an das Potenzial meines Manuskripts gesehen und an mich und das Gelingen dieses Buches geglaubt hat. Danke für dein Vertrauen, deine freundschaftliche Begleitung und die Freiheiten, die du mir gelassen hast.

Ebenso danke ich dem Verlagsteam um Jana Rogge, die mit ihrem tollen Layout mein Manuskript zum Buch gemacht und damit meinem Herzensprojekt ein Gesicht gegeben haben.

Ich danke Robert Parzer, der vor etwa sechs Jahren als Einziger meinen Facebookpost („Autorin sucht Historiker") beantwortete. Manchmal findet man die richtigen Menschen ohne Umwege.

Ich danke Dr. Jan Erik Schulte, der mir geduldig alle Fragen zur SS beantwortete und mir auch darüber hinaus immer wieder beratend zur Seite stand, wenn es um militärhistorische Fragen ging.

Ich danke Seraphin Feuchte, der mir als Rostocker Theaterhistoriker genau zur rechten Zeit begegnete (wenn auch nur virtuell), mich mit historischen Fotos und Informationen versorgte und im Gegenzug die meinen auf Richtigkeit prüfte. Und ich danke Carsten Schmidt, denn ohne ihn hätte ich nicht den Mut gehabt, meinen eigenen Schreibstil zu finden.

Ich danke – stellvertretend für alle (forschenden) Angehörigen von NS-„Euthanasie"-Opfern – Sigrid Falkenstein, Hannah Bischof, Jörg Waßmer, Ulrich Raschkowski, Johanna Herzing, Barbara Stellbrink-Kesy, Edward Wieand und Andreas Hechler. Auch eure Familienmitglieder, namentlich: Anna Lehnkering, Maria Fenski, Alois Zähringer, Kurt Georg Vogt, Trude Ferchland, Irmgard Heiss, Erna Kronshage und Emilie Rau, wurden ermordet, weil sie nicht ins Schema der nationalsozialistischen Ideologie passten. Ihr aber habt sie erfolgreich dem Vergessen entrissen. Danke, dass es euch gibt, danke für euren Mut und eure Hartnäckigkeit.

Literatur

Aly, Götz (2014): Die Belasteten. ‚Euthanasie' 1939–1945. Eine Gesellschaftsgeschichte. Frankfurt am Main.

Bigler-Marschall, Ingrid (2005): Hans Löwlein. In: Kotte, Andreas (Hg.): Theaterlexikon der Schweiz (Bd. 2). Zürich.

Epstein, Helen (1979): Children of the Holocaust. Conversations with Sons and Daughters of Survivors. New York.

Epstein, Helen (1987): Die Kinder des Holocaust. Gespräche mit Söhnen und Töchtern von Überlebenden. München.

Feuchte, Seraphin/Jonas, Antje (2020): Stadt und Bühne. Ein Lesebuch zur Rostocker Theatergeschichte. Rostock.

Föllmer, Moritz (2016): „Ein Leben wie im Traum": Kultur im Dritten Reich. München.

Frauengruppe Faschismusforschung (1981) (Hg.): Mutterkreuz und Arbeitsbuch. Zur Geschichte der Frauen in der Weimarer Republik und im Nationalsozialismus. Frankfurt am Main.

Fulfs, Ingo (1995): Musiktheater im Nationalsozialismus. Marburg.

Hein, Bastian (2015): Die SS. Geschichte und Verbrechen. München.

Hübener, Kristina (2002) (Hg.): Brandenburgische Heil- und Pflegeanstalten in der NS-Zeit (Schriftenreihe zur Medizin-Geschichte des Landes Brandenburg, Bd. 3). Berlin-Brandenburg.

Kaienburg, Hermann (2016): Der Militär- und Wirtschaftskomplex der SS im KZ-Standort Sachsenhausen-Oranienburg. Schnittpunkt von KZ-System, Waffen-SS und Judenmord (Schriftenreihe der Stiftung Brandenburgische Gedenkstätten, Bd. 16). Berlin.

Klee, Ernst (2007): Das Kulturlexikon zum Dritten Reich. Wer war was vor und nach 1945. Frankfurt am Main.

Redieck, Matthias/Schade, Achim (1995) (Hg.): Theater! Aus der Geschichte der Rostocker Bühnen. Rostock.

Schwarz, Gudrun (2001): Eine Frau an seiner Seite. Ehefrauen in der „SS-Sippengemeinschaft". Berlin.

Straede, Therkel (2015): „Waldlager": A concentration camp in Nazi-occupied Bobruisk 1942-43. In: International Conference "World War II Prisoners in the Nazi and Soviet Camps in 1939-1948", S. 1–7.
Online abrufbar unter http://rememor.eu/wp-content/uploads/2015/06/p06_therkel_straede_EN.pdf (letzter Zugriff: 11.07.2021).

Süß, Dietmar (2017): „Ein Volk, ein Reich, ein Führer": Die deutsche Gesellschaft im Dritten Reich. München.

Ustorf, Anne-Ev (2015): Wir Kinder der Kriegskinder. Die Generation im Schatten des Zweiten Weltkriegs. Freiburg im Breisgau.

Quellen

Archivalische Textquellen zu Armin und Hedwig Beilhack:
BArch, R 9361-III/10298
BArch, R 9361-III/516392

Archivalische Textquellen zu Walter Frick:
BArch, R 9361-V/90565
BArch, R 9361-II/258298

Bildverzeichnis

Abb. 001–019, 022–023, 025 und 028–030:
Julia Gilfert, Privatarchiv Gilfert/Frick

Abb. 020–021: BArch, R 9361-III/10298

Abb. 026–027: BArch, R 9361-V/90565

Abb. 025: Gutrune Mahling

Julia Gilfert wurde 1990 als Julia Frick in Ludwigshafen am Rhein geboren, aufgewachsen ist sie im nahegelegenen Lambsheim. Nach ihrem Abitur studierte sie zunächst einige Semester Klassischen Gesang, was sie jedoch aufgrund einer akuten Erkrankung aufgeben musste. Nach zwei Semestern Evangelischer Theologie entschied sie sich nochmals für einen Neubeginn und zog nach Kiel, um dort Skandinavistik und Kulturwissenschaften zu studieren. Private Gründe führten sie 2017 nach Unterfranken, wo sie in Würzburg ein Masterstudium im Fach Kulturwissenschaften absolvierte.

Seit 2021 ist Julia Gilfert Doktorandin an der Universität Tübingen, wo sie im Rahmen eines Sonderforschungsbereichs zum Thema „Gedenkstättenarbeit im Kontext des Neuen Nationalismus" forscht. Seit 2011 hat sie zum Schicksal ihres Großvaters Walter Frick recherchiert, aus den ursprünglich rein privaten Nachforschungen ist mittlerweile eine breitgefächerte Bildungsarbeit entstanden. Julia Gilfert lebt mit Mann, Hund und Kind in der Nähe von Kitzingen. Wenn sie nicht gerade Bücher schreibt, liest sie ihrer Tochter welche vor, ist passionierte Hobbyornithologin und für allerlei kreative Handarbeiten zu haben.

ULRICH VÖLKEL

Der Ruf der Rohrdommel

340 Seiten, Paperback
mit Fadenheftung
ISBN 978-3-96887-000-7
12,80 € (D)

SPANNENDER ROMAN VOR DEM HINTERGRUND EINES POLITISCHEN MORDES

Der Politiker Herrmann von Stracke wird wenige Tage vor seiner möglichen Wahl zum Ministerpräsidenten auf offener Bühne erschossen. Staatsanwalt Hans Hagen wird mit der Anklage gegen die Mörderin beauftragt. Alle Versuche, das Motiv für die Tat herauszufinden, schlagen fehl. Maria Alban schweigt.

Hans Hagen verbringt seine Wochenenden häufig in Sitter, einem kleinen Dorf am Kamnitzer See. Manchmal nimmt ihn der Fischer mit auf den See, um Maränen aus den Stellnetzen zu „pflücken". Hinter Hans Hagens Rücken wird eine üble Intrige gesponnen. Wer soll der neue Oberstaatsanwalt werden? Der Ruf der Rohrdommel gibt schließlich eine überraschende Antwort.

GERHARD RICHTER

windungen

316 Seiten, Paperback

mit Fadenheftung

ISBN 978-3-96887-013-7

12,80 € (D)

LEICHT ZU LESENDER TIEFGANG.
HEITERE TRAUMATHERAPIE.
GÄNSEHAUT FÜR DIE SEELE.

Kuba nach einem Hurrikan. Orlando ist Schneckenforscher. Rosaria ist Ärztin. Beide sind sich nie begegnet. Orlando hat sein einsames Leben als Schneckenforscher satt, scheut aber die Menschen und flüchtet in die Berge. Rosaria leidet unter einer seltenen psychischen Krankheit: Alltagsdinge sortieren sich zwanghaft zu rasanten mathematischen Gleichungen. Rosaria und Orlando geraten ungewollt in eine Spirale, die sie einander immer näher bringt. Windung für Windung.

Skurrile Personen mit schräger Denke werden von einem Schicksal eingeholt, das mit toten Meerschweinchen, kaputten Autopiloten und Schneckenhäusern zuschlägt. Die sechs Erzählungen von Gerhard Richter kribbeln hinter der Stirn.

PETER GARCÍA
Herrin der Gedanken
312 Seiten, Paperback
mit Fadenheftung
ISBN 978-3-96887-015-1
12,80 € (D)

UTOPISCHER ROMAN
DIE WELT EINER TELEPATHIN

Im Jahr 2043 kommt in Hamburg die erste Telepathin zur Welt. Als Kind muss Anne-Lys allein herausfinden, wie sie das Gedankenlesen beherrschen kann. Dank dieser Fähigkeit entdeckt sie bald, dass überall hungrige Wölfe in Männergestalt lauern. Von dieser Erfahrung beeinflusst wird sie erst Kriminalbeamtin, dann Geheimagentin und schließlich Privatdetektivin. Wegen ihrer besonderen Gabe hat sie ernste Probleme mit Liebesbeziehungen. Schließlich gerät sie in die Fänge des Geheimdienstes einer Großmacht, die Telepathen für ihre eigenen Zwecke einspannen will. Anne-Lys gelingt es zu fliehen, bevor sie eine Tochter zur Welt bringt, die ebenfalls ihre Gabe besitzt. Wird sie es schaffen, sich und ihre Tochter zu retten?

Bibliografische Information der Deutschen Nationalbibliothek: Die Deutsche Nationalbibliothek verzeichnet diese Publikation in der Deutschen Nationalbibliografie; detaillierte bibliografische Daten sind im Internet über http://dnb.d-nb.de abrufbar.

2. Auflage 2022   © Ultraviolett Verlag
Burckhardtstr. 6, 01307 Dresden

Geschäftsführung: Katja Völkel
www.ultraviolett-verlag.de

Layout   Janine Stacke, Jana Rogge
Lektorat   Katja Völkel

Titelfoto   Familienarchiv Frick/Gilfert
Gesamtherstellung   Rogge GmbH, Weimar

ISBN 978-3-96887-012-0